LA VALLÉE DU NÉANT

JEAN-CLAUDE CARRIÈRE

LA VALLÉE DU NÉANT

Odile Jacob

15, rue Soufflot, 75005 Paris

www.odilejacob.fr

ISBN : 978-2-7381-4479-9

Nous avons marché jusqu'au lieu où il n'y a rien.
Jusqu'à la vallée du Néant.
Mais, attention, même le Néant a un secret.

Farid ad-Din Attar, *La Conférence des oiseaux.*

Une ancienne anecdote japonaise, très simple, raconte ceci :

Deux promeneurs s'avancent à pied dans une montagne, sur un chemin étroit et par endroits périlleux. Disons qu'ils font une excursion.

Ils se trouvent soudain devant un torrent déchaîné, bruyant, qui leur paraît infranchissable.

Ils s'arrêtent au bord du torrent, essoufflés, ne sachant que faire, ils cherchent en vain un pont, une passerelle, quand ils voient un homme assez âgé, tout près de là, qui entre dans l'eau tumultueuse. L'homme s'y déplace lentement, sans aucune difficulté, il va et vient dans les remous, dans les tourbillons, il passe sous une cascade, il boit dans le creux de sa main, ramasse un peu de mousse, remplit une bassine, saisit un poisson dans un creux de roche, monte, descend dans l'eau très agitée, comme si tous ces mouvements ne lui demandaient aucun effort.

Très surpris, les deux voyageurs, qui reprennent leur souffle, le regardent un moment, puis l'un d'eux l'appelle et lui demande, en haussant la voix :

– Mais comment fais-tu pour aller et venir ainsi, dans ces eaux tourmentées, rugissantes ?

– Comment ? demande l'homme en mettant une main autour de son oreille.

Le promeneur se rapproche du torrent et répète sa question. Comment cet homme âgé réussit-il, en toute apparente facilité, à se déplacer dans le courant déchaîné qui dévale de la montagne ?

C'est au tour du vieil homme de paraître étonné. Il dit enfin, avec des mots très simples :

– Mais je ne sais pas. J'ai toujours vécu ici, je connais ce ruisseau depuis mon enfance, je vais, je viens, ça ne me pose aucun problème. Pourquoi ?

Naître pour mourir

Nous nous réjouissons à chaque naissance, nous nous affligeons à chaque décès (sauf exceptions). Pourtant, la première ne va pas sans l'autre. Chaque nouveau-né est un futur cadavre.

Il est, dès sa venue au monde, sinon condamné à mort, du moins condamné à mourir. Et nous le savons tous, en lui souhaitant la bienvenue, penchés sur son berceau.

Nous le savons, nous le disons sans cesse et, pour un assez long moment, nous l'oublions. Nous pensons à sa vie avant de penser à sa mort.

La vie, qu'il vient de découvrir, est à ce moment-là une fête, une joie. Tous, autour du berceau, sont d'accord.

La mort, le nouveau-né ne sait pas encore ce que c'est. Il faudra lentement le lui apprendre.

Cela prendra du temps, entraînera des réactions diverses, imprévisibles.

Mais cela viendra.

En plus de cette fin inévitable, quelle que soit l'existence de la nouvelle ou du nouveau venu, longue ou brève, brillante, médiocre ou misérable, nous savons qu'elle est déjà promise à des obstacles, à des souffrances, à tout ce que nous appelons, depuis des siècles, « les misères de la vie humaine » : privations, accidents, maladies, infirmités, deuils, exodes, déceptions, trahisons et chagrins de toutes sortes.

Faillites dans le business, tromperies dans l'amour, cancers semés comme au hasard, ou simplement la solitude et, par moments, le dur sentiment d'une vie sans objet. Que n'avons-nous pas écrit, chanté, dessiné ou peint là-dessus ? Et sur tout ce qui attend la nouvelle forme humaine qui vient, sous nos yeux, d'apparaître ?

Nous savons tout cela. Mais, au moment de la naissance, lorsqu'une vie toute neuve surgit du néant, nous l'oublions. Et nous lui sourions.

S'y ajoutent, n'oublions pas, les désastres que nous provoquons nous-mêmes, en croyant y échapper si nous les lançons sur les autres : guerres, attentats, tortures, torpilles, invasions, poisons divers, bactéries homicides, missiles, drones assassins, barbelés derrière lesquels des hommes en exterminent d'autres.

Chacun aura sa part de douleur et de deuil, plus ou moins sévère. C'est garanti dès le départ.

Et chacun mourra, un jour ou l'autre.

Sur ce point précis, nous ne nous distinguons pas de l'ensemble du vivant. Tout ce qui a eu un commencement aura une fin.

Même l'Univers, paraît-il.

Certains choisiront de mourir avant l'heure, par désespoir ou par fanatisme (quelquefois simplement par ennui, ou par lassitude, ou pour en finir avec une douleur qui persiste), mais personne, jamais, n'a choisi de naître. Ce choix-là a été fait par d'autres, sans même savoir, jusqu'à maintenant – cela peut changer dans un futur proche –, qui nous allions être.

Être ou ne pas être.

En fait, dès le départ, nous n'avons pas le choix. D'autres ont pris la décision à notre place.

« L'homme naît libre », écrivait Rousseau.

Faux, archifaux. Il n'est même pas libre de naître.

*

Il est supposé, dans toutes les traditions, je crois – c'est un *a priori* universel, apparemment –, que la vie est le but recherché, et que tous, qui que nous soyons, riches ou pauvres, femmes ou hommes, jeunes ou même vieux, athlétiques, malingres ou même contrefaits, nous désirons vivre.

Et donc mourir.

Les animaux et les végétaux sont aussi dans notre cas. Pourtant, même s'ils font parfois des acrobaties pour survivre, peut-on parler de leur « désir » ? De leur « tactique », de leur acharnement ? Peut-être. En fait, nous n'en savons rien, ignorant presque tout de leur vocabulaire. Mais de leur application, de leur entêtement à vivre, et de l'obligation qu'ils se donnent de se reproduire, oui, sans le moindre doute, nous pouvons en parler ; et de la protection qu'ils tentent d'assurer, en toutes circonstances, à leur progéniture.

Nous ne connaissons pas, en tout cas, dans le monde appelé animal (pour les végétaux, c'est plus difficile à dire), de parents qui se désolent et se lamentent de la naissance d'un nouveau-né.

Sauf en cas de viol, peut-être. Et encore.

Comment nous arrangeons-nous, plus tard, pour accepter ce que nous appelons notre « destinée » et persister, sachant ce qui nous guette tous, non seulement à vivre, mais à donner la vie ?

Pourquoi nous entêtons-nous, et depuis tant de millénaires, à transmettre à d'autres cette vie fragile et incertaine, encore et encore, en sachant que, du même mouvement, nous transmettons l'inquiétude quotidienne, la souffrance et enfin la mort ?

Pourquoi ce besoin universel, presque tyrannique, de nous « reproduire » ?

Pourquoi nous y soumettons-nous ?

*

Disons-le simplement, c'est ça ou rien. Nous le savons tous, le choix est limité. Et comme nous choisissons presque toujours la vie plutôt que le rien, pour nous comme pour nos enfants – et nos enfants, c'est à parier, feront de même –, il faut qu'il y ait là quelque sortilège incompréhensible, mais tenace, puissant, et pour tout dire irrésistible.

Un besoin que nous partageons avec le vivant (presque) tout entier. Le besoin d'échapper au néant.

Le besoin d'être.

Pour ne parler que de nous, ces douleurs que nous avons toutes et tous connues, et cette peur, ces deuils et ces angoisses, nous les transmettons inévitablement à nos « descendants », comme nous les appelons, avec même le risque de les multiplier, de génération en génération, multipliant ainsi les souffrances et les morts.

Nous espérons toujours, cela va de soi, qu'ils vivront mieux et plus longtemps que nous. Nous reportons sur eux nos impatiences, nos insatisfactions, notre curiosité : que verront-ils que nous n'avons pas vu ? Qu'apprendront-ils que nous ne savons pas ? Nous en venons même, aujourd'hui, à nous persuader qu'ils ne mourront jamais, que le néant s'efface et que la mort s'en va.

Paroles, paroles.

Ce faisant, nous avons grossi malgré nous le flot du torrent, sans en apaiser le tumulte.

Comment nous y sentir à l'aise ? Nous y sentir, pour ainsi dire, chez nous ? Comment, au moins par moments, l'oublier ? Ne plus nous distinguer de la cascade brutale ? Ne plus l'entendre, ne plus la redouter ? Comment nous glisser « dans les secrets de l'eau », comme le montagnard japonais (mais Confucius, paraît-il, aurait dit presque la même chose) ?

Nous le savons tous – mais il est toujours bon de répéter ce que l'on croit savoir –, car nous avons beaucoup écrit, en tous lieux, dans toutes les époques, sur ce passage obligé, sur cet épilogue obligatoire, souvent pour dire la même chose, ou presque.

Car il y a peu à dire, en fait. Très peu. Malgré des effets renouvelés de vocabulaire, malgré le roulement des siècles et le branle-bas des cerveaux, aucune idée résolument originale – jusqu'à l'espoir prochain d'une immortalité, nous y viendrons sans doute un peu plus loin – n'est à espérer de la mort.

C'est mon cas. Je n'en attends rien.

Pas même le repos. Car la mort, ou, si l'on préfère, le néant, n'est pas un repos, pas plus que la vie n'est une fatigue. Le *Requiescat in pace* que nous lisons souvent sur les tombes chrétiennes n'est qu'une consolation facile, une illusion apaisante parmi tant d'autres. Un corps qui se décompose ne se « repose » pas. Il a tout oublié.

Il a même oublié qu'il était fatigué. Et le mot « paix » n'a plus de sens pour lui.

Aucun autre mot, d'ailleurs, n'a de sens.

*

La mythologie indienne, une des plus fournies du monde (avec la grecque), raconte que la Terre, nommée Boumi, à l'époque lointaine où la mort n'existait pas encore, se plaignait de la présence grandissante, sur sa mince surface fragile et sensible, d'hommes « arrogants », et de plus en plus nombreux, qui la piétinaient et la maltraitaient.

Elle se demandait chaque soir, alarmée (je reprends ses propres paroles) : « Demain, que vont-ils encore me faire ? »

Elle en parla aux dieux, qui se concertèrent et, pour soulager la Terre, ils inventèrent la mort, laquelle n'exerçait pas encore son office. Cela leur parut une excellente idée. Brahma décida qu'il suffisait de fixer une limite à la vie des hommes, de tous les êtres humains, sans exception (pour les animaux, et les végétaux, c'était déjà fait).

Les autres l'approuvèrent.

Et ils désignèrent une jeune créature céleste pour remplir ce rôle. La mort est souvent du sexe féminin, tout comme la mère qui nous donne la vie (sauf en allemand). Elle est même souvent un personnage, qui vient nous visiter à l'improviste, ou bien nous prévenir que la date approche ; une femme redoutable que nous essayons de tromper, de séduire, pour qu'elle nous accorde un sursis – ce qui arrive, mais rarement.

Nous disons, la plupart du temps, qu'elle est « fatale », qu'elle est « inexorable ».

Bref, les dieux indiens expliquèrent à la jeune déesse ce qu'ils attendaient d'elle. Lorsqu'elle découvrit l'officine même de la mort, inconnue jusque-là, elle refusa, horrifiée. Tuer des humains ? Quelle horreur ! Elle cria, elle pleura, elle se tordit les cheveux, elle s'enfuit, elle se réfugia dans les sommets inaccessibles de l'Himalaya pour une longue et dure retraite dans la neige et le vent glacé, implorant l'Univers tout entier pour que cette charge lui fût ôtée.

Rien n'y fit. Les dieux persistèrent dans leur choix et, parmi les arguments qu'ils imaginèrent pour la convaincre, on trouve celui-ci : « Ta gloire sera sans pareille. »

Et il en fut ainsi, comme nous savons. Elle a été célébrée partout, sur tous les tons, à toutes les époques et dans toutes les langues humaines. Poètes, peintres, romanciers, musiciens, « toujours la mort », comme il est chanté dans *Carmen*.

En effet, que lui comparer ?

Quand passe un cortège funèbre, tous s'arrêtent, au moins un instant. Certains hommes ôtent leur chapeau, leur casquette. Une vie passe devant nous. La mort s'avance sur un char de triomphe, qui parfois descend même le long des Champs-Élysées et que tous regardent passer avec respect, parfois même une larme à l'œil.

*

L'omniprésence de la mort et son autorité suprême ont longuement interrogé les philosophes, d'Épicure à Heidegger. Certains – sans parler ici des espoirs de vie éternelle, de laquelle la mort serait la porte étroite, et qui sont le terrain des spéculateurs religieux – l'ont vue comme un effroi permanent, un fait de nature, le choix d'un destin aveugle et impitoyable qui circonscrit, qui limite notre existence à un simple passage et contre lequel bute toute joie, toute vision, et même, en fin de liste, toute pensée.

La mort comme punition, comme épouvantail.

Comment vivre, en effet, avec l'idée constante du néant promis, et d'une fin imprévisible, inattendue ? Cela peut sembler presque irréel, une tâche au-dessus de nos forces. Cioran, qui portait sur toutes choses un regard sombre mais savait se montrer plutôt gai dans la vie, parlait même « de l'inconvénient d'être né ». Seul le néant lui semblait désirable. Vivre lui paraissait, comme à d'autres, une mauvaise carte à tirer, une très fâcheuse entreprise – à laquelle, cependant, il ne tenta jamais de renoncer.

Et d'ailleurs, comment dire du mal de la vie sans l'avoir connue ?

C'est pourquoi, peut-être, tous les vivants vivent.

Et ces philosophes aux idées sombres de se dire : bien sûr, les animaux aussi meurent, et même les arbres, et peut-être aussi les étoiles. Mais savent-ils qu'ils vont mourir ? Ont-ils, comme nous, une idée de la mort ? Une conscience de leur condition provisoire, de leur condamnation ?

En ont-ils peur, tout comme nous ?

Y pensent-ils sans rémission, de leur vivant ?

S'efforcent-ils de la retarder ?

Et cette idée de l'anéantissement, qui ne nous lâche pas, qui tourne et retourne sans cesse dans notre tête, n'est-elle pas, au fond, plus effrayante, plus insupportable, que la mort elle-même ?

Serions-nous tentés de nous supprimer, parfois, pour ne plus penser à la mort ?

*

D'autres, comme Spinoza, ont tenté d'amadouer cette image écrasante et de nous dire, à leur manière : oui certes, ne nous le cachons pas, la mort est la fin de toute vie, et la vie sur la Terre est tout ce que nous avons – le premier écolier venu, vers ses quinze-seize ans, peut le constater tout aussi bien qu'un philosophe –, mais la mort est nécessaire, nous ne pourrions en aucune manière nous passer d'elle, car elle contribue à tendre, à densifier, à illuminer et même à glorifier – par moments – notre existence brève, à la présenter comme un joyau dans le plus bel écrin possible.

Nous ne pouvons pas imaginer une existence sans la mort, qui en est la fin. La vie appelle la mort, elle l'exige. La mort peut même parfois devenir comme un besoin, proche du sommeil. Sans elle, la vie ne serait qu'uniformité, ennui et banalité répétée, interminable. Nous finirions par nous en lasser. Toujours les mêmes à se croiser sur la surface de la Terre, sans la surprise d'une rencontre, sans le vieil espoir de nous dire que nos enfants seront plus grands, plus beaux, plus généreux et vivront mieux que nous n'avons vécu.

Un espoir qui paraît de moins en moins fondé. Mais qui, néanmoins, persiste.

*

La mort fait ainsi, peut-être, par contraste, toute la beauté, toute la force de la vie. Elle nous aide à en apprécier les joies et tout simplement les plaisirs, même passagers, même menacés, même frelatés quelquefois.

Car il y a tout de même de bons moments dans l'existence, même les plus pessimistes l'avouent ; des moments de bien-être, de plaisir, de plénitude et aussi de joie. De « joie de vivre », comme nous aimons à le dire. Malgré les pessimistes et malgré Cioran, qui trouvait de la joie, tout de même, à médire de cette joie. La dernière fois où je le vis, deux semaines avant qu'il entrât à l'hôpital pour n'en plus sortir, il leva son verre en souriant et me dit : « À nos prochaines défaites ! »

En ce qui le concernait, il ne se trompait pas.

J'ajoute qu'il a défini le néant, qu'il appelle « vital », comme « le point d'appui de la divinité ».

Nous repasserons par là. C'est probable.

Ces joies de la vie, même minuscules, éphémères, constamment menacées, inutile sans doute de les énumérer ici, nous les connaissons tous, même si nous avons, ce qui est apparemment normal, nos préférences et nos rejets.

Si – hors de toute idée d'une postérité plus vaillante, plus chanceuse, et du même coup plus réjouie – la vie n'était pas agréable, et souhaitable, nous n'aurions aucune raison de craindre la mort. Au contraire, elle apparaîtrait comme une douce délivrance et nous l'appellerions peut-êre de nos vœux.

Ce que nous faisons rarement.

Cependant, nous dit-on aussi dans ces cas-là (du côté des optimistes, si on veut), il est bon de penser à la mort le moins possible, de crainte de gâcher le moindre jour, le moindre instant de notre vie.

Une pensée constamment fixée sur la mort, une pensée « morbide », conduirait à la mélancolie, à l'obsession et au malheur. Peut-être même à la rancœur, au mépris, à l'oubli des autres, à la haine du monde entier.

Et rien ne serait pire que d'oublier de vivre.

*

Enfin, lorsque nous nous demandons, parvenus à un certain âge, si cela en valait la peine, nous n'avons aucune réponse à donner. Je ne peux pas dire « j'aurais préféré ne pas vivre », puisque, dans ce cas, je n'aurais rien connu de la vie. Pour préférer un état à un autre, il faut avoir connu les deux. Or comment connaître la non-vie ? Le rien, le néant ?

Le néant est inconnaissable. Il n'a pas son contraire, il ne peut présenter aucune équivalence. Et, n'étant rien, il ne peut se comparer à rien.

Toute notre vie nous tournons autour du néant, qui nous guette, qui nous attend – et que nous ne connaîtrons jamais pour ce qu'il est. Nous ne parlons de lui que de manière négative. Nous l'ignorons : mesure de prudence.

Enfin, de toute façon, il est plus que probable – Sénèque le disait déjà – que nous n'aurons aucun souvenir de notre mort, quelle qu'elle soit, pas plus que de notre existence. Dès que notre cœur aura cessé de battre, dès que notre sang renoncera à circuler dans notre cervelle et partout ailleurs, dès que nous serons immobiles, raides et froids, il sera trop tard pour discuter de nos choix de vie – à supposer qu'un choix nous eût été offert, ce qui est rare.

Imaginons un moment des défunts transparents, fatigués, qui sortent de leurs sépulcres, la nuit, qui s'asseyent silencieusement sur leurs pierres tombales, lesquelles portent leurs noms gravés, et qui chaque soir, sans se lasser, recommencent le bilan de leurs existences, à voix basse et comme honteuse. Et ceci, et cela. On entend comme des murmures entre les stèles : « Ah, si j'avais su, si seulement j'avais pu me douter, à ce moment-là de ma vie, que… Comment ai-je pu me tromper à ce point-là ?… Me lancer dans cette aventure imbécile ? Si je pouvais revoir cette femme, si je pouvais recommencer, ne serait-ce que ce moment de mon existence, que ne donnerais-je pas ? » (Oubliant qu'il n'a plus rien à donner.)

Tous et toutes, sans doute, souhaiteraient changer quelque chose aux événements qu'ils ont traversés, ne serait-ce qu'un détail, un geste, une phrase. Tous voudraient effacer un regret, réparer un oubli, rectifier une erreur dans leur vie, qu'ils racontent à voix basse sous les cyprès immobiles. Mais la nuit passe vite, l'aube s'annonce à l'est, il faut vite regagner les tombeaux.

Plus rien à faire. Il est toujours trop tard.

Je crois aussi qu'il nous est difficile de suivre Baudelaire quand il appelle la mort, ce « vieux capitaine », et qu'il lui demande de lever l'ancre pour s'en aller « au fond de l'inconnu pour trouver du nouveau ».

Mais non, rien de nouveau ne nous attend dans l'inconnu. Aucune surprise dans le néant. Nous n'aurons même aucun souvenir de ce que nous pensions savoir, connaître, et de ce que nous souhaitions trouver de l'autre côté. Aucune trace, aucun signe.

Ancien, nouveau : rien ne nous restera. Donc, pas de surprise à espérer.

Le néant n'est pas nouveau, que l'on sache. Il était là, sans doute, avant nous, et sans aucun doute il nous survivra. Nous en venons, nous y retournons. Il est – à notre échelle – un territoire immuable, immense et secret.

Il est même probable que nous l'avons imaginé, que nous l'avons inventé, et qu'il n'a aucune conscience d'être. Sa grande force est qu'il n'est pas.

Sinon, il ne serait pas le néant.

Cela dit – mais sans aucune hostilité, ni indifférence, car il fallait bien le dire et le redire au passage, un peu rapidement sans doute, en entrant dans cette vallée –, nous allons laisser de côté les philosophes – qui parfois se répètent un peu – et revenir à notre montagnard japonais, tout à son aise dans l'eau turbulente.

Le flot

Et d'abord le flot. Du torrent, du fleuve. L'incessant mouvement du monde. Il est continu et irrésistible, il ne revient jamais en arrière, c'est une affaire entendue, et nous nous le sommes dit, et répété, depuis longtemps, Chinois, Indiens, Incas, habitants de l'Afrique ou Grecs, ou Vikings. Pour l'oublier chaque fois. Ce flot continu, dans la plupart des cas imperceptible, contre lequel il ne sert à rien de lutter, nous l'avons appelé, en général, « le Temps » et, pour ce qui concerne nos images familières, nous l'avons muni d'une faux, qui est tranchante et impitoyable.

Mais cette faux, aussi longtemps que nous sommes vivants, ne fauche, autour de nous, que les autres. Jour après jour, nous y échappons. Elle nous frôle, parfois même elle nous égratigne, mais finalement, aussi longtemps que nous sommes vivants, elle nous épargne.

Et le Temps passe, discret, comme pour se faire oublier. Il passe même, souvent, à côté de nous. Comme si nous restions là, immobiles, sereins, oubliant le Temps. D'ailleurs, nous le disons souvent, sans nous en rendre compte : « Qu'est-ce que tu fais ? Je passe le temps. »

Ou bien encore : « Ça fait passer le temps. »

Comme si nous n'avions que ça à faire. Passer le Temps. Comme si, par une sorte de distraction passagère de l'Univers, nous pouvions échapper, au moins pour un moment, à la glissade.

Remarquons aussi – mais qui sait pourquoi ? – que le Temps est la plupart du temps masculin, alors que la mort reste féminine.

Après notre mort, nous aurons oublié tout cela, nos distractions, nos périls, nos attentes et nos inquiétudes de chaque jour. D'ailleurs, nous aurons tout oublié. Même l'oubli.

« Être mort », entre nous soit dit, est un oxymore, puisque la mort est la fin de l'être.

On est ou on n'est pas. Il est impossible d'« être mort ».

Toutefois, si les mots aiment jouer entre eux, laissons-les faire. Sinon, nous n'en finirions pas.

*

En y regardant de plus près, qu'est-ce, au fond, que le mouvement, ou plus exactement le « mouvant » ? La qualité fondamentale de ce qui bouge, et qui conduit du rien au rien ? Cette poussée profonde, indiscernable, cette force universelle qui ne peut jamais rester en place ? Comment la qualifier, la déceler, l'étudier, la contraindre ? D'où vient-elle ? Pour quelle raison tous les êtres et toutes les choses évoluent-elles, changent-elles sans cesse ?

Pouvons demander pourquoi ? Et à qui ?

De nos cellules les plus intimes aux astres les plus lointains, tout n'est que mouvement perpétuel. Où se situe l'origine de ce mouvement ? Quel est ce mystère ? Si commun que nous ne le remarquons même pas ?

Le « mouvant » n'est pas ce qui se meut, ce qui bouge ou change de place. Ce n'est pas la matière elle-même, qu'elle soit visible ou invisible. C'est une qualité fondamentale, une nécessité, une force obscure qui se cache au fond de chaque être, et même sans doute de chaque chose, une force (bien que ce mot puisse être trompeur) à laquelle nous pouvons donner des noms divers – entropie, évolution, usure, dégradation, poussée, passage, histoire, décadence, vieillissement, dégringolade –, mais qui demeure, de génération en génération, et quels que soient les philosophes et les savants, totalement impénétrable à notre pensée.

Je vois et je sens que je change, et que tout change autour de moi, je ne peux pas l'ignorer, je ne peux pas davantage m'y opposer, mais quel est ce moteur secret et inusable qui nous emporte tous ? Quelle forme a-t-il ?

Quelle énergie secrète, en tout cas mal connue, l'anime ?

Qu'est-ce qui fait que mes cheveux poussent et que les marées vont et viennent ?

Nous piétinons devant la porte de l'énigme. Depuis longtemps. Depuis l'origine du mouvement, peut-être.

Si origine il y eut.

*

Nous ne devons pas demander « pourquoi » (disent les personnes raisonnables), parce que les questions qui commencent par « pourquoi » supposent toujours une intention première, un but, une finalité – ce qui n'aurait ici aucun sens, au moins pour nous.

Qui aurait décidé que tout serait en mouvement ? Et pourquoi ? Il s'agit, de toute évidence, d'une question sans réponse. C'est comme ça, voilà.

Pas de « parce que » après ce « pourquoi ». Oublions donc cette question, car trop humaine.

Il faut donc plutôt nous demander « comment », ce que préconisent toujours les scientifiques, dans toute démarche.

Nous avons peut-être plus de chances de trouver une réponse à cette question-là ; en cherchant quel est ce « mouvant », comment il s'impose à nous et comment – le cas échéant – nous nous y adaptons, nous y résistons, nous nous y abandonnons.

Le monde aurait pu naître immuable et fixé une fois pour toutes. Rassurant, ferme, stable – comme le décrit la

Bible – laquelle à vrai dire ignorait l'Amérique (pas de jaguar dans l'arche de Noé, ni d'anaconda, Dieu avait encore à apprendre). Mais il nous semble – d'après nos observations les plus attentives – que dans ce cas le monde n'aurait peut-être pas accueilli la vie, ce phénomène commun à tant d'éléments différents, cette vie qui s'est développée petit à petit, très lentement, et qui ne peut pas se concevoir sans le mouvement – lequel, pour ne parler que de la Terre, frappe les animaux, les humains, les arbres et aussi – mais plus lentement – les roches, puisqu'il est prouvé que certaines de nos montagnes ont été déposées, autrefois, il y a très longtemps, par des mers, lesquelles, par la suite, en raison de faits que nous ignorons, se sont retirées.

Nous sommes les enfants du mouvant. Nous tous.

Et cela va même beaucoup plus loin que le monde visible, puisque les neutrinos – ces particules venues des étoiles qui nous traversent en permanence à notre insu, sont eux aussi soumis à ce mouvement universel, tout comme leurs récents cousins les neutralinos, et d'autres peuplades et hordes de l'invisible. Et il nous semble assez aisé de voir que, sans ce mouvement perpétuel (et la mort qui vient tôt ou tard le conclure – pour nous, pas pour les neutrinos), nous resterions figés dans une immobilité sans nuances, vite monotone et répétitive, qui serait au fond proche de la mort ; très proche, même. À s'y confondre.

C'est le mouvant, évidemment, qui me fait vivre, qui me fait vivant. C'est le fait que demain ne sera pas comme aujourd'hui, qui n'est pas comme hier. Si les heures se répètent, moi, en tout cas, j'aurai changé.

J'en ai même la certitude.

Je suis sûr, par exemple, qu'en écrivant la fin de cette phrase, je serai plus vieux.

Si je pense, et par conséquent si je suis, si je respire, si je me déplace, si je parle, si j'écris, si je regarde autour de moi, c'est parce que mon sang circule dans mes vaisseaux, poussé par mon cœur, et irrigue, entre autres organes, mon cerveau. Même quand je dors, je ne suis que mouvement – immobile, silencieux. Je ne peux pas dire à mon corps : « Arrête-toi, je dors ! » Il ne me comprendrait pas, il ne m'entendrait même pas.

La simple notion d'« arrêt » lui échappe.

La nuit mon « esprit » paraît s'être endormi, mais mon corps bouge, dans toutes ses parties, même les plus fines, les plus intimes. Et même mon esprit se promène, s'agite, se laisse parfois gagner par le rêve, qui se joue de lui, qui le parodie, qui se divertit, qui se moque. Toutes mes portes sont ouvertes. Ma conscience s'est assoupie, mais mon inconscient est en plein travail. « Comme un voleur dans une maison vide », dit-on au Tibet.

Si je suis, je suis mouvement.

Et si je suis mouvement, je suis.

Dans l'éternité paradisiaque, et là seulement (car dans l'enfer nos âmes « se tordent de douleur », comme si elles avaient encore un corps sensible au feu, et l'effroi d'une éternité de supplices devant elles), nous avons imaginé une béatitude sereine et probablement immobile.

Je dis « probablement », car qui pourrait nous assurer que dans l'éternité rien ne bouge ?

Au sortir de notre existence terrestre tumultueuse mais quelquefois pittoresque, agréable et même intéressante, cette autre vie nous serait évidemment insupportable après une semaine ou deux, à cela près qu'il n'y aurait plus de semaines, plus d'années, plus de siècles, puisque Dieu est vainqueur – le seul vainqueur – du Temps. C'est du moins ce que nous disons de lui, faute de mieux.

En réalité, cette question obsédante du mouvement perpétuel (forcément perpétuel), et de l'arrêt de tout mouvement (autrement dit de la mort), se pose au Temps, et non pas à la mort elle-même, dont l'oreille est sourde, exactement comme celle de Dieu.

Sans « mouvant », nous ne sommes plus. Comme le dit Attar, à l'ombre de qui j'écris ce livre, « pas de plus grand danger que l'immobilité ».

*

Où est la victoire du Temps, en effet, si nous avons atteint l'état d'éternité, au-dedans duquel toute poussée, externe et interne, s'apaise ? Si s'arrête même le mouvement qui anime en permanence nos cellules et nos atomes ? Et quelle différence cette condition définitive offrirait-elle avec la mort pure et simple de l'être tout entier ? De tout être ?

Nous ne pouvons que rêver sans répondre. Pour Einstein, qui reprochait à Bergson une conception « philosophique », et non pas simplement physique, du Temps, la « distinction entre passé, présent et futur n'est qu'une illusion, même si elle est tenace ». L'insensibilité apparente des particules élémentaires, qui constituent nos atomes, nous conduit à cette conclusion. Le Temps, que nous croyons voir « passer », ne serait qu'un phénomène de surface, une simple impression, ne touchant rien à l'essentiel, c'est-à-dire à ces particules de base.

La matière elle-même, dans ses éléments profonds, n'est pas sensible au changement. Immuable, elle semble ignorer le flot. Autrement dit, pour les atomes qui nous constituent, la mort n'opère qu'en surface.

Aucun atome n'est mortel.

Avec le « commencement » du monde, la forme l'a emporté sur l'informe. C'est déjà ça. Un premier pas. Mais le prix à payer pour cette mise en forme, cette mise en ordre (dans un certain ordre), c'est bel et bien le Temps, donc la mort.

Et l'informe nous attend sans doute là-bas, en fond de piste.

Peut-être Einstein eût-il accepté de porter une des « montres molles » de Salvador Dalí, comme si le Temps amollissait et ralentissait (sans doute) toutes les mesures. Un des secrets est peut-être là, dans cette perversion de l'objet de mesure, dans des montres soumises, vaincues et relativisées. Des montres qui se révolteraient contre la rigidité du Temps.

Mais au fait : combien de temps fallait-il à Dalí pour peindre une de ses montres molles ? Peut-être est-ce le Temps qui mesure la montre, et non pas le contraire ?

*

Cependant, quelle que soit notre façon de mesurer, la matière même du monde, ce dont nous sommes tous faits – chair, bois, eau, gaz, métal ou pierre –, ne se détruit pas. Cela, nous croyons le savoir. L'ange exterminateur, si terrifiant et impitoyable qu'il soit, armé de son épée de feu, n'est pas capable d'anéantir un seul atome. Notre matière ira très loin. Nous ne serons plus ce que nous étions, nous aurons changé de forme (plusieurs fois sans doute), nous aurons tout oublié de nos divers états, mais nos atomes ne cesseront pas d'être, même s'ils nous ont quittés, sans conserver de nous la moindre trace.

Ils seront toujours quelque part. Ici ou là. Même s'ils appartiennent désormais à une autre forme de vie, que nous ne pouvons, de notre vivant, ni choisir ni même prévoir.

D'où venons-nous ? Nous ne pouvons que le supposer, si bien que cette interrogation, qui passe pour suprême, est en réalité absurde, et même un peu bête, sous certains aspects. Nous savons que notre apparition tardive a demandé quelques milliards de nos années, et certains d'entre nous passent leur vie à la poursuite de ce temps-là, de ce temps chronologique, ancien, de ce temps perdu, disparu, où les formes – des bactéries par exemple, par milliards et milliards – se cherchaient sur la Terre avec une extrême lenteur.

Si les scientifiques vont jusqu'à reconnaître onze dimensions de l'Espace, ils n'en trouvent qu'une pour le Temps, toujours la même.

Quelque chose, ici, les bloque – car, même pour nier le Temps, il faut du temps.

En fait, soyons sincères, nous n'avons jamais vu le Temps, nous n'en voyons que les effets, les arbres qui s'inclinent, les épaules qui se voûtent, la poussière qui s'envole, les pas ralentis, hésitants. Shakespeare remarque (dans *Timon d'Athènes*), qu'un vieillard, en avançant en âge, se penche de plus en plus en avant. « Son corps se prépare pour le voyage, il devient lent et lourd », comme si les vieux voulaient rentrer dans la terre d'où ils sont sortis, et qui, patiente, les guette à chaque pas, les attend.

Et nos cheveux tombent, parfois par poignées, comme des rats abandonnant le vaisseau qui sombre.

Pour les effets plus lents, comme l'érosion des montagnes, ou même l'usure du goudron sur les routes, du plâtre sur les murs, de l'écorce sur les arbres, le plus souvent ils nous échappent. Nous n'y prêtons guère attention, car nous ne prenons pas le temps d'observer les effets du Temps. Et si nous ne nous baignons jamais deux fois dans la même eau (disaient les Grecs), les bouddhistes ajoutent que ce n'est jamais le même baigneur. Ils disent même que l'« impermanence » est le premier concept fondamental du bouddhisme, juste avant l'« interdépendance ».

Rien ne dure, et rien n'est seul.

Cette « impermanence » du monde a été ressentie, et exprimée, de diverses manières, et dans nombre de traditions.

La constatation est facile. Nous l'appelons, en français classique, l'« inconstance » et, comme nous sommes un peuple frivole, ou dit tel, nous insistons sur les inconstances de l'amour, qui sont le pont aux ânes d'une complainte infatigable.

Mais le mot « impermanence », si nous nous y attachons un moment, peut soulever des échos plus profonds, plus étranges. Ce monde où nous vivons manque de permanence, dans toutes ses parties, tout comme nous.

Nous nous répondons. Nous sommes bien faits l'un pour l'autre.

*

Le Temps lui-même – pour y revenir un instant –, personne ne l'a vu. Il passe à travers nous, il va, il vient, il connaît toutes nos portes et fenêtres. Nous sommes une maison du Temps, une maison ouverte à ce voleur insatiable. Notre corps en montre toutes les marques, tous les stigmates, comme s'il s'agissait d'intempéries, ou peut-être de blessures de guerre.

Malgré les soins que nous prenons souvent pour le cacher, nous sommes ainsi les témoins, les preuves du Temps. En coupant un tronc d'arbre, et en comptant les cercles sur la tranche, nous pouvons connaître l'âge de celui que nous venons d'abattre. Le Temps s'inscrit dans chaque fibre. Il en est de même pour chacun de nous. Nous savons aussi que le bonheur, ou même simplement le bien-être, brûlent le temps, que les plaisirs les plus vifs se dissipent en un instant, que les heures dites bienheureuses passent plus vite que les autres, que les spectacles qui traînent en longueur nous ennuient, et que la misère, partout sur la Terre, allonge les années, qu'elle est lente et lourde. Nous connaissons par cœur tous nos clichés.

C'est pourquoi, peut-être, nous ne vivons pas tous dans le même temps.

Par prudence.

De toute manière, méfions-nous de l'immobile, qui est trompeur. Et regardons une fois encore la célèbre *Vague* d'Hokusai qui serait, selon la tradition orientale, la représentation graphique, et parfaitement immobile, de ce mouvement sans repos.

Une image, non seulement du mouvement, mais de notre façon de le voir.

*

Nous aussi, nous tout entiers, nous nous transformons, instant après instant, la plupart du temps malgré nous, poussés vers le néant par cette force ultrasecrète. Même ce que nous voyons, ce que nous lisons, même ce que nous pensons se modifie à notre insu. Sans cesse. Même notre sensation du mouvement, du passage.

Le voudrions-nous, il nous est impossible de rester fixes et « immobiles » ; ni à l'intérieur de notre corps, où tout se déplace et se modifie sans cesse, ni sur la Terre, ni dans la galaxie, ni dans quelque lieu que ce soit de l'Univers.

Nous sommes « mobiles » et changeants par définition, « ondoyants et divers », nous allons dans le sens de « la flèche du Temps », et tous ceux qui ont affirmé, à un moment donné de l'histoire humaine « voilà, ça y est, nous avons trouvé la solution, nous n'en bougerons plus », tous – sans aucune exception – se sont trompés ; à l'exemple de l'Égypte des pharaons ou du Reich millénaire annoncé par Hitler, empire qui a duré douze ans à peine, et à quel prix.

Et combien d'autres ont cru avoir trouvé la clé magique de l'immobilité ?

De la permanence et de l'ordonnance du monde ?

De la constance ?

D'un système matériel assez solide pour défier le passage du Temps ?

*

C'est donc ainsi. Les forces qui nous emportent (celles du torrent dans la montagne, une des apparences les plus visibles du « mouvant ») sont parfois presque indiscernables, mais rien ne peut s'y opposer.

Au moins dans les mondes et dans les dimensions que nous connaissons, où nous vivons.

Si nous restons attentifs, quel que soit notre âge, à ce qui se passe autour de nous, il nous est facile de voir que l'écriture, par exemple, cet exercice dont nous étions si fiers, est en train de s'effacer. L'écriture à la main, qui faisait autrefois le prestige des scribes, des mandarins et des clercs (et le gagne-pain des écrivains publics), disparaît petit à petit. Nous tapons sur des touches, mais nous n'écrivons plus. Nous pouvons même dicter à un petit appareil portable tel ou tel texte et faire croire que nous savons écrire, sans aucune faute.

Nous ne formons plus les lettres et les mots de nos propres mains, ce qui faisait naguère le bonheur des graphologues (encore une profession menacée).

Avouons-le. Nous avons tous, désormais, la même écriture. Bientôt, nous n'aurons même plus de lettres, ni de mots, mais des signes que nous placerons les uns à côté des autres et qui seront compris partout dans le monde (comme un *smiley* aujourd'hui, ou les cœurs tout rouges d'amour, ou les émojis).

Nombreux sont les professeurs qui le disent, non sans tristesse quelquefois. Adieu l'écriture personnelle, que nous avions placée si haut, qui faisait de chacun de nous un individu. Et que nous avions eu tant de mal à apprendre et à maîtriser.

Adieu la correction manuscrite, adieu même la dédicace, le mot d'amour.

La revanche de Babel, que nous n'attendions pas, est annoncée.

Tout ce glissement paraît acquis, inévitable, et même depuis assez longtemps, en Orient comme en Occident, aux niveaux les plus élémentaires de la constatation et de la réflexion quotidienne. Il suffit d'un peu d'attention quand nous regardons autour de nous.

Comment donc fait le montagnard japonais, sachant cela – car il le sait, forcément – pour se maintenir sans effort dans le puissant courant qui roule ?

*

Un bref conseil à glisser, en passant, aux auteurs de science-fiction, qui imaginent presque toujours des sociétés lointaines, dans des univers jusque-là inconnus. Elles existent à coup sûr, ces sociétés de vivants organisés (pas forcément d'humanoïdes), même si nous savons que nous ne les rencontrerons jamais, beaucoup trop lointaines et dispersées dans l'espace-temps.

Il serait impensable que nous soyons les seuls au monde. Et il est impossible que nous nous rencontrions.

Cela a été dit, souvent.

Cependant les auteurs se trompent, je crois, en imaginant et en décrivant (assez souvent) des sociétés stables, ordonnées, voire même hiérarchisées, et durables. Quelles qu'elles soient, et où qu'elles se trouvent, gigantesques ou minuscules, elles sont elles aussi – c'est un pari à prendre – emportées par le flot, par la toute-puissance de l'impermanence.

Par la vague sans fin de l'Univers.

Certaines ont déjà vécu, d'autres attendent, depuis longtemps, de voir le jour.

Nous ne les connaissons pas, nous ne les connaîtrons sans doute jamais, nous ne savons rien de leurs écritures, de leurs « moyens de communication », de leurs goûts, de leurs craintes collectives, mais nous sommes sûrs d'avoir avec elles un point commun : d'un instant à l'autre, là-bas ou ici, nous changeons. Nous pouvons sans doute l'affirmer.

Si un seul être, ou même un seul objet, dans l'Univers, ne subissait aucune variation, quelle qu'en soit la place dans l'Espace et le Temps, nous nous trouverions devant l'énigme première du monde, peut-être devant ce que Stanley Kubrick a voulu suggérer, avec cette stèle muette, lisse et omniprésente, dans son film *2001 : l'odyssée de l'espace.*

Imaginons un instant que nous découvrons, dans un coin perdu de l'Amazonie, un petit peuple, quelques douzaines d'individus peut-être, hommes et femmes, apparemment adultes, qui n'ont pas changé depuis des millénaires. Le Temps les a oubliés, laissés de côté. Ils ne meurent pas, ils ne vieillissent pas, ils restent constamment identiques à eux-mêmes.

Quelle émotion universelle ! Quel étonnement, et quel scandale ! Un peuple sans mort, sans néant, sans une autre vie ! Quelle ruée de reporters ! Que de débats ! Mais comment se fait-il ? D'où tiennent-ils ce privilège invraisemblable ? Qu'ont-ils fait pour le mériter ?

Cependant, demanderaient vite certains, s'agit-il bien d'un privilège ?

Cette exception constituerait à coup sûr le plus grand événement de l'histoire du monde. Chacun voudrait aller les visiter, implorer un secret, une formule. Chacun irait de son hypothèse. Prévoir une immense bousculade.

Nous finirions sans doute par les étouffer, par les tuer.

L'eau d'une source, lorsqu'elle jaillit, ne sait jamais où elle va. Ou, plutôt, nous ne savons pas où elle va. Personne ne le sait, même pas la terre d'où elle sort. Cependant un chemin lui est déjà tracé, par les eaux qui ont coulé avant elle. Obéissant d'abord à la pesanteur, ce chemin pourra se modifier, par l'action de l'eau elle-même, des climats qui peut-être changeront, et aussi par l'action des hommes, ou des insectes, ou des castors, ou du climat.

*

Comme nous n'en sommes qu'au début de notre promenade à la recherche de cette vallée du Néant, qui pour l'instant ressemble à un vagabondage, laissons-nous aller un instant dans le cours capricieux, et pourtant rigoureux, du Temps. Sans essayer de nous y opposer, de le dévier, de lui imposer quelque machine arrière.

Détendons-nous.

Sans effort, même pour une minute ou deux, où que nous nous trouvions, fermons à demi les yeux et essayons de prendre conscience de ce mouvement universel qui entraîne la Terre, et les autres planètes, et tous les soleils, et les milliards de galaxies qui font le monde ; de cette inconstance, de cette instabilité, de ce mouvement sans limite ni vitesse connues qui entraîne notre table de travail, notre ordinateur, notre lampe, notre jardin, mais aussi notre sang, notre chair, toutes nos cellules, peut-être même notre imagination, notre réflexion, nos goûts, nos idées…

Devenons un bouchon qui danse à la surface de l'eau élargie qui s'écoule.

Expérience mille fois décrite, mille fois tentée, et qui nous laisse chaque fois déçus, et même parfois désabusés. Car, pendant que nous tentions de nous placer un instant hors du Temps, nous avons vieilli.

En outre, quoi que nous prétendions, nous n'avons rien senti. Pas le moindre frémissement, ou vertige.

Qui pourrait soutenir qu'il a, un jour, senti la Terre bouger sous ses pieds ?

Errances

Pascal disait que nous « errons » « dans les temps qui ne sont pas les nôtres » et que nous ne pensons pas « au seul qui nous appartient ». Quel serait donc ce temps qui nous appartiendrait ? Sans doute, pour lui, celui de l'éternité bienheureuse, divine, de laquelle nous parlions, et qui justement n'est plus le Temps.

Faudrait-il donc oublier la vie au nom de la mort, faudrait-il sacrifier notre court passage « ici-bas » (que viennent faire ici le bas et le haut ?), et même l'oublier, au profit d'une éternité plus que douteuse, et de toute façon promise à la monotonie, peut-être même à l'ennui sans fin du salut ?

Aujourd'hui, nous dirions plutôt, non pas le contraire, mais une variante. Si nous poursuivons en effet notre « divertissement », comme Pascal appelait notre vie ordinaire, notre « passe-temps », en songeant à la mort, au néant et au ciel le moins souvent possible, et en nous occupant de tout autre chose, nous le faisons dans le seul temps qui est le nôtre, celui précisément où nous sommes vivants.

Nous ne pouvons agir, nous ne pouvons penser, nous ne pouvons faire, en un mot nous ne pouvons vivre que si nous sommes vivants.

Les projets *post mortem* sont très aléatoires.

*

Tout près de Pascal, qui s'étonnerait sans doute de ce voisinage (mais qui sait ?), je me permets de citer ici une chanson très populaire qui me vient soudain aux lèvres – pour être précis une valse lente assez belle – des années 1930, *Le Chaland qui passe*, chantée à l'époque, en France, par des vedettes comme Tino Rossi, ou Lys Gauty, où l'on trouvait ces mots :

Ne pensons à rien, le courant
Fait de nous toujours des errants.
Au fil de l'eau, point de serment,
Ce n'est que sur terre qu'on ment...

Nous retrouvons dans la chanson le même mot qu'utilisait Pascal, le verbe « errer ». La voix populaire nous le dit, non sans quelque tendresse. Nous croyons nous fixer, acquérir une identité, un nom, un territoire, nous nous trompons : nous sommes des errants, nous allons ici et là, aux hasards de la marche du monde ; des nomades, comme si le mouvement, en tout cas le déplacement, était plus près de la vérité que la stabilité armée, que les barbelés, que les enclos des sédentaires.

Inutile, donc, ici, de mentir, de prétendre.

Gardons nos serments pour la terre ferme, celle des tromperies et des illusions.

Ainsi, le « courant » du torrent – si différent des eaux calmes sur lesquelles glisse le chaland, mais au fond cela revient au même –, entretient les forces du vieux Japonais, et peut-être même les endurcit, au lieu de les réduire et de les épuiser. C'est de là sans doute que vient son aisance, son absence apparente d'effort : de la connaissance intime de l'eau. Et ce qui vaut pour notre corps vaut aussi, et bien plus encore, pour notre pensée, pour nos sentiments et pour toutes les certitudes qui, un jour ou l'autre, s'acharnent à nous ralentir, avant de nous paralyser pour de bon.

Si nous y cédons, nous resterons sur la rive, comme tant d'autres.

Notre intelligence, comme notre sensibilité, comme notre mémoire et notre imagination sont des muscles. Comme tous les muscles, ils ont besoin d'un entraînement quotidien. Sinon nos facultés, se sentant négligées, s'étiolent et, finalement, découragées, déçues, peut-être dépitées (était-ce bien la peine ?), nous abandonnent au bord du torrent, notre regard fixé sur l'eau qui va – qui va sans nous.

D'ailleurs, la cascade est-elle toujours la même ? Certainement pas, malgré l'impression qu'elle donne. L'intensité du torrent, la vitesse, le bruit, les couleurs et même la composition de l'eau changent sans cesse – en dépit des apparences – sans parler des branches cassées, des herbes, des animaux noyés et des objets perdus. L'eau, d'une seconde à l'autre, ne rejaillit pas exactement avec la même force, elle ne nous adresse pas exactement les mêmes bruits (son écriture), elle ne lance pas les mêmes éclaboussures sur les pierres, et les pierres elles-mêmes ne cessent de se polir, de s'user lentement au frottement, même affectueux, de l'eau.

La cascade passe par des hauts et des bas, par des crues, par des sécheresses.

Et, dans ces changements qui ne dépendent jamais de nous, nous sommes une pierre comme les autres, une des moins résistantes, sans doute. Nous subissons.

Encore que.

Retour dans notre chaland, au fil du canal, là où tous les serments s'effacent d'eux-mêmes (aussi vaut-il mieux s'en méfier). Rien ne nous interdit, de temps à autre, de nous amarrer et de faire escale un moment, si quelque endroit ombragé, sur une des rives, nous semble agréable.

Quelque endroit, ou quelque personne. Une guinguette, une musique. De fines odeurs de cuisine. Des bruits de bouteilles qui s'entrechoquent. De l'eau fraîche. Des robes courtes et soulevées. Des couples qui dansent en souriant.

Et même des voix qui vous appellent : « Venez ! Venez ! Vous êtes les bienvenus ! Venez ! »

La douceur, la gaieté, le bien-être.

Le charme.

La Terre est semée d'escales possibles, d'arrêts plaisants, ici ou ailleurs, à l'ombre aussi bien qu'au soleil. Nous en connaissons tous quelques-unes. Et nous ne pouvons trouver aucune raison de les éviter, même en cherchant bien.

Nous n'y apercevons aucun danger.

À condition, toujours, de faire l'effort de repartir, comme Ulysse s'arrachant aux charmes de la magicienne Circé et même (dans une autre île) à ceux de la nymphe Calypso, qui lui promettait pourtant, entre autres privilèges, l'immortalité.

Mais eût-elle tenu parole ?

Ou cette promesse mirobolante était-elle mensongère, comme tant d'autres ?

Et pourquoi donc Ulysse s'acharnait-il à rentrer chez lui, où l'attendaient certes son chien, sa femme et son fils, mais aussi, tôt ou tard, la mort ?

Vieillir

Vieillir est le seul moyen que nous avons trouvé pour vivre longtemps. Voilà comment s'exprime ce qu'on appelle – je n'ai jamais su pourquoi – « la sagesse des nations » (quoi de moins sage qu'une nation ?).

Et pourtant, vieillir, c'est accepter de se placer exactement au milieu du courant, comme pour l'affronter, comme pour résister. Vieillir, pour la plupart d'entre nous, est une prise de conscience et une lutte de chaque instant. Du même coup, c'est perdre peu à peu, sans même nous en rendre compte, notre aisance, notre rapport quelquefois facile et agréable avec le monde. Car cette lutte peut devenir une hantise, une obsession, puisqu'elle est dans tous les cas perdue d'avance – et que nous le savons. Même si quelqu'un nous dit « tu as rajeuni », nous savons qu'il se trompe ou qu'il veut nous flatter. Les « cures de rajeunissement » sont un masque qui glisse et tombe vite. Une simple illusion balnéaire.

Peu après notre naissance – que nous n'avions ni décidée ni choisie –, nous apprenons à nous tenir droit et à marcher, sans tomber, sur cette Terre où nous sommes nés ; car il nous faut marcher sur la terre, nous ne sommes ni un requin ni un oiseau, pas même un arbre, une herbe. Il nous faut apprendre à courir, à monter marche après marche le long d'un escalier, à nous coucher et à nous relever, à nous tenir sur un vélo, à nager, à conduire une automobile, à prendre le métro – et tant d'autres gestes, tant d'autres attitudes indispensables à notre vie humaine.

Notre enfance, notre jeunesse sont là pour ça. Pour nous « instruire ».

Certains disent : pour nous former.

Vient un moment – que nous appelons généralement la maturité – où notre accord avec le reste du monde paraît accompli. Nous sommes fondus l'un dans l'autre. Même l'idée de « prendre de l'âge » nous abandonne. Nous nous sentons à notre place, dans notre « environnement » (comme ils disent, en se trompant, car nous ne sommes pas « environnés » par le monde, nous sommes en réalité au beau milieu, nous sommes une partie de ce tout).

C'est à ce moment-là, quand nous nous sommes enfin accordés, pensons-nous, avec les autres éléments qui constituent notre vie, que tout commence à se modifier, presque insensiblement, que tout ce que nous avons appris ne nous sert plus à grand-chose (sinon à nous en souvenir, dans un flou de plus en plus dense), et que notre adaptation s'effrite et même quelquefois s'effondre, car d'autres objets, d'autres techniques, d'autres modes, d'autres désirs, et même d'autres êtres, bientôt, apparaissent autour de nous et s'affirment indispensables.

Certains s'y font, d'autres tentent d'y résister, quelques-uns en meurent.

Le monde, de toute manière, continue. Pour ceux qui se sont adaptés, tant bien que mal, tout va bien, ou à peu près bien. Pendant quelque temps, en tout cas. On dit, dans ces cas-là, qu'ils sont « à l'aise », ou encore « faciles à vivre », « bien dans leur peau ». On dit aussi qu'ils « ont les pieds sur terre », qu'ils « vivent avec leur temps », qu'ils « acceptent leur âge », que la vie leur sourit encore.

Et c'est alors que, furtive, la vieillesse vient nous effleurer, puis nous saisir. Elle ne le fait pas brutalement (sauf exceptions) mais petit à petit, insidieusement. La vieillesse est discrète, silencieuse, elle arrive sur la pointe des pieds. Chateaubriand l'appelait une « voyageuse de nuit ». Nos gestes perdent en précision, nous commençons à refuser de changer notre téléphone pour un nouveau modèle, nous renonçons (sur recommandation médicale, souvent) à nous coucher tard, à manger trop salé, ou trop sucré, plus tard à conduire une voiture et même à monter le long d'un escalier sans l'aide précieuse d'une rampe.

Nous vieillissons, marche après marche, seconde après seconde. Et ainsi, petit à petit, ceci après cela, nous perdons des lambeaux de cette adaptation au monde que nous avions mis tant d'années à acquérir et à discipliner. Je ne suis plus en relation naturelle et facile avec le reste des choses et des êtres. Je dois penser à ce que je fais.

Le monde et moi, soudain, nous faisons deux.

Je découvre alors dans tous mes actes, ou presque, une maladresse quotidienne, si bizarre, si inattendue, que j'ai du mal à croire que c'est moi qui viens de casser ce verre, ou de buter sur ce caillou. Cela ne m'arrivait jamais : quand je marchais, mes pieds voyaient pour moi. Que se passe-t-il tout à coup ? Les gestes les plus familiers m'abandonnent, m'oublient. Le monde et moi, nous nous éloignons l'un de l'autre, nous nous séparons peu à peu. Une façon de me dire à mi-voix, de me faire comprendre, que bientôt je devrai le quitter.

Et rien de nouveau, dans la vieillesse, ne vient satisfaire notre curiosité, qui s'est lentement émoussée, rien ne vient exciter, comme autrefois, notre appétit de vivre et de faire.

Nous devons pourtant nous y habituer, vaille que vaille. Cela s'appelle en réalité le renoncement – même inconscient, même si nous nous intéressons, même si nous nous accrochons, avec toute la fureur de la curiosité, à la vie qui nous entoure, et à celle qui nous attend encore. Il s'agit en fait d'un divorce, d'une séparation, lente mais assurée, régulière, que nous souhaitons sans dommage, mais sans y réfléchir vraiment. Nous laissons aller le monde, nous sentons bien que la musique s'affaiblit, que les lumières baissent, que la fête s'achève et qu'il va bientôt falloir s'en aller.

C'est une perte d'accord, de cohésion, cela ressemble presque à un divorce. Voilà, nous dit-on à voix basse, nous devons te quitter maintenant, mais nous pourrons continuer sans toi. Ne t'inquiète surtout pas pour nous, ça ira.

Tu hoches la tête, tu serres des mains, tu comprends. Entre eux et toi, tu vois un écart qui se creuse. Tu es largué, tu ne peux plus suivre le rythme.

Et si tu crois que tout était mieux de ton temps, et que tu étais à jamais indispensable, à la belle place que tu occupais, tu te trompes.

*

C'est à partir de vingt-cinq ans, environ, et jusqu'à cinquante ou cinquante-cinq, que cette alliance avec le monde fonctionne d'elle-même, que les gestes sont naturels, faciles, en accord invisible avec tous les éléments qui nous entourent ; et même les nouveautés, qui sont constantes, sont assimilées sans effort. Je ne regarde pas la marche d'escalier sur laquelle je vais poser mon pied. On dirait que mon pied n'a pas besoin de moi. Il monte de lui-même, il s'arrête, il regarde, il voit de ses propres yeux.

Il a toute ma confiance – pour le moment.

Après quarante-cinq ou cinquante ans, très lentement, quelque chose commence à se désintégrer, à se dissoudre. Alors que le monde ne cesse de se modifier, nous pénétrons petit à petit dans un léger flou. Il faut faire surveiller ses yeux, ses oreilles, ses chevilles, et au besoin les corriger. En vieillissant, année après année, tous les gestes faciles sont à reconquérir, les outils s'échappent de nos mains, des douleurs surgissent soudain dans le dos ou dans les genoux, les escaliers sont plus longs, plus durs, je tends la main vers la rampe, je ne saute plus d'une pierre à l'autre, et quelquefois j'ai de la peine à me tenir en équilibre, sans ma canne, sur cette Terre que je croyais apprivoisée.

Notre alliance avec le monde se dissipe petit à petit, nous devons maintenant prêter attention à mille détails que nous ne remarquions même pas. Quelquefois nous trébuchons, et même nous tombons, dans des endroits où nous passions naguère les yeux fermés, en pensant à tout autre chose. Mes pieds aveugles, je dois regarder où je les pose, comme si des pièges me guettaient sur cette planète hier encore si familière, où j'étais heureux d'être né, de marcher, de vivre. Des mains, parfois, dans un escalier, se tendent vers moi pour m'aider. Une jeune femme me cède sa place, dans l'autobus.

C'est une brouille, un froid, cela peut même devenir une querelle, il m'arrive de me mettre en colère, de m'insurger – mais contre qui ?

*

Cela vaut aussi pour les mots. Le bébé, l'enfant les cherchent. L'adulte les tient en permanence à sa disposition. Il les connaît. Ils lui permettent d'identifier le monde, et d'en parler ; de raconter ce qu'il a vu, par exemple.

Et puis, peu à peu, les mots se font rares, à commencer par les noms propres, qui ne s'appliquaient qu'à une personne en particulier, laquelle est sortie de notre vie. Les noms des pays que nous avons aimés, le contenu des livres que nous avons lus s'éloignent de notre mémoire, s'en vont sans bruit, à pas de loup. On dirait presque qu'ils se cachent. Encore un signe de cette séparation, de cette déconnexion progressive, qui nous coupe de plus en plus de la réalité, passée ou présente, laquelle va très bien sans nous, en attendant la fin – clairement annoncée – de l'écriture manuelle.

Nous bafouillons, nous hésitons. Insensiblement, nous nous détachons de la masse complexe du monde où nous avons vécu, et où nous nous efforçons de vivre encore, et que par moments nous ne savons même plus nommer.

Nous cherchons nos marques, nous regardons s'il n'y a pas trop de gras dans l'assiette. Je voudrais attraper un verre, mais ma main passe à côté et le verre tombe, se casse. Ma relation avec l'objet a été distendue par le Temps, puis rompue.

« Ce n'est rien, disent mes voisins, ça arrive. »

En entrant dans une pièce, où que cela soit, je cherche des yeux un siège, au cas où. Car je ne tiendrai plus longtemps debout sur mes seules jambes, frappées par l'arthrose.

Je le sais.

Et les gens le voient. Parfois, ils s'empressent.

Le monde n'est plus fait pour nous. Nous devons, de nouveau, presque tout apprendre. Nos connaissances, nos souvenirs n'intéressent que nous, les plus jeunes s'en foutent. Ils nous tournent vite le dos. Les jeunes femmes ne nous regardent plus. L'accord s'est rompu, notre temps est passé, déjà. Nous tendons vainement les mains vers un monde où nous avons eu notre place, et qui maintenant s'en va de nous, de plus en plus vite, au point de paraître, à certains moments, énigmatique et dangereux.

Il nous arrive même de nous scandaliser en le voyant changer sans cesse. Mais pourquoi ? Qu'est-ce qu'il lui prend ? N'avait-il pas trouvé, avec notre aide, le juste équilibre ? Ne pourrait-il pas s'immobiliser un instant ? Encore un instant ?

Ce qui est nouveau nous trouble et nous irrite, même les modes, même les musiques, tout ce qui n'appartenait pas encore au mode de vivre qui était le nôtre, lequel paraissait harmonieux, merveilleux même, disposé pour toujours.

Comme il était notre œuvre, il nous semblait parfait.

Mais voilà.

Ainsi, le flot, le mouvant ne se présentent pas toujours parmi des cascades et des avalanches. Il est aussi à l'œuvre au fond des mares et des étangs, là où tout nous paraît stagner, là où notre regard ne pénètre que rarement, car nous ne sommes attirés que par ce qui bouge. « *Still waters run deep* », disent les Anglais. Les eaux immobiles coulent *en profondeur*. Hors de notre vue.

Mais elles coulent.

De toute manière, que l'eau tombe en chutes bruyantes, ou qu'elle se calme dans un recoin, dissimulée dans la vase sous un rocher, ou sous une touffe de joncs, c'est le même mouvement qui l'anime, même si, toujours pressés, nous ne remarquons rien de tous ces secrets.

Il faut se méfier de l'eau qui dort, dit-on un peu partout, car elle ne dort jamais que d'un œil. Elle bouge sans cesse dans son sommeil, et elle est soumise à tous les cycles, à toutes les influences, à tous les remous.

Comme nous.

Peut-être n'en a-t-elle pas conscience ? Et alors ? Qu'est-ce que ça change ?

Sans vouloir y songer – nous en chassons même l'idée –, nous sentons le néant qui s'approche. Ce néant, ce rien, où nous continuons à entasser toutes nos chimères.

L'immobile

Nous pouvons demander à un acteur de rester « immobile ». Ou à un danseur. Ou même à un chien : on lui a appris à « faire le mort ». Il ne bouge plus.

Il en est de même pour un soldat. On lui dit de se mettre au « garde-à-vous », il claque les talons, il ne bouge plus. Son regard fixe ne voit rien. J'ai entendu un officier dire à des hommes de troupe, un jour de froidure : « Je ne veux pas voir de la buée sortir de vos lèvres ! »

L'immobilité est une attitude, un ordre des choses, un défi, presque un geste idéal. Elle s'apprend, elle se travaille, car elle va contre le cours des choses. Nous voudrions, quand elle nous convient, qu'elle dure, longtemps, toujours. Mais elle n'est une réalité qu'à l'extérieur de nous-mêmes, dans la seule apparence tremblante qu'elle nous offre à ce moment-là. À l'intérieur d'un danseur immobilisé, ou d'un acteur jouant un mort (et s'efforçant, pendant plusieurs minutes parfois, de ne pas respirer, comme en apnée), tout bouge, évidemment, comme partout ailleurs. Même pour une minime fraction de seconde, nous ne pouvons pas arrêter le mouvement d'une seule de nos cellules. Nous ne pouvons pas devenir statues. Quelle que soit notre décision d'immobilité, tout l'intérieur de notre corps frissonne et bouge, et aussi notre esprit, lequel s'efforce, précisément, de se fixer, avec intensité, mais sans y parvenir, sur cet ordre reçu de rester immobile.

Ainsi, l'immobilité est une illusion, ce qui est vrai pour les animaux, pour les végétaux, peut-être même pour le minéral, qui s'use et se polit sans cesse (« solide comme un roc » ne s'applique qu'aux êtres humains), et pour l'air que le vent emporte, et pour les nuages, et pour les planètes.

Et pour notre pensée, ne l'oublions pas en route.

*

Très conscients de cette impossibilité de durer, tout en restant à l'identique, nous avons imaginé, depuis l'origine sans doute, mille façons de nous opposer au mouvant, de freiner le flot, de l'arrêter même, et de rester pour toujours ce que nous sommes, ici, en ce moment.

Nous avons longtemps rêvé d'immobilité.

Nous avons construit, pour durer, des huttes, des palissades, des barrages, des murs, des maisons, et puis des palais faits de marbre et d'or. Et des statues, évidemment, des milliers de statues, souvent à notre image, garnies de « pierres dures ». Même les animaux donnent parfois cette impression d'établissement permanent, les termites, les fourmis, les oiseaux et les araignées architectes. D'un coup de patte distrait, un éléphant peut écraser une termitière, peu importe. Les ouvriers spécialisés se relancent aussitôt au travail.

Et nous faisons de même. Nous édifions ruines sur ruines.

Cependant, quels que soient notre acharnement au travail, et notre besoin d'un toit sur la tête, et le matériau que nous employons, la lutte est vaine. L'immobile est appelé à se disperser, le marbre à n'être un jour que du sable, ou de la poussière.

Qu'il fasse froid ou chaud, la buée ne cessera de sortir de nos lèvres qu'à notre mort.

Et cela prendra le temps qu'il faudra.

Nous collectionnons des souvenirs, nous mettons quelquefois nos vieux vêtements, nos vieux outils, nos vieux instruments de musique, dans des musées, comme « signes des temps » – des temps passés. Plus tard, nous irons peut-être regarder ce que nous étions autrefois, accompagnés d'enfants qui bâillent.

Et, plus tard encore, nous serons nous-mêmes dans la vitrine.

Il en est ainsi pour toutes choses – et notre chair est une chose parmi d'autres – et aussi, disons-le encore, pour tous les sentiments, pour toutes les idées, même pour celles que nous tenions, depuis longtemps, comme les plus fermement établies. Un jour tout se défait, tout se dilue. Décomposition. Inconstance. Nos théories sont comme des glaçons qui fondent à la fin de l'hiver, et que la mer attend.

À la rigueur, tel grand penseur deviendra un sujet d'études. Il sera au programme de quelques examens. Il donnera son nom à une avenue, dans sa ville natale ; avec un peu de chance, à une université. C'est tout ce qu'il peut espérer. De toute façon, pour l'inauguration de son immortalité, il sera mort.

Et les rois s'en vont, assassinés, et les dieux, usés.

Et l'Univers aussi, qui est en expansion, laquelle même, paraît-il, s'accélère.

*

Parfois, nous sommes comme une de ces statues dont on aurait coupé la tête. Une énorme statue, en tout cas une statue que nous pensions colossale, une porteuse de mondes, une mémorable, une indestructible, dont les débris jonchent la plaine. Aujourd'hui, personne ne peut dire de qui il s'agit, d'un personnage considérable, apparemment, qui fut jadis puissant et adoré, mais son nom s'est effacé et même l'écriture qui le désignait est à présent indéchiffrable.

Il était le maître de ces lieux, et nous ne savons plus comment prononcer son nom.

Des dieux meurent chaque jour, de vieillesse ou de maladie. Quelques-uns sont remplacés, d'autres sont balancés pour toujours. Nous oublions jusqu'à leurs noms. Ils ont fait leur temps, adieu cher Seigneur.

D'un autre côté, certains personnages deviennent dieux sans le vouloir, sans même le savoir (ce fut peut-être le cas de Jésus, qui n'a laissé aucune trace historique de son passage et dont des narrateurs firent un dieu posthume, qui n'était plus là pour les contredire).

Dans notre minuscule planète sont nés des mythes à la taille de l'Univers. Nous avons vu grand – et maintenant nous nous cherchons dans le petit, dans le tout petit, dans les molécules, dans les particules – dans l'invisible, qui est notre dernière cachette. Toutes les forces qui jouent le jeu se camouflent comme si elles voulaient nous pénétrer par effraction, s'emparer du terrain de notre conscience pendant la nuit, sans nous réveiller, à la faveur d'une embuscade discrète.

Demain, peut-être, tout se passera hors de notre vue, loin de nos sens, loin de notre pensée, et nous garderons l'impression de gouverner des appareils dont les commandements seront automatiques – et qui même corrigeront d'eux-mêmes les ordres hésitants que nous leur donnerons.

Quel langage utiliserons-nous ? Impossible, aujourd'hui, de le dire. Mais nous aurons des appareils capables de traduire tous les langages, même ceux que personne ne parle.

Nous vivrons la dernière illusion. Bien conservés, parlant, mangeant, donnant des conférences, nous serons morts et nous croirons être encore vivants.

Si ça se trouve, nous raconterons notre vie à des machines.

*

De la même manière que nous nous demandons « c'est quoi, au fond, le mouvant ? », nous pourrions nous demander aussi « c'est quoi, au fond, l'immobile ? », ou encore « c'est quoi, le néant ? ». Quelle serait la matière, quel serait le sens, l'intention, la substance, la structure secrète de quelque chose qui ne bougerait plus ? De la constance ? De la stabilité, de la fixité totale et définitive ? De quelque chose qui serait là une fois pour toutes ? Depuis toujours et pour toujours ?

Solide et inaltérable ? Quelles que soient les circonstances ?

La question – qui est bel et bien artificielle – pourrait être une des énigmes posées sur le chemin de Delphes. Œdipe, par exemple, pourrait très bien répondre au Sphinx : « L'immobile, c'est toi. » « Pourquoi ? » demanderait peut-être l'étrange bête dangereuse. « Parce que tu es l'éternelle question, celle qui n'a pas de réponse. »

Alors le Sphinx le tuerait, le maudirait à sa manière, le chasserait ou en tout cas lui interdirait l'accès de la ville, de crainte peut-être d'un tremblement de terre, ou d'une épidémie de mensonges. Car Delphes, comme tant d'autres cités qu'on appelait autrefois « orgueilleuses », se croyait à l'abri de l'usure des esprits, des caprices des cœurs, du tohu-bohu des hordes barbares, des soulèvements de la rue, des obscurités du pouvoir.

Elle se croyait immobile et ferme. Elle ne pouvait pas prévoir que le Destin lui réservait pareille astuce dans son sac. Elle s'attendait à toute espèce d'ennemi, sauf à l'inceste.

Et Babylone ? Et l'autre Thèbes, celle d'Égypte ? Et Persépolis ? Et Rome ? Et l'empire des Mayas, un des plus longs et des plus secrets de notre histoire, qui connut avec Tikal – aujourd'hui au Guatemala – la plus grande ville du monde en son temps, avec comme rivale, en Inde, Vijayanagar, dans l'État du Karnataka, les deux cités s'étendant, à la même époque, ou presque, sur deux mille six cents hectares – et ne se connaissant évidemment pas ?

L'empire Maya établit sa domination, pendant des siècles, sur une dizaine de populations en Amérique centrale pour finir lentement englouti dans la forêt, pour des raisons que nous cherchons encore ; un empire si disloqué, si abandonné, si caché que les conquérants espagnols passèrent à côté de ce grand peuple sans le voir, ou presque.

Le plus bel exemple, peut-être, de ce mouvement universel, que nul ne voit, mais qui tous nous emporte. Effacés eux aussi, les Mayas, dispersés, par on ne sait quelle force invisible, mais toute-puissante, sur laquelle nous nous interrogeons encore. Comme si nous marchions dans une vallée, tantôt lentement, tantôt pressant le pas – comme je le fais en ce moment –, le long de ce fleuve d'où nous venons, où nous retournerons, et que nous appelons pour le moment, faute de mieux, le Néant.

Et Karakorum, la puissante cité mongole, qui commandait à tout un monde asiatique ? Et Doukki Gel, « la colline rouge », grande et belle ville nubienne, vieille de près de quatre mille ans, aujourd'hui disparue, emportée par le vent des sables ?

Et Ciudad Perdida, la bien nommée, dans la Sierra Nevada, en Colombie ?

Et Istakhr en Iran, qui fut une des capitales des Sassanides : aujourd'hui une grosse colline inexplorée, où nous marchons sur des débris de poteries ? Sous ces débris, qu'est-ce qui se dissimule encore ?

Toutes les villes anciennes ne sont pas effacées. Certaines, Athènes, Rome, se reconstituent à l'endroit même où elles sont nées. Nous connaissons sept enceintes pour la seule Delhi. Et Xian, l'ancienne capitale de la Chine des Tang, est toujours une grande ville, où les touristes affluent vers des guerriers de terre cuite.

Mais la plupart du temps les cités les plus imposantes sont comme dissoutes par le Temps, qui semble à peine les effleurer au passage et qui cependant, patiemment, comme sans effort, les anéantit une à une.

Si nous regardons la simple surface de la Terre, grain de sable perdu dans une plage sans limites, nous ne pouvons qu'être frappés par le fourmillement des villes, des fleuves, des aqueducs, des vestiges de batailles, des pierres gravées, des tombes, des arcs de triomphe (parfois difficiles à identifier) qui ont tenté de résister pendant des siècles (des millénaires, en Égypte) avant d'accepter enfin la prévisible dissolution dans la terre, et l'effacement progressif, et enfin l'oubli.

Où trouver plus claire image de ce mouvement qui nous constitue ? Il suffit de marcher le long du fleuve, comme je le fais, et de regarder à nos pieds.

Nous ne sommes que ce qui bouge, que ce qui s'effrite et qui s'use. Nous sommes tous guettés par la disparition. Nous sommes ce qui fait, et ce qui se défait.

Nous avançons prudemment dans la vallée du Néant et nous ne rencontrons que ce qui n'est plus.

À moins qu'il ne s'agisse de ce qui n'est pas encore ?

L'écroulement des empires est un vieux sujet de dissertation. Il est toujours possible, comme le fit Montesquieu pour les Romains, d'y trouver des « causes », des « raisons ». Tout peut toujours s'expliquer, à distance, avec un peu d'habileté dialectique et une bonne bibliothèque. Et sans doute l'ambition romaine était-elle, au fond, irréelle. Comme celle de Napoléon, qui se disloqua au premier vent d'hiver.

Tout cela, toutes ces élévations et toutes ces chutes, nous les voyons, nous nous en étonnons, mais la nature même de la mobilité, de l'écroulement, le mouvement profond des cœurs et des choses nous restent à jamais impénétrables.

Une « vallée du Néant », que nous ne remarquons jamais, traverse toutes nos agglomérations, toutes nos alliances, grignote tous nos trophées. Aucun empire n'a jamais pu s'établir définitivement dans l'espace et le temps, c'est une affaire entendue. Aucun pouvoir n'est immobile et ferme. Très bien, nous l'admettons, parfois même avec le sourire. Nos monuments se rident, s'effritent. Des rongeurs invisibles, qui n'ont pas de nom, sont en permanence au travail. Des forces de dislocation, des lézardes subtiles se faufilent entre les joints, un peu partout.

Et finalement ça craque.

Aujourd'hui encore, alors que nous nous réjouissions, quelques décennies après la fin de la Seconde Guerre mondiale, d'avoir unifié une grande partie de l'Europe, nous la voyons déjà qui se désagrège, et qui tend à la dispersion. La Yougoslavie, naguère « socialiste », s'est déchiquetée dans le sang, l'Ukraine a perdu la Crimée, la Tchécoslovaquie s'est coupée en deux, comme l'Irlande, la Grande-Bretagne s'en va sur son radeau menacé, la Hongrie se ferme comme une coquille, la Macédoine du Nord s'est formée, la Catalogne, l'Écosse, la Corse, l'Italie du Nord, la Moravie revendiquent de temps en temps leur « indépendance » (un mot presque magique qui, si on y réfléchit, n'a aucun sens et ne sert qu'à masquer, souvent, un mépris des autres et, pour quelques-uns, une envie secrète de pouvoir personnel).

Nous tendions à l'unité, après tant de luttes, et des voix, souvent bruyantes, voudraient nous ramener la féodalité. Chaque « peuple » (un mot qui reste à définir) s'estime nettement meilleur que ses voisins. Tout seul, sans les embarras et les exigences de l'Europe, il s'en tirerait mieux (ce qui est loin d'être prouvé), car il est un grand peuple, mené par un grand leader « national », promis à un large destin.

Et nous savons déjà, pour l'avoir déjà vécu, comment tout cela se terminera.

Ailleurs, la Syrie et l'Irak se morcellent cruellement dans le sang versé, et dans les gaz les plus cruels, le peuple kurde cherche toujours une terre, tout comme le peuple palestinien – qui est abattu quand il essaie de rentrer chez lui –, le Yémen et l'Arabie se déchirent dans la confusion générale, la paisible Belgique elle-même paraît parfois menacée de division : émiettement que rien n'explique, sinon, peut-être, cette force obscure de dispersion, contre laquelle nous restons démunis, car elle est tapie, sombre animal, au fond de nous-mêmes.

Plus ou moins conscients de ce danger, nous nous efforçons, souvent mais pas toujours, de lutter contre ce morcellement incessant, contre cette dislocation insistante, nous tentons de nous fortifier, dans tous les domaines, de nous réunir, de nous serrer les mains et les coudes, mais ici encore l'immobile, le stable, le durable nous apparaissent comme des idéaux toujours inaccessibles, presque des rêveries de passage. Autant saisir une poignée d'anguilles pour en faire un seul animal, soudain docile.

À poursuivre ainsi, il ne restera bientôt qu'une nation par famille, ou même par individu. Les associations humaines – tribus, peuples, nations, empires – se sont lentement constituées, au hasard des climats, des coutumes, puis des institutions, qui ont tenté de s'adapter. Et nous voyons chaque jour à quelle fragilité elles sont soumises et quelles sont les tentations, bavardes, séduisantes, auxquelles il leur faut résister pour ne pas s'achever, selon l'expression consacrée, en une « poussière d'États ».

Nous le sentons, nous le voyons, dans toutes nos existences, et nous recherchons sans répit, et depuis longtemps, la tranquillité fertile et paisible, que nous appelons aussi « la douceur de vivre », ou encore « la paix sur la Terre ». Et cela dans tous les domaines, car nous aimons le calme, sans aucun doute, et l'assuré, et les nuits paisibles, et les bons voisins.

Pendant longtemps nous avons vu nos maisons, faites de terre, et même nos palais de granit, s'écrouler. Depuis le XIXe siècle, et nos progrès constants en mécanique, nous avons construit plus solide – en tout cas dans le matériau.

Le fer est apparu et s'est imposé, marié au béton, et à d'autres matières nouvelles, dites plastiques. Nous espérons tous que la tour Eiffel (très jeune encore) ne s'effondrera pas d'elle-même, quelque jour de grand vent – sans en être tout à fait sûrs.

De même, au moins sur notre territoire, nous tentons de respecter depuis deux siècles, tant bien que mal, des principes républicains, longuement mûris par plusieurs armées de juristes au cours de la Révolution française, et sans cesse décortiqués et perfectionnés par la suite. Notre monument législatif.

Et nous affirmons, sincèrement, que ces principes sont les lois du monde, du monde que nous nommons civilisé, le seul où nous pensons qu'il est possible de vivre ensemble. Le reste n'est, souvent, encore maintenant, à nos yeux, que « sauvagerie », que « barbarie ».

Formulés et inscrits pour la première fois, proclamés aux quatre vents du monde, gravés dans la pierre des lois, nous les voulions en effet « universels », ces principes, s'appliquant à tous et partout. Et toujours. Nous imaginions que tous les êtres humains, relevant de la même espèce, reconnus égaux et semblables, obéiraient à jamais aux mêmes principes, aux mêmes règles de vie, dont ils reconnaîtraient les valeurs solides.

Ambition folle, affirmée en 1792 pour la première fois dans l'histoire des hommes par des juristes français, avocats, notaires – et que de fois trahie, écrasée, bafouée. C'est même au nom de ces principes que nous avons conquis et asservi plusieurs peuples. Aussi nous voyons-nous sans cesse – presque chaque année –, tout en luttant contre l'éparpillement incessant des territoires, et même des nations, obligés de rafistoler ces tables de lois modernes, en sachant d'avance que la nouvelle formule ne tiendra pas longtemps et que d'autres rapiéçages seront tôt ou tard exigés.

Même l'ordre, même la loi, même la justice, même le bon sens peut-être, rejettent patiemment, obstinément, l'immobilité. Le mouvant – que nous sommes – l'emporte.

*

En bâtissant, nous remplaçons un texte par une autre, une tour par une autre, de plus en plus élevée, sans autre raison que d'aller plus haut. Dans ce domaine, nous ne parlons plus de durable, ni d'immobile. Les esprits volent dans le spectaculaire, dans le hautain, dans le paraître, mais aussi dans le provisoire, et dans l'aussitôt démodé. Car nous nous disons, en lançant les fondements du nouvel édifice, que d'autres plans se préparent ailleurs, déjà, et qu'ils viseront encore plus haut.

L'immeuble que nous sommes en train d'édifier restera sans doute dressé et immobile, plus longtemps que d'autres peut-être, et pourtant il est déjà dépassé, avant même d'être construit. Un jour ou l'autre, il paraîtra mesquin et, bon gré mal gré, il s'écroulera.

Ceux qui le construisent, qu'il s'agisse de ce bâtiment ou d'un autre, ont d'ores et déjà perdu la course.

Quant aux esprits des hommes, enchevêtrés dans leurs algorithmes (c'est le mot du jour, mais il passera), ils n'auront bientôt même plus le temps d'examiner les résultats de leurs recherches.

D'autres cerveaux, d'autres pensées – peut-être même des pensées robotiques – délogeront vivement les nôtres. Des lois nouvelles sont en préparation, constamment, au plus secret de nos besoins, de nos désirs.

Elles prendront naissance là où nous nous sommes arrêtés, croyant notre tâche accomplie.

Cela va très vite. Si vite que nous ne nous en rendons même pas compte.

Le mouvant, le flot, est une réalité profonde, mystérieuse, impérieuse, dont les sources nous sont inconnues, mais dont la force est sans pareille.

L'immobilité reste un concept.

Toujours et jamais

À l'opposé de cet écoulement universel que rien n'arrête, nous trouvons aussi, dans toutes les langues (il me semble), deux mots, deux adverbes qui semblent décidés à faire barrage à toute notion d'impermanence : les mots « toujours » et « jamais ». S'affirmant supérieurs au Temps, ils constituent sans doute les plus audacieuses de nos aventures grammaticales.

Enfant, pendant la Seconde Guerre mondiale, j'ai passé trois ans dans un collège religieux, et les bons pères nous demandaient parfois, le soir, debout dans la cour, formés en carré, de répéter à voix basse, juste pour nous, le mot « toujours ».

Et le lendemain le mot « jamais ». À voix très basse. Cela pouvait durer de dix à quinze minutes. Toujours, toujours, toujours… Jamais, jamais, jamais…

– Et pensez à ce que vous dites, nous conseillaient-ils.

Nous devions nous concentrer sur ces deux mots, immobiles, les paupières mi-closes, ne penser qu'à ce que ces mots « voulaient dire ».

Et que, bien entendu, ils ne disaient pas.

L'hiver, nous grelottions. Nous rentrions en courant vers le dortoir.

Il est difficile, même pour un enfant, d'imaginer une vie qui durera « toujours », cette surexistence qui ne peut être qu'éternelle et que, déjà, on lui promet. La sienne vient à peine de commencer, il n'en voit pas encore le milieu ni la fin. Son existence est vide, pâle, difficile à prédire. Il porte encore des culottes courtes, et on lui dit, à chaque vacance, qu'il grandit.

La mort reste lointaine et vague, une affaire de vieux. Assez souvent, il a même envie de vieillir plus vite, d'être fort, d'être adulte. Après chaque « toujours », ou chaque « jamais », s'ouvre pour lui une durée inconcevable, qui semble s'accroître à chaque lente répétition du mot. Et il lui est difficile, par moments, de ne pas penser aux tortures infernales qui ne s'arrêteront « jamais » dans l'enfer qui attend les méchants, et dont on lui parle assez souvent.

Quant au néant, vers les rives duquel je marche maintenant, en cherchant mon chemin et en faisant le moins de bruit possible dans les herbes, ce mot leur reste pour le moment étranger, inexplicable.

Nous sommes en pleine croissance, et personne, dans notre première jeunesse, ne nous en parle. Le « néant », le « non-étant », il nous faudra souvent toute une vie pour l'apprivoiser, ou tout simplement pour l'admettre.

Nous sommes, même enfants, tellement habitués aux choses qui passent et puis qui s'arrêtent et puis qui reprennent (aux repas, aux heures de classe, aux jours, aux nuits, aux vacances, aux maladies) que ce vide soudain, cet arrêt dans la nuit, nous égare. Lorsque j'y pense maintenant, je vois que ce sont des mots incroyablement prétentieux, des mots qui violent le temps, qui le défient et qui même le nient. Où donc s'achèvera la chaîne des « toujours » ? Des « jamais » ? Nous ne pouvons même pas nous demander ce que cela veut dire, pour la raison suffisante que cela ne veut rien dire, n'offre aucun sens.

Toujours, toujours… Oui, d'accord, mais après ?

Vers la fin du *Roi Lear,* le personnage-titre répète cinq fois le mot « *never* ». Une fois suffisait, bien sûr. Mais, là encore, l'idée que nous voyons les choses pour la dernière fois, que cette vie ne reviendra plus jamais, jamais, jamais – répétons l'adverbe aussi souvent que nous voudrons, à voix haute ou basse, c'est une parole de vieillard –, ne nous éclaire, ne nous console en rien.

Parler n'est qu'une manière de prolonger la vie, ne serait-ce que pour quelques instants. La représentation de la vie.

Un mot, c'est encore une respiration, c'est un signe, c'est un souffle.

Nous sommes de passage, comme tout le reste, et l'éternité nous fuit, même dans les mots, à la fin. Elle ne veut décidément pas de nous. Elle échappe même à nos paroles, à notre imagination, et nous ne pouvons pas la définir. L'évanouissement total et définitif du Temps est un des très rares phénomènes – peut-être le seul – qui échappe à notre intelligence et à toute sorte de sensation.

Une vie éternelle qui durera toujours, toujours...

Mais quand donc s'arrêtera-t-elle ? Jamais, jamais, jamais...

Nous avons atteint l'indicible, c'est-à-dire l'inhumain, une dimension impénétrable. Nous ne pouvons pas nous faufiler dans ce buisson-là. Aucune autre image, apparemment, ne peut y conduire, aucun autre mot ne peut l'évoquer. Nous manquons de vocabulaire, mais aussi d'images, de sensations. Quand nous naissons, c'est pour une période donnée. Quand nous mourons, c'est pour toujours.

Pour toujours.

S'agirait-il d'un de nos rêves secrets ? Venir sur la Terre et n'en plus sortir ?

La mort se réveille avec nous chaque matin, et, d'une certaine manière, à partir d'un certain âge, nous sommes heureux de la retrouver. Se réveiller, c'est être encore vivant, c'est-à-dire encore susceptible de bouger, encore capable de mourir. S'étirer, rejeter les couvertures, poser les pieds sur le sol de la chambre, ce n'est, pour commencer la matinée, qu'un simple dialogue avec la mort, laquelle nous dit, à sa manière : « Sauf accident, tu en as encore pour une journée. »

Il y a l'« accident », bien sûr. Mais ni la mort ni moi n'y pouvons rien.

Quant à l'éternité, elle n'est pas faite pour nous. Une preuve ? Notre pensée s'arrête à sa porte, comme elle s'efface aux berges du néant. Le néant, cet impensable.

Notre esprit, tout aussi provisoire que notre corps, n'est lui aussi vivant que pour un temps. Notre pensée, liée à ce corps qui se lève, et qui se dirige maladroitement vers la salle de bains, est totalement incapable, même par la prière et la méditation, d'accéder à l'éternité. Le Temps nous barre la route. « Toujours » et « jamais » sont des mots que nous n'utilisons que pour notre existence banale, sentimentale, pour nos projets, pour nos refus. Mais ils ne nous aident jamais à affronter le Temps.

Les armes, ici, ne seraient-elles que verbales, nous manquent. Aucun mot ne peut être un sabre, ou un bouclier.

Ou un missile.

Tout ce que nous construisons, tout ce que nous bâtissons s'effrite, s'écroule et disparaît enfin. Aller du rien au rien, ou plutôt du néant au néant, c'est tout le chemin de l'existence, quels que soient le peuple et l'époque. Nous n'édifions que des tours de Babel et nous commençons à le savoir. Plus tard des archéologues viendront peut-être examiner les images que nous aurons laissées pour ne pas disparaître à jamais (pensions-nous). Ils y liront tout autre chose que ce que nous avions voulu y inscrire. Et d'énormes quantités de nos souvenirs seront jetées, brûlées.

Nous pourrons multiplier et diversifier les techniques, construire de plus en plus haut, et même de plus en plus beau, de plus en plus fou, lancer des satellites géants, préparer notre organisme à une existence deux ou trois fois plus longue, tous nos efforts resteront dérisoires. L'éternité virtuelle restera accrochée au non-être, et non pas à l'être. Nous ne sommes pas, nous ne serons jamais pour toujours. Et nous ne pourrons jamais confondre ce qui est et ce qui n'est pas.

Nous vivrons un peu plus longtemps dans l'émerveillement de nous-mêmes. Et c'est tout.

Et dans la peur, bien entendu – même silencieuse et cachée. Dans la peur de ne plus pouvoir, un jour, dire ces deux mots, même à voix très basse.

Sans que nos voisins nous entendent.

Si je reviens un instant à ces incantations répétées le soir, jadis, dans la cour d'un collège de province (aujourd'hui abandonné, presque en ruine, soumis au mouvement des choses, lui aussi) – « toujours », « jamais » –, et aux échos que nous nous efforcions vainement d'y découvrir dans notre enfance, je dois aujourd'hui me rendre à l'évidence. Je vois bien qu'il ne s'agissait là que de sons murmurés dans la nuit, qui ne recouvrent aucune réalité, qui se perdent presque aussitôt dans l'air, qui ne veulent finalement rien dire.

Résistance

Dans cet immense mouvement, que nous pouvons probablement appeler universel, qui emporte depuis l'origine toutes choses, jusqu'aux roches les plus dures et aux convictions les plus affirmées (à l'exception, toutefois, des particules élémentaires, qui résistent, me dit-on), nous prétendons pourtant que la résistance est un choix possible, et même – non sans une pointe d'orgueil – qu'elle est notre seul choix digne et valeureux. Tantôt ici, et tantôt là, nous voudrions arrêter cette course, cette avalanche, dont nous ne savons pas qui l'a lancée. Nous ne savons même pas si un jour elle ralentira, se fatiguera, s'arrêtera.

Mais nous résistons au mouvant. Nous les faibles, nous affrontons vaillamment l'inconstant, et même le néant, certains jours. Nous y mettons même, quelquefois, une sorte de point d'honneur.

Les autres passent, nous restons.

Mais se cramponner dans le courant, s'accrocher des deux mains aux rochers glissants, ou même à une bouée, c'est peine totalement perdue. Nous avons souvent essayé, tout au long de notre histoire humaine (cela s'appelle de la ténacité, quelquefois de l'héroïsme), et le torrent a toujours gagné.

À moins de courir les yeux fermés au sacrifice, il est sans doute bon d'en être informé, et de l'accepter, aussi tôt que possible, afin de ne pas lutter contre plus fort que soi – sauf par passion de la défaite.

Rappelons-nous, à ce moment de notre promenade, que les anciens, après leur mort, et avant d'entrer dans les champs Élysées, devaient boire une coupe puisée dans l'eau d'un fleuve qui s'appelait le Léthé. Cette eau effaçait aussitôt tout souvenir de vie. Le Léthé s'appelait le fleuve de l'Oubli. Il est sans doute, dans nos archives anciennes, ce qui se rapproche le plus de la notion (moderne) de néant.

Plus d'angoisse, pas même de soucis. Nous attaquons bravement l'éternité, soulagés de toute mémoire. C'est comme si nous n'avions pas vécu.

Si je rencontrais le Léthé sur ma route, m'arrêterais-je pour recueillir un peu de cette eau dans le creux de ma main, la boire d'un coup et poursuivre plus légèrement ma route ?

Ou bien resterais-je qui je suis ? Sur ma soif ?

Franchement, je ne sais pas quel serait mon choix.

*

Dans les Veda indiens, textes fondamentaux (je parais changer de sujet, mais non), il est dit, et cela nous paraît une évidence primitive : « Le Temps ne vieillit pas. »

Pourtant, plus tard, dans la Bhagavad-Gita, Krishna lui-même, qui n'est autre que le dieu Vishnou descendu sur Terre pour nous aider dans une période difficile, confie à son ami Arjuna : « Je suis le Temps vieilli. »

Oui, il a bravé le danger de devenir un homme et de « descendre » sur cette Terre, qui avait besoin de lui. Il s'est jeté dans le torrent, à sa manière. Du coup, il a vieilli. Métamorphose inévitable. Il est entré dans un calendrier, dans une comptabilité humaine, il a quitté sa « forme universelle », il est devenu un des nôtres. Et d'ailleurs, comme tous les hommes, Krishna finira par mourir.

Les dieux prennent des risques en venant nous aider. Krishna n'aura même pas le privilège d'oublier sa personne en buvant l'eau du Léthé, que les Hindous ne connaissaient pas.

Sera-t-il accueilli par le néant ? Ou retrouvera-t-il sa qualité de dieu ? Il y a discussion là-dessus.

*

Quant aux héros des tragédies grecques, qui, contrairement à Ulysse, manquant de ruse, s'opposent presque tous au Destin, nous savons d'avance qu'ils seront vaincus. Et la plupart du temps ils le savent eux-mêmes. Même si Euripide, à la fin de sa *Médée,* utilise un stratagème quelque peu désinvolte pour sauver la vie des enfants (emportés dans les airs par une amie déesse), les héros grecs savent bien qu'on ne se dresse jamais victorieusement contre le Destin.

Ce que les dieux ont décidé, dans leur souveraine incompétence (car ils se trompent assez souvent de coupable), sera accompli, quelle que soit l'action des hommes, et même des héros. Et les Enfers, qui « lâchent difficilement leur proie », comme le dit Eschyle dans *Les Perses*, sauront nous empêcher d'oublier pourquoi, justement, nous nous trouvons là.

Le héros grec a perdu d'avance. C'est ce qui fait de lui un héros. Son combat est truqué, magnifique, souvent lucide, mais inutile. Il se bat parce qu'il doit se battre, là, maintenant, pour sauver sa cité de l'ennemi.

Et la plupart du temps il y laisse sa vie.

Bientôt, le Christ et son « royaume » (que ses commentateurs situent, par habileté, hors de ce monde) apporteront aux hommes la consolation de l'éternité. On ne se bat que pour soi-même, mais pour un temps qui n'aura pas de fin.

Et pour un royaume où chacun sera roi.

C'est pourquoi nous avons besoin non plus d'un combattant, non plus d'un héros, non plus d'un fleuve effaçant la mémoire, mais d'un prophète, d'un envoyé, pour le dire en un mot, d'un « messie », qui nous apportera les paroles exactes, les gestes et même les pensées qui sauvent.

Ni Œdipe, ni Phèdre, ni Antigone, ni Thésée ne se sont interrogés sur le salut éternel et sur un possible sauveur.

*

Notre fin particulière, personnelle, qui ne sera pas la fin du grand mouvement mais juste la nôtre, nous la pressentons, nous la découvrons peu à peu dans notre jeunesse, nous la redoutons quelque temps, nous l'écartons de notre pensée lorsque nous devenons adultes, nous la voyons cependant revenir petit à petit, nous la sentons s'approcher chaque jour, nous voyons grandir nos enfants et mourir les gens âgés, tout autour de nous, mais nous ne savons, évidemment, en ce qui nous concerne, comme il a été dit souvent, « ni le jour ni l'heure ».

« *Omnia vulnerant, ultima necat* », comme le formulaient les Latins. Toutes les heures blessent, la dernière tue. Mais justement, comment reconnaître la dernière ? Qui nous préviendra ? Une cloche sonnera-t-elle, quand nous en viendrons au dernier tour ?

Toutes nos actions, toutes nos émotions, toutes nos entreprises sont suspendues à l'approche de ce moment-là. Aussi passons-nous le plus clair de notre vie à dresser des barricades souvent risibles – une idéologie, une religion, des colifichets, des rituels, ou une armée de médecins, de guérisseurs, de mercenaires, d'astrologues, de soldats en pierre ou en terre cuite comme les empereurs chinois – pour nous rassurer, pour chasser (en surface) nos craintes, pour proclamer au reste du monde que nous avons trouvé la fermeté, le bastion dur, celui que les siècles n'ébranleront plus.

Que ce bastion s'élève dans la poterie chinoise ou dans les idées (ou dans les médicaments, dans la thérapie de groupe, dans la chirurgie esthétique), l'illusion est la même : bloquer le cours du grand fleuve à un endroit précis, choisi, que nous affirmons indestructible. Dresser une muraille entre la mort et nous. Affirmer que nous prenons enfin le dessus sur le Temps. Les jours, les mois, les années passeront, toute autre vie, et peut-être toute autre matière aura disparu dans les abîmes, mais notre barrage tiendra bon.

Qui ne l'a souhaité, un jour ou l'autre ?

Et qui ne l'a cru ?

Une histoire indienne d'autrefois (les histoires sont toujours d'autrefois) montre un homme qui, inlassable, entêté, chaque jour transporte des sacs de sable sur ses épaules pour construire un barrage sur un fleuve.

Il les jette un à un dans l'eau, qui dissout immédiatement chaque sac et emporte le sable jusqu'à la mer lointaine. Pourtant, l'homme s'acharne, à se tuer de fatigue, sac après sac, sans noter une seule fois l'inutilité et l'absurdité de son geste.

Comment ne pas nous reconnaître en lui ? Que de sacs de sable avons-nous versés dans nos fleuves ?

Le montagnard japonais, lui, n'a jamais essayé d'arrêter le courant.

Même l'idée ne lui en est pas venue, je parie. Peut-être même ne sait-il pas qu'il y a là un courant.

*

Ce fleuve insaisissable auprès duquel je m'aventure et qui un jour, soudain, m'engloutira ne me délivre pour le moment aucun indice. Il demeure silencieux et indifférent, comme si soudain je n'existais plus.

Aurait-il quelque chose à voir avec le torrent japonais ? Je ne crois pas. Le torrent s'est dilué depuis longtemps dans le gouffre, dans la grande masse de l'oubli. En prenant de l'âge, nous évitons même d'y songer. D'ailleurs le torrent lui-même, si bruyant, si impétueux qu'il fût, était lui-même promis, un jour ou l'autre, au calme définitif du néant.

Cioran disait donc que ce néant, vers lequel je marche, est « le point d'appui de la divinité ». Seul un dieu, en effet, ou un panthéon de dieux (si un seul ne suffit pas à la tâche) peuvent nous guérir de cette peur de n'être rien. Seule la « divinité » qui nous attend nous fait accepter d'être des humains.

Des « mortels », comme nous disions jadis.

Ainsi, les pyramides des Égyptiens sont comme les paroles d'un credo. Elles s'élèvent pierre après pierre, à coups de treuils et d'esclaves broyés, pour dire aux étoiles (aux étoiles !) que nous, les Égyptiens, nous ne passerons pas. Que nous sommes là pour toujours, maîtres de la terre et de l'eau. Et, d'ailleurs, nous traitons nos corps, nous les embaumons, pour les préparer à un autre type de vie, à une « seconde vie », de l'autre côté du fleuve, là où Anubis les attend, avec sa tête de chacal sombre.

Nous affirmons, sans la moindre preuve, que cette seconde vie se prépare à nous accueillir, et que nous pouvons ainsi l'emporter sur le Temps. Osiris, qui est le dieu des morts, va nous expliquer comment faire.

Il ne s'agit pas, bien entendu, de tous ceux qui vivent en Égypte, des esclaves, des femmes et des subalternes, de ceux qui meurent en transportant les pierres, mais des princes, des prêtres et d'une minorité bien choisie.

Choisie par qui ? Comment ? Selon quels critères ?

Par des hommes, en tout cas, et non pas par des dieux.

Nous abordons ici un tout autre domaine, celui de la vieille histoire des privilèges, dont l'origine n'a jamais été sérieusement écrite. Puissant dans cette vie, éternel dans l'autre. La mort est une action comme une autre, un incident de parcours, elle ne bouscule pas les conditions. Elle est un seuil à franchir, rien de plus. Elle ne modifiera pas notre hiérarchie, ni notre pouvoir, ni notre nature profonde. Il suffit, simplement, de préparer quelques-uns d'entre nous à une autre vie.

Le fait est que, souvent, dans le cours de l'histoire (on dit ici souvent le « cours », comme pour un cours d'eau, sans même noter la similitude), nous avons jugé la mort – la mort des hommes, au moins de certains hommes – impensable. Et les Égyptiens d'un certain rang, à commencer par le pharaon lui-même, proclamé dieu vivant, qui s'élevaient vers l'éternité pierre après pierre – tout en se protégeant des pilleurs de tombes, qui sévissaient déjà –, ne sont pas les seuls dans ce cas. Puissance et gloire ont été données à quelques-uns, pour toujours, et dans tous les mondes.

C'est ainsi.

On nous dit souvent « mortels », c'est une erreur. Et nous allons pouvoir la corriger, d'une manière ou d'une autre. La mort est un épisode de la vie, elle est, répétons-le, une action comme une autre, et elle sera suivie, ailleurs, d'autres actions, d'autres célébrations, peut-être même d'autres morts. Il suffit – pour quelques-uns – de se préparer à mourir et ensuite à survivre.

Immortalité éviscérée, décérébrée, desséchée, bourrée de cires, d'huiles et de parfums, mais immortalité tout de même, qui a encore besoin de ce corps sans vie.

Les hommes – les grands hommes – vont survivre. Et ce sont les dieux qui mourront.

*

Ailleurs, en effet, sur une terre voisine, un peu plus tard, des centaines de vieux prêtres (tous des hommes) se réunissent, dans ce qu'ils appellent maintenant un « concile », pour définir (cela peut prendre des années) les noms, les intentions, les attributs, les qualités précises de leur nouveau dieu, celui qui vient de se révéler aux hommes et qui est, à n'en pas douter, enfin, le seul messager véritable du Ciel, la seule et vraie divinité, après tant de détours, de mascarades et d'impasses.

Il est le vrai dieu, il est même le fils de Dieu, et il est venu nous le dire. Enfin. Il a pris cette peine. Et le Messie est mort cloué sur une croix pour le prouver, le cœur percé, des traînées de sueur et de sang sur son visage. Aucun dieu égyptien, ou assyrien ou perse, ou grec, n'avait osé pareille fin.

Devant ce spectacle, devant ce sacrifice public (Dieu – ou le fils de Dieu, Dieu lui-même – venant mourir devant les hommes pour leur ouvrir les yeux, à ce qu'on dit un peu partout, et qui n'est pas facile à croire), il n'est plus possible de douter. Il faut en finir avec le flot des « superstitions », des « erreurs », des approximations multiples. Le carnaval antique est terminé, si grandiose qu'il fût parfois, et la farandole se calme. Il faut cette fois décréter, et imposer, une vérité divine universelle et indiscutable, puisque maintenant nous la connaissons. L'empereur Constantin l'a décidé, Théodose l'a confirmé. Et personne d'autre que nous, ses sujets, serviteurs aussi de la foi nouvelle, ne peut s'en charger.

Nous voici porteurs d'une mission, sans doute la première de toutes.

Or, après discussions sévères, qui ont duré cinq ou six mois (en fait, plusieurs conciles seront nécessaires), ce dieu que voici – celui de ceux qui dorénavant se disent « chrétiens » – est un dieu unique, mais en trois personnes. Que notre esprit, déjà corrompu par la logique grecque, s'en accommode comme il peut.

Un égale trois.

Cela s'appelle « l'Unité trinitaire ».

L'affaire commence mal, mais c'est ainsi, car la majorité des participants l'a décidé. Au prix de quels renoncements, de quels compromis, de quels entrelacements de la pensée ? Nous n'en savons presque rien.

Le surnaturel a été mis aux voix. Aux voix humaines.

Acceptons donc cette trinité qui n'en est pas une. Le dieu unique, naturellement de sexe mâle, a eu un fils, un fils unique, cela va sans dire, lequel est dieu tout comme son père (toutefois incréé, bien qu'engendré) mais qui – nous l'affirmons, et bientôt nous allons l'imposer à tous les peuples de la Terre – est né d'une femme mariée, d'une humble habitante de la Judée pourtant restée vierge jusque-là, et même ensuite (bien qu'elle ait eu, croit-on savoir, d'autres enfants, mais de cela nous parlerons plus tard), et cela grâce à l'« opération », non pas du père incréé, ni de l'époux terrestre légitime, un certain Joseph, mais du troisième dieu unique, le Saint-Esprit, qui se montre décidément un esprit fécond.

Quelle « opération » ? Cela n'a jamais été officialisé. Ni visualisé.

L'Esprit-Saint garde son secret. Comment a-t-il pénétré l'intimité la plus secrète d'une femme en la laissant vierge ? Cela n'est pas dit. Mais il s'est « fait chair », ce qui est rare pour un esprit.

Il en est de ce credo boiteux, hétéroclite, comme des pyramides éternelles. La vérité est enfin établie, elle a été votée, l'empereur a donné son accord, inutile d'aller chercher plus loin, nous la tenons, demain tous la proclameront.

Elle est parfaitement « abracadabrantesque », dirait Rimbaud, mais l'absurde relève d'abord du divin. Nous n'avons pas la possibilité de « comprendre » – ce vilain mot qui gâche et réduit tant de belles choses –, et nous devons y renoncer, car la pensée de Dieu, si nous la faisons nôtre, devient vite une vérité travestie, un péché mortel.

J'affirme, à la majorité des voix présentes : « Ceci est la vérité suprême et définitive, je ne la comprends pas, personne autour de moi ne la comprend, cependant nous la votons – car nous sommes ici inspirés par Dieu, et nous en faisons par conséquent une vérité indiscutable, la Vérité, bien que totalement obscure. Indiscutable, précisément, parce que nous ne pouvons pas la comprendre. Elle est vérité absurde, donc divine. »

Étrange raisonnement en spirale, voire en pirouette, qui se mord la tête et la queue, mais qui a été voté en Asie Mineure par une majorité de vieillards, et qui a tenu bon – l'Inquisition aidant – pendant des siècles.

Un mystère sinueux, un de plus, parmi les corridors obscurs de l'esprit. Dieu nous avait donné un cerveau humain, une intelligence humaine, une raison raffinée et puissante – à nos yeux. Et pourtant la vérité suprême qui s'impose par le dogme échappe à ce cadeau divin. Nous avons établi les lois du monde, et de l'autre monde, sur des textes que nous ne pouvons pas, que nous ne pourrons jamais comprendre.

L'essentiel nous reste donc caché. Nous l'avons décidé ainsi. Nous décidons de toutes choses, ici et là-haut.

C'est une autre manière de dire, ou plutôt d'avouer, que nous ne pouvons pas tout connaître. Malgré notre tendance à décortiquer et à expliciter tous les mystères auxquels nous n'avons pas accès (l'après-mort, par exemple, comme l'avant-vie, le non-être, le néant), nous devons reconnaître et accepter certaines limites à notre savoir. Ainsi, nous n'avons pas inventé, nous n'avons pas créé l'Univers, nous n'en connaissons pas tous les rouages, toutes les énergies.

De quelle matière Dieu s'est-il servi pour faire le monde ? Malgré toutes nos hypothèses, nous n'en savons et nous n'en saurons rien.

Aujourd'hui encore, en dépit de tous les « progrès » accomplis dans la connaissance des choses, nous nous retrouvons en face de notre ignorance fondamentale. Ce que nous aimerions savoir par-dessus tout, nous l'ignorons.

*

Dieu, disons-nous, ne pense pas, il crée. Même si ce travail le fatigue (puisqu'il se repose au septième jour), il n'arrête pas de créer. C'est à nous qu'il revient d'essayer de voir clair dans son œuvre terriblement complexe, au prix, certes, de quelques acrobaties de vocabulaire – mais jusqu'à un certain point, car nous n'avons pas à juger Dieu.

Ce serait risquer le pire.

Voici donc le Sauveur, le vrai dieu, que nous attendions depuis l'origine des temps, que certains prophètes annonçaient, mais qui tardait à apparaître. Admirons sa création, qu'il a soumise à nos désirs, qui a évolué au long des millénaires, et suivons désormais sa parole, même obscure.

Pourquoi n'est-il pas venu plus tôt ? Si nous avons le temps, et si nous avons le bonheur de le rencontrer, nous le lui demanderons. Peut-être était-il occupé dans un autre monde, dont l'entrée nous est prohibée.

De toute façon, il faut maintenant oublier les pyramides, les abandonner aux sables et aux vents, fermer ou démolir les anciens temples égyptiens, ou assyriens, ou grecs, ou hindouistes, enterrer les statues peintes et dessiner le plan des premières églises, qui auront toutes la forme d'une croix.

Cette vérité suprême longtemps dissimulée, aujourd'hui mystérieusement dite, car les messages divins sont toujours obscurs et tortueux, nous l'avons découverte, éclaircie (par déduction ? Par illumination, révélation ?), et nous l'avons définie, mot à mot, en nous disputant âprement.

En fin de compte, elle a donc été votée. Elle s'appelle un credo. Même absurde, elle est dorénavant intangible.

C'est ainsi. La vérité est là, sous vos yeux. Apprenez-la par cœur.

Et n'en parlons plus.

Si par accident vous n'êtes pas d'accord, si quelque chose, dans l'énoncé du dogme qui affirme la permanence, vous tracasse, si vous n'êtes pas convaincu par cette vérité que nous venons, très difficilement, de mettre au monde, vous pouvez, comme le fit par exemple Nestorius, vous retirer en Perse avec vos disciples, décréter votre propre vérité, fonder et diriger votre Église, au nom de Jésus et à vos risques et périls.

Vous devenez alors un « hérétique », ce qui est la pire des attitudes, car la vérité vous était offerte, et, par orgueil, vous l'avez rejetée.

Vous vous êtes volontairement coupé de la vérité. Vous avez péché par ambition personnelle, par orgueil (qui est le premier des péchés capitaux, père de tous les autres). Vous avez travesti le vrai Dieu.

Horreur : vous avez fondé une secte.

Soyez dorénavant très prudent. Si quelque jour nous prenons le pouvoir, gare à votre tête et à vos membres. Ce sera le cas d'un autre prophète iranien, Mani, qui finira écartelé par les zoroastriens, le corps coupé en deux, cloué sur une des portes de Ctésiphon.

*

Ne nous imaginons pas un instant que nous parlons d'un passé plus ou moins ancien, ou maladroit, ou ignorant, ou tout simplement primitif (à nos yeux). Cette attitude se perpétue de tous côtés, jusqu'à nos jours, dans nos moindres gestes et paroles. Que de fois avons-nous entendu dire, et jusque dans les périodes les plus récentes, « nous devrions revenir aux principes qui étaient les nôtres » ou « aux valeurs qui nous ont autrefois réunis » (du gaullisme, du communisme, de l'islamisme, du libéralisme, peu importe, à l'occasion de tel ou tel congrès, qui sont les conciles d'aujourd'hui), comme si ces idées ou ces valeurs – certainement capables, à un moment donné de l'histoire, d'améliorer le sort de tel ou tel peuple, ou en tout cas l'idée que ce peuple se faisait alors de lui-même –, avaient assez de force, assez de vérité, assez d'universalité pour commander au mouvant, pour figer une fois pour toutes la lente descente du fleuve.

De même pour certains rituels, que nous voyons se perpétuer autour de nous, immuables, héritages formels d'un passé perdu, vides de toute espèce de sens.

Non. « Tout passe, tout casse, tout lasse », comme nous le disons en France.

Tout, sauf cette phrase, peut-être.

Boileau, au XVIIe siècle, pensait avoir établi pour toujours les règles nécessaires à toute poésie française. Même la poésie devait être régie ! Obéir à des règles, elle, l'insoumise, l'intempestive ! Voltaire, cent ans plus tard, obstinément fidèle à ces règles, écrivait encore des tragédies en cinq actes et en alexandrins, qui lui demandaient un travail énorme, et dont rien ne reste.

En réalité, toutes ces valeurs, toutes ces idées – dans quelque domaine qu'elles apparaissent, en religion comme en littérature ou en politique –, toutes ces ambitions grandioses ont été emportées par le flot, ou par la vague, l'une après l'autre, conduites à une série d'échouages, et souvent de naufrages. Elles ne reviendront jamais, car les fleuves ne remontent vers leur source que dans les plus sombres prophéties.

Que de paroles jetées en l'air, semées à l'aveuglette, envolées dans le vent comme des confettis.

Tout a changé depuis que nous parlions. Même le sens des mots, peut-être.

Même le vent.

Il en est de même, hors de tout exercice politique, ou démagogique, ou racoleur, pour toute activité humaine ou presque. Emportés par le glissement incessant du monde, ignorant notre direction, notre futur (presque toujours inquiétant, menaçant, car obscur, inconnu), nous aspirons tous à un arrêt, ou tout au moins à une pause au bord de la route, ou du fleuve. Nous l'avons vu, au siècle dernier, avec le nazisme, qui allait bouleverser et dominer le monde, et, presque en même temps, avec le système soviétique – qui avait trouvé la solution terrestre.

Qu'en reste-t-il ?

*

Tout va toujours trop vite, en tout cas trop vite pour nous. À peine avons-nous observé et analysé la société dans laquelle nous vivons qu'elle a subrepticement changé, et cela sans nous prévenir. D'un jour à l'autre, nous la trouvons soudain méconnaissable. Nous nous sentons « dépassés » par le cours des choses, largués, nous ne comprenons plus. À peine nous sommes-nous habitués à nos nouveaux outils qu'ils ont été modifiés, qu'on les dénigre, qu'on les jette à la casse ; aux idées nouvelles, qu'elles sont corrompues, condamnées, chassées. Nos enfants nous étonnent et parfois nous effraient. Nous avons du mal à les reconnaître, nous en avons perdu le contrôle et quelquefois nous avons besoin d'eux, à notre tour, pour lire et pour écrire.

Pris de peur, nous parlons alors d'une « restauration ». On nous crie : « Vite, vite ! Il faut arrêter ! Il faut absolument revenir à ce qui était ! »

Et il est trop tard.

Aucun de ces retours aux sources n'a résisté au passage du Temps.

À chaque génération, nos propres inventions techniques nous laissent hagards, nous inquiètent, puis nous alarment, et quelquefois même nous terrifient. Mais il n'est plus question de nous passer d'elles. Impossible.

Nous voyons s'approcher l'avenir avec de plus en plus de crainte, en tout cas de perplexité. Que sera, par exemple, l'homme « renforcé » (« *enhanced* ») de demain ? Et le robot qui nous conseillera, et qui guidera, de près ou de loin, tous nos gestes ? Qui écrira pour nous ? Quel cerveau, quelle main ? Et notre « avatar », si nous décidons d'en avoir un pour nous seconder, jour et nuit ? Et notre « clone », né de nous-même, nous obéira-t-il sans discussion, sans arrière-pensée ? Ou sera-t-il aussi menteur, aussi mal informé, ou aussi crédule, que nous ?

Les techniciens chinois, après de multiples essais, ont réussi à cloner un singe, au début de l'année 2018. Mais que fera-t-on de ce personnage ? Un esclave d'un nouveau genre ? Se préparant déjà à la révolte ? Recrutant des complices ?

Et l'argent ? Et le travail ?

Ces mots, étroitement liés depuis des millénaires – mais, à vrai dire, surtout depuis Karl Marx –, conserveront-ils encore une réalité quotidienne ? Les bitcoins l'emporteront-ils sur les monnaies traditionnelles ? D'autres « cryptomonnaies » se répandent déjà : où cela nous conduira-t-il ? Toutes les banques fermeront-elles ? Dans ces domaines du commerce, tout se passera-t-il d'« une autre façon », que pour le moment nous ne voyons pas ?

Si personne ne travaille, sauf les robots et les singes clonés, tout le nécessaire sera-t-il donné gratuitement ? Et à tout le monde ? Et par qui ?

Quel est l'avenir du profit ?

Si nous n'arrivons pas à recréer nos sociétés, est-ce que des monceaux de cadavres – morts de faim et de soif – s'entasseront au hasard des routes ?

Ou dans les fleuves ?

En ce moment, tout est concevable, tout est ouvert. Tout reste « inconstant ».

Mais le flot ne s'arrête pas. Il ignore le progrès, il ne sait rien de l'avenir. Il n'a pas la moindre idée du « sens de l'histoire », du bon ou du mauvais, du mieux ou du pire. Il va.

Un ancien poète français, Saint-Amant, le disait ainsi :

Ruisseau qui cours après toi-même
Et qui te fuis toi-même aussi.

Ce qui vaut pour les affirmations imbéciles de la stabilité politique (« notre solution est la bonne, nous n'en bougerons pas d'un iota ») s'applique, plus sévèrement encore, au domaine de la recherche désintéressée, et apparemment rigoureuse, de la science. Où s'est enfui, où s'est caché l'univers d'Aristote, qui a pourtant constitué un implacable article de foi pendant plus de quinze siècles ? Et le monde de Newton ? Et bientôt celui d'Einstein et de Niels Bohr, rongés de toutes parts déjà ?

Au moins les scientifiques ont-ils reconnu cette évidence : à la différence des conciles d'autrefois, toute affirmation péremptoire doit s'attendre, aujourd'hui, à une espérance de vie d'une dizaine d'années.

Après quoi, elle devra céder la place.

Et c'est très bien ainsi, à condition que tous le reconnaissent.

Le monde s'écoule sous nos yeux, et, du même coup, notre espérance du monde dévale la pente, remous après cascade et tourbillon. Seule l'« impermanence » – notion des plus vagues à vrai dire, et qui permet de s'en tirer à bon compte –, seule cette métamorphose continuelle a quelque chance de toucher par moments au vrai. Ce qui dure, c'est ce qui passe, c'est en tout cas la qualité de ce qui nous semble passer. Comme le disait un hymne shivaïque du VIe siècle :

L'immobile se disperse
Et le mouvant demeure.

Si ce mouvement, si ce « mouvant » se figeait, nous cesserions aussitôt d'être là pour en disserter. Nous aurions atteint – enfin, diraient certains, soulagés – le vrai néant.

Si nous songeons une minute – ou deux – à tout ce qui peut se dire et s'écrire en une seule journée, pour « informer », pour commenter, pour « analyser » vingt-quatre heures de la vie du monde, à ces kilomètres de bavardages interminables qui se disent, qui s'impriment, qui se traduisent, qui s'illustrent, et à tous ces infortunés chroniqueurs qui doivent, deux ou trois fois par semaine, redire les mêmes choses avec d'autres mots (car ils n'ont, pour la plupart, qu'une chose à dire – et je ne m'exclus pas du tas, je sais de quoi je parle), si nous songeons à cette immense poussière de mots qui se disperse chaque jour, nous pouvons apprécier toute la puissance du flot.

Il emporte vraiment tout.

Rabelais parle de « paroles gelées » qui paraissent attendre quelque chose (ou quelqu'un) dans un coin du ciel. Peut-être en est-il ainsi de toute vraie parole.

Le flot l'emporte jusqu'au glacier, où elle s'enfouit, dans une crevasse. Quelque chaleur, un jour, fera fondre la glace, et la parole apparaîtra.

Que nous dira-t-elle ?

Un œil d'avance

Ainsi chaque génération, à un moment donné – et c'est l'attitude la plus facile –, lorsque le monde paraît s'accélérer, changer quelque peu de visage, de dimensions et de démarche, décrète que les mœurs se sont perverties, que le sens de la famille (ou de la patrie, ou de la religion, ou de la révolution) s'est perdu, que les enfants nous échappent et se trompent carrément de direction, que l'art est fini, qu'autrefois, oui, pour ne prendre que cet exemple, les peintres savaient peindre, mais qu'aujourd'hui c'est n'importe quoi, ils ne sont même plus capables de dessiner correctement, ils se contentent de mettre des tas de gravier sur le sol d'un centre commercial et de faire payer pour voir ça, tout est affaire de publicité, de commerce, de copinage avec les gazetiers, avec les marchands, et voilà pourquoi tout est foutu.

Que de fois, dans les temps dits modernes, avons-nous subi ces jérémiades.

Or, en matière de peinture en tout cas, les choses vont toujours, précisément, en sens contraire. Nous devrions tout de même commencer à le savoir. Les « artistes », comme on les appelle encore – qu'il s'agisse de peinture, de musique, d'architecture, de cinéma ou de toute autre forme d'expression nouvelle –, sont toujours à l'avant de la marche, souvent à leurs risques et périls. Ils ont une mission, ils sont nés avec, ils sont marqués au cœur et à la tête, ils ne peuvent pas faire autrement.

Un grand nombre d'entre eux seront oubliés, cela va de soi, comme cela fut toujours le cas, ou se répéteront, devenant leur propre cliché, ou se pervertiront dans les mondanités qu'ils estimeront indispensables – mais le mouvement général des choses et des esprits, ici inséparables, ils le commandent sans même le savoir, ils le dirigent.

Les peintres ont un œil d'avance sur nous.

Qui se refuse à le reconnaître se voit condamné à la rétrospective perpétuelle, à la mélancolie liée aux temps anciens, à la rancœur, au radotage, à la morosité et assez souvent à l'insulte.

Cela ne veut pas dire que ces artistes d'aujourd'hui seront tous, demain, tenus pour des visionnaires, des éclaireurs. Loin de là. Une large majorité d'entre eux tomberont à leur tour au gouffre d'oubli, comme pour chaque siècle, ou même chaque demi-siècle.

Et le torrent les emportera jusqu'au tourbillon, jusqu'à la noyade.

Il n'empêche. Tant que durait leur vie, ils étaient dans le vrai de l'aventure, debout à l'avant de l'esquif.

*

Dans les années 1980 – je ne sais pas si c'est toujours le cas –, j'ai pu me promener longuement dans un de ces gouffres. Cela me paraît déjà très lointain. Plusieurs centaines de toiles appartenant au musée du Louvre avaient trouvé refuge au Palais de Tokyo, à Paris. Rangées sur la tranche, à la verticale, dans une grande salle semi-obscure et soigneusement verrouillée, ces peintures à l'huile – paysages, portraits, marines, scènes de genre, toutes « bien peintes » – avaient pour auteurs des petits maîtres du XVIIIe et du XIXe siècle, lesquels, à un certain moment de l'histoire de la peinture, avaient été jugés dignes du Louvre – avant d'en être retirés, un peu plus tard, par d'autres yeux.

Ces toiles désormais invisibles dormaient là, sagement, sans doute pour longtemps, pour les siècles qui viennent. Des chaînes les maintenaient en place.

Comme peintes par, et pour, des fantômes.

Il en était de même, toujours dans le même palais, pour une multitude d'œuvres du XXe siècle, relevant de ce pourcentage d'achats obligatoires que doit consentir l'État, chaque année (c'est la loi), elles aussi jugées dignes d'intérêt par quelque regard ministériel, ou par quelque copain bien placé, mais qui déjà s'effritaient, se gondolaient, s'effaçaient, se trouaient.

Aux diverses institutions qu'abritait alors le Palais de Tokyo, il était accordé d'en choisir une ou deux, pour l'ornement des bureaux de fonction.

Mais cela n'allait pas plus loin.

L'art, qui avait été choisi et mis en avance, se voyait maintenant au rancart.

De la même manière existent en France, et ailleurs sans doute, des dizaines de milliers d'œuvres englouties, oubliées.

Je me demande quelquefois, puisque l'État a les besoins d'argent permanents que nous connaissons : pourquoi ne pas organiser, chaque année, une vente publique de nos « surplus artistiques dormants » ? Après tout, ils nous appartiennent, nous les avons payés, ils sont le bien de la nation, d'un peuple, une sorte de trésor caché, et pourtant nous ne pouvons ni les revendre ni même les voir.

Parmi les étrangetés culturelles, nous pouvons visiter, à Madrid, un temple égyptien authentique, presque intact, cadeau de Nasser à Franco lors de la construction du barrage d'Assouan, opération qui allait noyer cet édifice.

Le temple fut démonté et remonté pierre à pierre, comme pour économiser aux Madrilènes les frais d'un voyage en Égypte. Étrange cadeau. Imagine-t-on une Sainte-Chapelle au Machu Picchu ?

Pour dire vrai, le temple égyptien de Madrid est peu visité. Mais j'imagine parfois l'étonnement des dieux égyptiens d'autrefois, s'ils étaient encore quelque peu présents dans les vieilles pierres, à se retrouver en Espagne.

Et pour les archéologues d'après-demain, quelle énigme !

*

J'avais proposé, il y a une douzaine d'années, dans une émission de radio, de distribuer gratuitement à chaque famille française trois ou quatre objets provenant des collections nationales, parfaitement authentiques, portant cachet : une poterie précolombienne, un tableau hollandais du XVIIe siècle, une sculpture africaine, un coffre chinois, ou tout autre objet, selon les attirances et les goûts. Les bénéficiaires n'en seraient pas propriétaires, bien entendu, pour éviter toute espèce de trafic, mais ils pourraient les disposer chez eux, les montrer à leurs voisins, à leurs familles, organiser des expositions de quartier, de village.

S'interroger, apprendre.

Ainsi, toutes les familles qui le désireraient pourraient avoir sous les yeux, en permanence, à la maison, non pas de médiocres copies ou d'atroces bibelots de supermarché, mais de vrais objets, jadis touchés par d'autres mains, chargés de temps et d'histoire, vus par d'autres yeux, venus de l'Égypte ou du Pérou.

Quelques conservateurs de musées, jaloux, comme des avares, de leurs trésors (qu'ils ne montrent jamais), m'ont carrément insulté, à cette occasion.

Je n'ai pas insisté. Il s'agit peut-être – étant donné ce que sont les choses – d'une rêverie, d'une entreprise irréalisable.

Et c'est bien dommage, il me semble.

Un jour, de toute façon, tout dormira.

Regulus

Ce fait – le mouvement perpétuel et irrésistible, l'usure, la décadence, en tout cas les virages des esprits et des mœurs –, comme tous les faits, comme « tout ce qui arrive », n'est évidemment pas nouveau. Toutes les civilisations mémorables – et même les autres – l'ont connu, et toutes en ont senti, en ont regretté le déclin (surtout) et même la disparition.

De nombreux poètes s'inspirèrent de cet étrange sentiment – une sorte de mélancolie sociale – comme à plaisir. Ils semblent parfois s'en délecter. « Cette vie est de plume et de vent son passage », écrivait, au début du XVIIe siècle, un certain Fiefmelin, de Poitiers, qui n'a peut-être laissé que ce seul vers dans nos mémoires surchargées.

Je me suis souvent demandé d'où vient ce sentiment de descente ininterrompue, presque fatale, comme si le vent n'attendait que nous, ne s'était levé que pour nous, comme si le fleuve, au lieu de s'enrichir d'affluents précieux, venus de toutes parts, se desséchait en cours de route et s'appauvrissait avant de se perdre.

Dans la plupart des cas, tout était toujours mieux dans un « avant » imaginaire, dans un âge d'or perdu, où il suffisait de se hisser sur la pointe des pieds pour cueillir les fruits sur les arbres, en toute saison, où la guerre restait inconnue des hommes, où la gazelle dormait tranquille entre les pattes du léopard.

Tout était mieux avant la mise en branle. Avant le jaillissement de la source.

Ce sentiment d'abaissement, de régression, commençait même avec les Sumériens, déjà (dit-on) ; et un ancien proverbe indien assure que « Dieu est toujours aux commencements ». Ce qui semble signifier qu'il n'aime pas trop que les choses s'installent et durent.

Plus tard, alors que l'Empire romain s'étendait de l'Écosse aux frontières de la Perse, ils étaient nombreux, dans la toute-puissante Rome, devant la « décadence des mœurs », l'invasion de coutumes et de croyances étrangères, et le relâchement des liens sociaux, familiaux et civiques, ceux qui regrettaient, en faisant bombance, les vertus (supposées) de l'ancienne république romaine, austère, vertueuse, irréprochable, déjà mythique.

Le modèle romain, qui se situe pour nous au IIIe siècle avant notre ère, reste sans conteste le consul Regulus. Prenons-le une fois de plus comme exemple, avant de le laisser retomber dans l'oubli. Fait prisonnier des Carthaginois au cours des guerres puniques, et condamné à mort, il proposa qu'on l'envoyât à Rome pour négocier un échange de prisonniers. Il donnait sa parole qu'il reviendrait à Carthage pour y subir sa peine.

Là-bas, on lui fit confiance.

Il partit, vint à Rome, négocia l'échange, résista aux supplications de sa famille, qui s'efforçait de le retenir, et revint à Carthage où il fut mis à mort.

Bel exemple de fidélité à une parole donnée, sans doute – il y en eut d'autres –, mais qui, plus tard, sous Néron ou même Trajan, eût encore agi de la sorte ? Aucune abnégation, aucune vertu collective ne s'est perpétuée à travers les siècles, résistant aux victoires, aux déroutes, aux invasions, aux égoïsmes, aux rétrécissements presque invisibles des esprits. Impossible, après Caligula et Néron, de retrouver cette vertu perdue. Elle n'est jamais liée qu'à un peuple, et à un moment de ce peuple. Peut-être même à un seul personnage. Peut-être même à une seule idée de cette vertu introuvable.

À peine survenue, elle a disparu. Tout est emporté dans le même tourbillon – parfois brutalement, et parfois pas à pas, presque insensiblement – car, si l'histoire a besoin d'exemples, elle a aussi besoin de repos et d'oubli.

Rome n'a connu qu'un seul Regulus. Et tous, chaque jour, nous attendons le nôtre.

*

Pendant longtemps, tout était mieux dans cet âge d'or d'autrefois, dans un « avant » de référence. Avant quoi ? Ce n'est jamais dit. Le paradis était toujours « avant ». Avant même le commencement, dirait-on. L'histoire des hommes ne commence que lorsque les portes des paradis se ferment.

Ainsi, le paradis est toujours perdu, par définition.

Les arbres croissaient-ils, au paradis, et se reproduisaient-ils ? Les fruits mûrissaient-ils pour tomber à la fin sur le sol, et pourrir, sans être mangés ? Y connaissait-on des saisons ? Des insectes pollinisateurs ? Adam et Ève vieillissaient-ils au même rythme ? Le Temps faisait-il déjà partie de notre condition, de notre châtiment ?

Certainement pas. Tout s'est mis en mouvement, si nous en croyons le mythe biblique, lorsque les portes se sont refermées. L'enfantement dans la douleur, et notre vie gagnée par la sueur sur nos fronts, et la misère de la plupart des hommes, et la peur, et le chagrin d'être vivant, et les fatigues, et les querelles (Caïn tuant son frère), et les maladies, et la mort elle aussi bien entendu – tout a commencé lorsque Adam et Ève ont entendu, derrière eux, se fermer les verrous.

Trop tard, déjà.

Pour en revenir à Regulus, toutes les époques anciennes n'ont pas porté de tels modèles de vertu, il s'en faut de beaucoup. Regulus lui-même fut sans doute une exception et c'est pour cette raison, sans doute, que les Romains se souvenaient de lui – non sans mélancolie – trois siècles après sa mort.

Il était resté immobile et ferme dans sa promesse, et sa parole allait au-delà même de sa vie.

Mais des crapules et des combinards existaient déjà de son temps. C'est à parier.

À Rome aussi bien qu'à Carthage.

*

À partir de la fin du XVIIe siècle, en Europe en tout cas, la tendance, peu à peu, s'inverse. On oublie l'âge heureux des origines inconnues, d'ailleurs l'Espagne vit un « Siècle d'or », elle a découvert un nouveau monde, certains commencent à parler de « progrès », dans les esprits, dans les techniques et par conséquent dans les mœurs. On ose même critiquer Aristote, sinon encore saint Thomas.

Les temps modernes s'ouvrirent sur cette promesse, que nous nous faisions à nous-mêmes, d'une marche en avant, d'un mieux constant qui, inscrit dans l'ordre des choses, semblait indiscutable (il l'est toujours), et dont nous étions les agents désignés. Nous avons appelé ce virage « la Renaissance ».

Bientôt, voisine et amie du progrès, viendra l'évolution, qui a sélectionné les mieux adaptés. L'idée d'aller vers un meilleur « après » gagnait du terrain, dans tous les domaines connus. Convaincus d'être entrés dans l'« ère des Lumières », nous tendions, nous Européens, vers un mieux garanti, d'une génération à l'autre. Physiquement, psychiquement. Nos connaissances, sinon nos cœurs, s'élargissaient. Certains n'hésitaient pas à affirmer que nous finirions « purs esprits ».

On sait ce qu'il en fut au XXe siècle, le plus ignoble, le plus dévastateur de notre histoire. Dévastateur pour les hommes et pour la planète entière. Dans cette époque mieux éclairée, mieux organisée, plus civilisée que toute autre (croyions-nous, disions-nous), on vit même un peuple européen s'affirmer composé d'une « race supérieure », appelée à dominer le monde, et qui n'attendait que ce siècle-là. Une des folies les plus bizarres, les plus furieuses, et les plus désastreuses, de la trop longue histoire des délires humains.

Mais que les vertus demeurent, que les prospérités, comme les atrocités, s'éternisent, il n'en a jamais été ainsi – tout au moins sur notre planète – et la puissance prodigieuse de la course du monde (du torrent japonais), a balayé, jusqu'à maintenant, toute digue, si solide, si élaborée, si pieuse, si protégée des dieux fût-elle. Même si par moments il a fallu payer très cher.

La Renaissance elle-même – quel mot plus prometteur ? – est le temps des guerres de religion, de la Saint-Barthélemy, des massacres d'Indiens au Mexique et ailleurs.

Banal à dire : le Temps est le grand enfonceur, le grand vainqueur de l'histoire. Et sans doute le seul vainqueur. Il ne la conduit pas – ne sachant où il va, ni dans quelle intention – mais il la contient et la manipule, il est le lit dans lequel l'Univers se couche. Certains disent qu'il en est l'initiateur, le père fondateur, mais rien n'est moins sûr. Parfois il submerge et détruit tout dans un cataclysme subit, comme on le disait pour l'Atlantide, pour Sodome et Gomorrhe, ou pour la ville d'Ys, plus près de nous.

Il peut même faire exploser des étoiles.

Parfois – avec notre consentement, et même nos encouragements – il ronge en silence, sans nous en avertir, pareil à une armée de taupes, et l'écroulement final est une surprise pour tous.

Il fallait s'y attendre, c'est tout. La fluidité et la mouvance l'ont toujours emporté sur nos certitudes et sur nos monuments, qu'ils fussent de marbre ou d'esprit.

Et le Temps, qui naquit peut-être avec l'Univers (les astrophysiciens en discutent), coule toujours entre nos doigts, insaisissable, et cependant irrésistible.

Quant au temple égyptien de Madrid, à son tour, un jour ou l'autre, il sera détruit.

*

Nous pouvons nous poser la question (de la résistance au torrent) en ce moment même, à la fin de l'année 2017, frappés, en France en tout cas, mais c'est aussi le cas en Espagne, au moment même où j'écrivais cette page, par une sécheresse exceptionnelle. Tout nous l'annonçait, depuis trente ou quarante ans, et tout le confirmait. Une menace nous poursuit depuis des décennies, due au réchauffement climatique (c'est-à-dire à notre mode de vie), menace qui s'étend bien au-delà de l'Europe, et qui s'aggrave chaque année, chaque mois, chaque jour. Chez moi, dans le Languedoc, les châtaigniers, les chênes verts et même les frênes, d'ordinaire si résistants, car ils envoient au loin leurs racines, sont en train de mourir de soif. Et les cigales se font rares, comme les papillons, comme les sauterelles. Quant aux grillons, on ne les entend plus chanter la nuit, comme autrefois. Les poudres tueuses sont passées par là.

Quand il pleuvra, s'il pleut, il pleuvra trop. Des tornades se lèveront. Des maisons seront emportées, des enfants mourront, cela s'est vu dans d'autres pays, récemment encore. Même des rats seront noyés.

Et cela s'est passé chez nous, en effet, dès le mois de janvier 2018. Pluies incessantes, inondations un peu partout. Et, dans le Midi de la France, de grosses chutes de neige le mois suivant, comme jamais auparavant.

Et des trombes d'eau, et du vent. Et de la neige encore à la fin du mois de mars. Des inondations au mois de mai – avec un record mondial d'éclairs en une seule nuit, paraît-il.

Et des files de voitures bloquées par le froid, toute une nuit, sur l'« autoroute du soleil ».

Et de la neige à Téhéran au mois d'avril ! Et en Auvergne le 15 mai !

Et pourtant tous les observateurs nous disent que la planète manque gravement d'eau. Que nous arrive-t-il ? Un équilibre, quelque part, semble s'être cassé. C'est le cas de le dire : il n'y a plus de saisons.

Nous nous en plaignons, nous, les responsables.

Nous sommes, tous, au bord d'une crise sérieuse, personne ne peut plus en douter, d'une crise planétaire à laquelle il est possible que la Terre elle-même ne puisse pas survivre, sinon sous une forme pierreuse et sablonneuse, d'où la plupart des êtres vivants, sinon tous, auront disparu.

Nous le savons, nous le voyons et nous le disons, chaque jour ou presque, en rejetant sans cesse la faute sur les autres – ou à défaut sur la fatalité.

Car la première question que nous nous posons est toujours la même : c'est la faute à qui ? À d'autres, bien sûr, toujours.

Nous avons même vu une femme, coincée par la neige dans sa voiture, qui s'écriait, très mécontente : « On paie des impôts et voilà ! il neige ! »

La perspective du désastre planétaire est maintenant si proche, et nous semble si inéluctable, que des voix irritées s'élèvent déjà, disant que tout cela, au fond, comme d'habitude, c'est la faute des riches. Tout dévoués à leur voracité (car personne ne s'est jamais senti trop riche), ils sont au courant de toutes les menaces, et même avant le reste du monde, ils sentent venir la catastrophe depuis longtemps, depuis plus d'un siècle, ils l'ont sans cesse encouragée (pétrole, uranium, pesticides, herbicides, publicité, matières plastiques, containers, frénésie financière, intensité maladive du commerce) et déjà, très conscients du péril mortel qui s'avance, ils se font aménager, dans des repaires secrets et luxueux, avec caviar congelé, lingots d'or et tableaux de maîtres, des lieux de survie où ils s'apprêtent à se réfugier quand le reste de la planète ne sera, par leur faute, que terre brûlée, sèche et cassante, sans verdure et sans eau, où des bandes d'affamés chercheront de tous les côtés qui dépouiller, qui tuer, peut-être même qui manger.

Ils (les riches) vont même, pour être servis, jusqu'à acheter des esclaves, aux enchères, des femmes et des hommes en général venus d'une Afrique tristement surpeuplée, et qui ne sont pas mieux considérés qu'un chameau ou qu'une vieille charrue.

Encore le chameau, qui vaut plus cher qu'un homme, est-il convenablement nourri et soigné.

Et on répare les charrues.

Pour la chair humaine, elle ne vaut plus rien. Elle est si facile à remplacer, quand elle se casse.

À remplacer, ou à jeter.

*

Devant cette menace chaque jour plus précise, je reviens quelquefois, le soir, dans mon jardin, aux cris d'alarme de Boumi, la vieille Terre indienne, la Terre vivante, sensible et personnifiée, qui implorait la mise en œuvre de la mort pour la soulager d'un excès d'humains arrogants et totalement insensibles.

Et d'abord, je saisis cette occasion pour lui dire, une fois pour toutes, mon admiration, car en multipliant les formes de vie sur cette Terre, et dans les mers, elle a probablement multiplié nos chances de survie. Je ne sais pas si une telle « biodiversité » – comme nous nous plaisons à l'appeler – se retrouverait, même en cherchant bien, sur d'autres planètes lointaines. C'est possible. En tout cas, quand nous savons regarder ces millions de formes vivantes, tout autour de nous, il nous semble par moments voir des « essais », des ébauches, comme si toutes ces tentatives n'étaient que les branches de cet immense éventail que nous offre la nature, à la poursuite, dirait-on, de la forme parfaite, celle de l'immortalité.

Certains se demandent même si quelque forme de vie ne cherche pas refuge, aujourd'hui, au fin fond des océans pour se modifier, peu à peu, et échapper ainsi à nos essais persévérants d'extermination.

Mais ce n'est peut-être qu'une impression.

Que dirait Boumi aujourd'hui ? Elle partagerait sans doute les mêmes effrois que jadis, les mêmes paniques. Elle appellerait au secours. Elle nous dirait que soixante-quinze pour cent des espèces qu'elle avait accueillies sont en train de disparaître, par notre faute ; et que nous détruisons, à grands coups de matières mortes (bétons, plastiques, divers gaz), une planète qui était, à n'en pas douter, le chef-d'œuvre de notre système solaire.

Elle disait même : « Je suis la fierté du Soleil. »

En fait, la mort des hommes, que la Terre appelait autrefois de ses vœux, n'a servi à rien. Chaque guerre est suivie d'un baby-boom, qui accroît la masse des prédateurs. Le nombre des humains s'entassant sur la planète est supérieur, aujourd'hui, à la somme totale de tous ceux qui y ont vécu, depuis l'origine du monde.

Difficile à croire, mais vrai. Et ce chiffre s'accroît chaque jour.

Et rien ne freine notre arrogance, et notre ardeur à nous multiplier, ainsi qu'à vivre le plus longtemps possible.

Boumi ne dit plus rien. Elle sait peut-être que tout appel au secours est devenu strictement inutile.

Elle attend, préparant peut-être, en grand secret – dans les océans, par exemple –, nos remplaçants.

*

Le tableau est possiblement assombri, quelquefois, par des esprits cafardeux, qui ne voient aucune solution (il faudrait des armées entières pour protéger ces riches confortablement abrités, mais comment nourrir leurs gardiens, comment les payer, comment leur confier des armes, comment nous rendre sûrs de leur loyauté, et de leur silence ?).

À l'inverse, ce tableau est aussi quelquefois adouci, grâce à une sorte d'optimisme naïf, ou secrètement pervers, par d'autres esprits, qui font encore confiance à nos ressources et à notre « inventivité » (réelle, mais forcément limitée). Nous nous en tirerons, nous en avons vu d'autres, disent-ils avec un bref sourire, avant de changer de sujet, avec même un léger haussement d'épaules.

Toujours cette confiance aveugle en nous-mêmes. Comment la mettre en doute pour si peu ?

Pourtant, dans ce domaine, comme pour l'homme « renforcé » ou pour le futur « transhumain », personne ne peut aujourd'hui parler avec certitude, sinon pour souligner notre inquiétude, qui va devenir de l'effroi, de l'angoisse, et rapidement de la panique.

Quant au sursaut qui serait indispensable – même pour les riches –, il est si violent, si nouveau, que les premiers gestes de défense – éoliennes, panneaux solaires, villes vertes, fin annoncée du diesel, usines marémotrices, journées sans voitures – nous semblent déjà dérisoires.

Ah, murmurons-nous parfois, pris d'une nostalgie trompeuse, si nous pouvions revenir aux temps anciens où nous étions heureux !... Complainte sans fin, illusoire, sans frontières et sans résultat. Il fut peut-être un temps, pour certains d'entre nous, même au XXe siècle, où nous avons cru tenir le bonheur – solidement, une fois pour toutes. Dans certaines parties du monde, nous avons pu connaître un équilibre, un petit âge d'or, même très bref, même modeste.

Mais la qualité première du bonheur est qu'il glisse et s'enfuit lui aussi, comme toutes choses. Le mot qu'on lui accole le plus souvent, dans les chansons, est « fugitif ». Il n'est pas emporté par le flot, il en fait intimement partie, et s'éloigne avec lui – ce qui est moins sûr pour le malheur.

Les migrants africains, vendus comme esclaves en Libye, offrent l'image désormais ineffaçable de cette détresse moderne ; une détresse de naissance, de laquelle ils ne se sont jamais décrochés, qui s'agrippe à leur chair en tous lieux, depuis leur venue dans ce monde, et qui peut nous frapper demain, nous aussi, aujourd'hui simples spectateurs de ces trafics-là, qu'on nous montre, que nous regardons – images perdues parmi tant d'autres images – et que nous oublions le plus vite possible.

Ils disent : « Nous sommes enfermés, jour et nuit, nous n'avons rien à manger, rien à boire, nous ne savons pas ce qu'on va faire de nous, peut-être on va nous éliminer, c'est-à-dire nous tuer (si nous ne valons rien), peut-être on va nous faire travailler quelque part, dans le noir d'une mine, dans un champ de pétrole, maigres et nus, sans nouvelles de notre pays, de notre famille, chaque jour meurt un de nos compagnons, nous sommes pires que des bêtes… »

Litanie de la misère moderne, images et paroles de la désolation, dans une planète épuisée, où les comportements les plus archaïques se réveillent, ou même la Terre est impitoyable, ou même l'instinct de survie disparaît. Ces images d'enfants à moitié morts, dans les caves de Syrie, victimes des armes chimiques de leurs propres dirigeants, comment les supporter ? Au nom de quoi ?

*

J'ai regardé récemment, à la télévision, un reportage qui suivait un groupe de Soudanais du Sud fuyant la guerre civile pour tenter de gagner l'Éthiopie. Les deux vieux véhicules où ils s'étaient entassés s'embourbèrent, ils durent continuer à pied (des heures et des heures de marche, sur près de deux cents kilomètres), dans un paysage semi-désertique, dépourvus de tout, constamment menacés d'être attaqués par des tribus hostiles.

Dans cette déroute, une femme enceinte fut prise de douleurs et perdit les eaux. Elle dut accoucher là, debout, puis assise, épuisée, sur la terre sèche. Une autre femme l'aidait, s'efforçant de trouver, dans un des véhicules, un objet métallique pour couper le cordon. La mère mit au monde une petite fille, dans des conditions qu'il m'est impossible de décrire. Aucune trace du père dans le groupe.

Il me semblait assister à une naissance préhistorique, quelque part dans des steppes lointaines.

Je regardais ce bébé, je pensais à ma propre naissance, dans une maison en pierre, certes peu fortunée, mais en présence d'un médecin, avec de l'eau chaude et des linges, et j'imaginais la vie qui venait d'être offerte à cette enfant, à même la terre aride, en pleine déroute, dans un désert. Pouvait-on encore se réjouir ?

Sa mère lui donna le sein dès qu'elle put. La petite fille, les yeux fermés, tétait de toutes ses forces. Elle voulait vivre, à tout prix. Tout autour la peur, le sol nu, le malheur promis, assuré.

Des hommes, des femmes qui s'avançaient en vacillant. La jeune mère, qui devait lentement se remettre à marcher.

Des coups de feu dans le lointain.

Et Boumi, qui avait renoncé à se plaindre.

*

Est-ce que le Japonais, dans la violence de son torrent, pourrait connaître un jour pareille détresse ?

Pour le dire autrement, est-ce que le flot général du monde emportera un jour cette misère-là ? Ou bien le malheur est-il le seul rocher, la seule stabilité que nous puissions espérer connaître dans cette vie ?

Cette crise universelle, qui s'approche, passera-t-elle, comme passent toutes choses ? S'inscrit-elle déjà dans le « mouvant » ? N'est-elle qu'une alerte excessive, un épisode bref dans la longue histoire des astres ?

Tout rentrera-t-il, tant bien que mal, dans un certain ordre ? Et continuerons-nous à « errer », comme l'écrivait Pascal, parmi d'autres errants ?

Ou bien la Terre, notre Terre, a-t-elle atteint l'extrême limite de ce qu'elle pouvait supporter de ses prédateurs ? Dans ce cas, elle tomberait vite au rang de planète morte, de planète sans passé, sans histoire, sèche, rugueuse et dénudée, aussi peu attirante que possible pour d'éventuels envahisseurs.

On dit qu'une dizaine, peut-être une douzaine de milliards de planètes ressemblant de près ou de loin à la nôtre (nous les appelons désormais les « exoplanètes ») sont dispersées dans notre seule galaxie. Et nous comptons cent cinquante ou deux cents milliards de galaxies.

Nos envahisseurs dépités n'auraient, apparemment – s'ils possédaient les moyens de déplacement nécessaires –, que l'embarras du choix.

Ce ne sont pas les Terres qui manquent.

À cette réalité, que nous pouvons tous observer, s'ajoute la dispersion multiple des informations que nous recevons aujourd'hui, d'un peu partout, que nous le voulions ou non. De temps en temps, une voix responsable nous dit quelque chose que nous devrions aussitôt retenir, mettre en œuvre ; mais cette voix est aussitôt noyée dans une cataracte de balivernes, de « bêtisiers », de « *science of stupid* », d'images inutiles, d'anecdotes navrantes, de sourires et de mots qui nous submergent, nous annihilent, qui aveuglent notre jeunesse, qui lui cachent sans cesse la vérité violente du monde.

Qui a décidé de poser ce masque ? Dans quelle intention ? Pour dissimuler quoi ?

Ou bien s'est-il posé de lui-même, en quelques dizaines d'années, avec notre consentement passif et rassuré ? Petit à petit, ici et là, de telle sorte que nous ne puissions pas nous en rendre compte ?

Une « fantaisie »

J'inscris ici, sans retouches, comme une sorte de parenthèse, une « fantaisie » qui date de l'année 2001 (avant la destruction des tours de Manhattan) :

> Nous avons donc décidé de mourir. Il s'agit d'une décision que nous pourrions appeler collective, prise, en tout cas, à une très large majorité, il y a cinquante ou soixante ans, un peu plus peut-être.
>
> Nous avons décidé de mourir – assez rapidement, dans trois ou quatre dizaines d'années – et d'entraîner dans notre disparition une grande partie des espèces qui nous entourent.
>
> Certaines survivront-elles ? Peut-être. Nous en parlerons plus tard, bien que cette hypothèse soit complètement invérifiable. En effet, nous ne serons plus là pour constater que nous avons des successeurs, ou non.
>
> Notre décision de mourir – nous, en tout cas, l'espèce humaine – est inéluctable. Il y a quarante ou quarante-cinq ans, quand nous avons commencé à voir et à comprendre les dimensions et la marche du monde, nous pouvions encore – assez naïvement à vrai dire – espérer que les mesures salvatrices, obligatoirement mondiales, seraient prises et seraient respectées.
>
> Il n'en a rien été. Nous avons choisi de poursuivre notre chemin vers ce que nous appelions de bonne foi le développement, la croissance, sans parler du profit, qui était innommable, mais activement recherché. Devant la fin annoncée de la Terre, nous avons haussé les épaules.
>
> Comme nous le savons maintenant, il s'agissait d'un développement dirigé vers le pire, d'une extension accélérée de nos occasions de mourir, et de faire mourir les autres.

Il est maintenant trop tard. Inutile même de prier. Tous les dieux ont tourné casaque et n'attendent plus rien de nous. L'Olympe, le Sinaï et même l'Himalaya sont à présent déserts. D'ailleurs, pour disparaître plus vite, nous nous sommes embourbés dans des conflits locaux, parfaitement anachroniques, détruisant des cités entières, désignant des cibles truquées, brandissant des étendards religieux dépourvus, et depuis longtemps, de tout effet salutaire ou pacificateur, massacrant comme à plaisir des populations dont nous voyons encore quelques survivants errer de-ci de-là à la recherche d'un gobelet d'eau, ou d'une pincée de riz, nous avons poussé le culte de l'argent – et de sa complice la fortune – bien au-delà du tolérable et pour toutes ces raisons (que je résume, mais que tous connaissent), nous allons mourir, nous et nos enfants.

Nous nous sommes récemment flattés d'avoir allongé la vie humaine, nous irons un jour, paraît-il, jusqu'à parler d'« immortalité », mais nos enfants, et surtout nos petits-enfants, n'en atteindront pas les limites. L'ange exterminateur, que nous avons reconstitué de toutes pièces, avec des armes d'aujourd'hui, ne leur en laissera pas le temps. Ils seront les premières générations à ne pas parvenir à la fin de leur vie.

La cause majeure de notre disparition prochaine est, au fond, assez simple. Au fur et à mesure que se développaient nos connaissances scientifiques (bien timides, au demeurant, au regard de la ténébreuse immensité qui nous enveloppe de tous côtés), nous en venions à constater que nous vivons sur une planète de taille assez réduite et très fragile. Autrefois, le « monde », c'est-à-dire la Terre, apparaissait comme une chose immense, inaltérable, et même par moments menaçante, creusée de gouffres inconnus, balayée de mille tourmentes. Ce monde, peu à peu, s'est réduit à une petite planète épuisée, dévastée, que nous menons d'une main sûre à la ruine définitive.

Personne n'est à blâmer. Après tout, même si quelques sonneurs d'alerte (dont je faisais modestement partie il y a cinquante ans) ont crié gare depuis longtemps (Jean-Jacques Rousseau écrivait déjà qu'il n'est pas bon de manger des cerises en janvier), je ne me suis pas immolé par le feu, ni jeté de la tour Eiffel, je n'ai pas couru tout nu sur la place Saint-Pierre, à Rome, pour que nous prêtions attention, en temps voulu, à la fin prochaine.

Il va de soi que mon geste n'eût servi à rien, qu'à me faire tenir pour un illuminé de plus. Et j'aurais fini au poste de police du Vatican, dont les familiers racontent qu'il est sévère.

Nous n'en sommes plus là. Le vaste abîme est pour demain et nous n'y échapperons pas. Inutile de nous demander ce que nous pourrions faire.

Il eût fallu, il y a une bonne centaine d'années, commencer par limiter la population humaine. Car tout est là, à l'évidence. Boumi l'avait bel et bien senti, nous sommes beaucoup trop nombreux. Et notre accroissement incessant, à vitesse grandissante, auquel s'ajoute la montée incompressible de nos désirs, de nos appétits (j'en veux toujours plus), est la cause première, peut-être même la seule cause, de notre disparition annoncée.

Tandis que notre planète renonçait – par force – à être « le monde », nos désirs et ambitions ne cessaient de croître, comme si la Terre elle-même pouvait se gonfler, pareille à un gros ballon, ou se multiplier, au rythme accéléré de ce que nous avons fini par appeler nos « besoins ».

Que pouvons-nous faire aujourd'hui ? Rien.

Qu'aurions-nous pu faire ? Voilà peut-être la dernière occasion de nous poser cette question – inutile, comme un grand nombre de questions trop tardives.

Nous jouons notre dernière partie. Comment aurions-nous pu ne pas la perdre ?

*

Il fallait évidemment – et nous le savions, des scientifiques nous le disaient dès les années 1962-1963 – changer aussi tôt que possible nos sources d'énergie, prohiber radicalement le charbon, le pétrole, le gaz, l'uranium, et développer sur une large échelle ce que nous appelons – non sans quelque dédain – les « énergies renouvelables », en premier lieu celles que nous fournissent généreusement le Soleil, le vent, les fleuves et les océans.

Seulement, voilà, ces énergies sont gratuites, personne ne peut prétendre se les approprier et les revendre. L'énergie dont les peuples ont besoin, tout autour de la Méditerranée, pourrait être fournie par le Soleil, pour des sommes relativement modestes d'installation, la chose a été prouvée cent fois. En France, par exemple, les terres presque stériles de la Crau, convenablement équipées, fourniraient toute l'énergie nécessaire à Marseille et à la Côte d'Azur.

Mais les bénéfices captés par les fournisseurs de pétrole, ou de gaz, ou d'uranium, disparaîtraient du même coup. Pas de profit à espérer. Nous avons donc préféré martyriser notre planète – jusqu'à l'affreux gaz de schiste – plutôt que d'enlever à l'argent le plus étroit de ses privilèges.

Nous avons choisi, en toute connaissance de cause, de mourir plus tôt que prévu.

Une bonne centaine de solutions se présentaient. Nous les avons toutes éliminées. Notre technicité – tant vantée – le permettait, jusqu'à une date récente. Si dans les années 1950-1980, au lieu de laisser l'industrie de la guerre dépenser des sommes phénoménales pour se défendre d'un ennemi hypothétique (les États-Unis et l'URSS disposaient alors d'un arsenal nucléaire capable de détruire quatre-vingt-dix fois toute vie sur la Terre !), nous en avions utilisé une petite (vraiment petite) partie à faire reverdir l'Afrique, nous aurions encore, aujourd'hui, une chance. Et c'était possible. Difficile, mais possible.

Sans même rappeler que des méthodes similaires auraient pu s'appliquer au Sertão brésilien, aux déserts américains, à ceux du Moyen-Orient, de l'Inde, de la Chine, de l'Australie – et cela jusqu'à l'immense nappe d'eau douce qui eût pu prendre ses aises en Sibérie.

Nous n'avons rien fait de tout cela. Absolument rien. Au contraire. Pour faire face à l'accroissement de la population, nous avons épuisé nos terres déjà fatiguées, nous avons inventé les herbicides, les insecticides, les pesticides, qui aujourd'hui nous empoisonnent, mais que nous ne pouvons plus interdire, sous peine de crever de faim.

Crime collectif, qui se retourne tout naturellement contre nous.

Notre décision de mourir s'est prise peu à peu. Il est difficile de fixer une date exacte. Tout au long du XIXe siècle, hypnotisés par les « progrès de l'industrie », nous avons peu à peu abandonné la vieille peur que nous éprouvions en face de la nature, jusque-là hostile, dangereuse et même « sauvage » par définition.

Cette peur ancestrale, primitive, a été remplacée, peu à peu, par un sentiment de supériorité qui culmine, vers la fin du XIXe siècle, avec le scientisme. Je me sépare peu à peu de cette nature qui m'effrayait. Puisque je te connais, je te domine. Puisque je te domine, tu m'appartiens, je ne te crains plus, je te domestique, tu deviens même mon esclave, grâce au « progrès » je fais de toi ce que je veux. Tu n'es là, désormais, que pour te plier à mes désirs et m'obéir en toutes choses.

De quoi Boumi se plaignait-elle jadis ? Nous le savons aujourd'hui. De cette « arrogance »-là.

Résultat prévisible : au XXe siècle – sans doute le plus horrible de notre histoire – et au XXIe, nous nous apercevons, avec stupeur parfois, que nous vivons tous sur un cadavre qui déjà, par endroits, sent mauvais.

L'idée nous est même venue – elle s'est présentée, en tout cas, à quelques esprits aventureux – que nous pourrions abandonner cette planète flétrie pour aller vivre sur une autre, et pourquoi pas dans un autre système solaire. Techniquement, la chose n'est pas simple. Faire déménager neuf ou dix milliards d'individus pour les amener dans l'espace, on ne sait trop où, qui va accepter ? Et qui va payer ?

Sinon, s'il ne s'agit que de quelques contingents de privilégiés – ce qui est plus probable –, comment les choisir ? Donnerons-nous la préférence aux plus démunis, ou aux plus opulents ? Qui ne connaît ici la bien triste réponse ?
En conséquence, rien n'a été fait. Pas de quoi s'en étonner d'ailleurs. Il n'y avait strictement rien à faire. Et, d'ailleurs, qui peut dire comment, ailleurs, on nous eût reçus ?
Certains – assez peu nombreux, à vrai dire – sont allés plus loin. Interprétant le passage d'une comète comme une invitation au départ, comme un appel urgent vers l'ailleurs, ils n'ont pas hésité à se suicider pour se laisser aspirer, au passage, par la queue de cette comète-là. Espérance loufoque, échec inéluctable. Leurs cadavres sont restés sur la Terre, qu'ils voulaient quitter.
Nous ne reviendrons pas au monde d'hier. C'est chose assurée. Et aucun miracle ne se penchera par hasard jusqu'à nous. Si, emportés dans le mouvant, nous ne devons nous attendre qu'à la fin du monde, ou plutôt de la Terre, la seule question qui se pose est : quand, exactement ? Aurons-nous encore le temps de profiter quelque peu de la vie ? Reste-t-il, sur la planète que nous aurons bientôt détruite, une maison de charme, bien abritée, où nous pourrions passer une semaine ou deux ?
Ou même un simple coin de forêt, où viendraient chanter les derniers oiseaux, près de la dernière source ?
Autrement dit : nous reste-t-il le temps d'aggraver encore les choses avant que sonne la cloche du dernier tour ? Ou bien la cloche a-t-elle déjà sonné ? »

Je donne ici ce texte déjà presque vieillot, sans le retoucher. Et sans le commenter.

J'ai longtemps espéré, secrètement, que je me trompais, mais tout semble m'indiquer le contraire.

Et je reprends ma promenade.

Je regarde, autour de moi, toutes les choses que j'aurai oubliées, un jour, bientôt. Car j'oublierai tout, c'est certain

– et même que j'étais vivant et que j'avais une mémoire. Je regarde avec une sorte de calme avidité tous ces objets, tous ces visages et tous ces paysages qui disparaîtront avec moi. Ainsi, je vis dans mon oubli, déjà, je me traîne encore un peu parmi mes fantômes, qui sont plus vrais que moi, au fond, car ils me survivront.

La fin des formes

J'ai été frappé, naguère, en travaillant sur le Mahâbhârata, l'épopée indienne, par une phrase qui constate, là comme ailleurs, la fuite de ce que nous appelons, en Occident, le « réel » (ce qui existe en dehors de notre regard, pour le dire vite).

La constatation est très ancienne et ne présente guère d'originalité. Elle finirait par être banale, même dans les temps d'autrefois. Mais le texte hindou, après avoir rapidement évoqué la fuite et la disparition prochaine du monde, phénomènes cycliques pour la pensée indienne – et c'est un demi-dieu, le singe Hanuman, qui s'exprime –, ajoute une nuance : « Et même les formes meurent. Ma forme est morte. »

Qu'est-ce que la mort d'une forme ? Et de quelle forme s'agit-il ? Cela peut paraître évident parfois (la forme des ptérosaures, les plus grands volatiles que la Terre ait jamais connus, et qui vécurent environ cent cinquante millions d'années, a disparu, comme celle des perruques du temps de Louis XIV, comme les premiers vélocipèdes et les films muets), mais peut-on, ne serait-ce qu'un instant, toucher au vrai mystère : qu'est-ce que la forme d'un dieu ?

Ou simplement la forme d'une idée ?

La forme d'une idée de Dieu ?

*

Les dieux sont notre œuvre, nous le savons depuis longtemps, des milliers d'études l'ont démontré. Tous les dieux. Nous savons où, quand et pourquoi nous les avons mis au monde. Nous sommes à coup sûr les inventeurs de leurs images, de leurs aventures, de leurs noms, pouvoirs et paroles. Et aussi de leurs formes – même quand celles-ci sont invisibles.

Nous nous sommes définis, depuis longtemps, comme « mortels » (simple évidence) et, pour mieux indiquer nos limites, nous avons inventé les « immortels », qui nous ressemblent, la mort en moins.

Mais un dieu a-t-il été fabriqué comme un outil dans une forge, à partir de certains besoins, en utilisant des éléments mis en place par des spécialistes – ce que nous pourrions appeler un « atelier de théogonie » ?

Et ces éléments, au départ bien choisis en fonction du rôle auquel nous les destinions, se sont-ils peu à peu disloqués par la suite, écartelés, éparpillés, au point de ne plus mériter d'être considérés comme une « forme » ?

Ou bien, comme pour l'Indien Shiva (à coup sûr une de nos divinités les plus subtiles, les plus complexes), avons-nous tenté, délibérément, par accumulation, d'attribuer à un dieu des caractéristiques très diverses, et même souvent opposées, qui ne se rencontrent, réunies, dans aucun « mortel », mais où chacun de nous peut se reconnaître, ne serait-ce qu'un instant ?

Shiva est un yogi, un ascète, parfois même un mendiant squelettique qui tient entre ses mains la tête coupée de Brahma, souvent perdu dans les glaces de l'Himalaya – où il n'aime pas être dérangé quand il médite –, et il est aussi un danseur mondain, et même le maître de la danse (Nataradjah), il nous détruit, il nous déroute et il nous féconde, il est un mouvement incessant, toujours flanqué de sa monture, le taureau Nandi, il est un enjôleur (parfois à moitié féminin), un tueur souriant, le destructeur officiellement désigné par le Destin, toujours attentif à la fin des mondes, et par moments même un personnage bienfaisant, qui – en arrêtant les eaux du Gange dans sa chevelure, par exemple – sauve tout un peuple d'une inondation redoutée.

Ce destructeur est un séducteur, et même un créateur que l'on supplie ; d'où la complexité des images qui tentent de le représenter, car il va jusqu'à se regarder en train de naître.

Il extermine et il sauve, il est le feu qui brûle l'eau qui éteint le feu. Il nous apparaît comme un vaste rébus. Qu'a-t-on essayé de fourrer, pêle-mêle, dans ce filet, dans cette forme parfois indiscernable ?

Quels attributs épars a-t-on choisis ?

Pour nous dire quoi ? Que toutes les forces, même contraires, se confondent ? Que le monde ne peut pas se réduire à une image ?

Par moments, on l'appelle Ishana, le maître des maîtres, autrement dit l'absolu, le suprême. Il est là pour nous guider dans une partie mal éclairée de nous-mêmes, où nous ne nous aventurons que rarement. Il n'est jamais loin de l'océan, dont les vagues se déploient autour de son torse. Il est notre part visionnaire, allumée, dangereuse, il enroule des cobras sur nos épaules et nous conduit tout près, vraiment tout près, en musique, sans cesser un instant de danser, de la joie secrète de mourir.

Il nous affirme à tout moment, mais dans un murmure et avec douceur, que tout ce que nous estimons stable et immobile, à coup sûr, disparaîtra.

Et lui aussi, peut-être. Ce dont nous ne devrions, en aucune manière, avoir peur.

Il est une mort attendue, souriante ; et, beaucoup plus tard (peut-être), une renaissance, ou plutôt une réapparition.

Nous pourrions parler de Shiva pendant des heures – ses fidèles ne s'en privent pas, cela dure souvent des nuits entières, il est le héros de mille légendes – sans parvenir à dégager de lui une vision nette et définitive.

Ce livre, évidemment, lui est dédié. Mais il l'a déjà lu, en quelques secondes, et mis de côté, en souriant. Il n'y a pas appris grand-chose.

*

Les mêmes questions se sont posées à propos de l'image ou plutôt des images du Christ, tantôt majestueux, tantôt bienveillant, montrant son « Sacré Cœur » qui a souffert pour nous, tantôt furieux (« je suis venu apporter non pas la paix, mais l'épée », et même « le feu sur la Terre ») mais surtout crucifié, saisi, par les peintres et par les sculpteurs, à l'instant même de son dernier soupir, la tête tombante, les yeux mi-clos, le corps s'affaissant, le côté percé, le front ensanglanté d'épines.

Comment – étant donné que personne n'a assisté à cette scène – s'est fait le choix de ce moment-là ? De cette représentation tragique du divin, d'un dieu mourant ? Qui a tracé les premiers croquis de cette agonie, pour bien indiquer que Jésus avait été mis à mort par les Romains, car la crucifixion n'était pas un supplice juif ? Qui a eu l'idée de la couronne d'épines, de l'éponge plongée dans le vinaigre et du coup de lance mortel ?

Comment, en brandissant comme un exemple l'image d'un homme au bord même de la fin de sa vie (cet instant que tous redoutent, surtout s'il s'accompagne de douleurs, ici atroces), a-t-on pu manier des foules, lever des armées, pousser des martyrs au suicide ?

Quel idéal déceler dans ce corps crucifié ?

Au dernier moment, que voudrait-il nous dire, que nous n'entendons pas ?

Quel est le secret de cette forme mourante ? Et de quelques autres ?

En nous montrant en permanence la mort de Dieu (tué par les hommes qui l'ont créé), a-t-on voulu nous dire, mais sans le formuler clairement, que nous pouvons, nous aussi, vaincre la mort ? Que, même le cœur percé, nous ressusciterons dans l'autre monde, si nous choisissons la voie juste, et que nous devrons souffrir et mourir sur notre croix, chacun de nous, sous les yeux de tous, avant d'entrer dans la joie éternelle ?

Devrons-nous suivre à la lettre l'exemple donné par Dieu ? En aurons-nous la conviction et le courage ?

Est-ce seulement possible ?

C'est en ce sens que certains martyrs chrétiens, dans les premiers siècles de notre ère, ont interprété cette forme écartelée, pantelante, comme la fin d'une obsession, comme un appel à un dépouillement, à un au-delà de la tombe, comme la promesse d'une résurrection d'entre les morts, même tardive. Un mauvais moment à passer, certes, mais suivi d'une joie sans nuages, hors du Temps, enfin.

Aussi, à certaines époques, au début surtout, ces convaincus se jetaient-ils dans le feu par centaines, en un suicide collectif qui se voulait sacré, en chantant des hymnes, la bouche pleine de braise ; aussi se précipitaient-ils sans défense, dans les cirques, au-devant des lions affamés et des bourreaux, en les remerciant de leur « donner » la mort, comme on donne un cadeau précieux, qu'on ne peut offrir qu'une fois.

Ils priaient ardemment pour être soumis aux « dents des fauves ».

*

Une « forme » est un moule à partir duquel, pour un dieu comme pour un chien, ou un homme, ou un pot, ou une arme, nous reproduisons le modèle à des milliers, des millions d'exemplaires.

La technique est connue, comme pour un meuble, ou une voiture ; bientôt pour un robot. Un dieu peut même emprunter tel ou tel détail à un autre, et le conserver quelque temps. La Grèce a transmis ses divinités à Rome, en changeant les noms certes, mais en préservant l'essentiel des attributs et des aventures. Vulcain conserve la forge, les outils et même l'épouse infidèle d'Héphaïstos. On a même dit, souvent, que la Vierge Marie, pendant une bonne partie du Moyen Âge, dans les vitraux surtout, continuait à porter le visage de l'Égyptienne Isis, laquelle se glissait partout et refusait sournoisement de disparaître.

De même, le Dieu de Michel-Ange présente l'apparence générale que l'on prêtait à Zeus d'abord, à Jupiter ensuite. Au demeurant, il garde sa barbe grisonnante et reste un homme.

Quant au Bouddha, lequel à vrai dire n'est pas un dieu, mais un personnage vénéré dans une large partie du monde, il n'a été peint, et sculpté, que deux ou trois siècles après sa mort, et cela sous des influences grecques, venues de l'ouest, dans l'école artistique que nous appelons du Gandhara. Jusque-là, dans les premiers temps du bouddhisme, comme on peut le voir clairement à Sanchi, au centre de l'Inde, il n'était qu'une ombre de passage, un siège inoccupé, une selle de cheval vide, ou la trace d'un pied sur la terre.

Un signe, pas encore une forme.

C'est pourquoi les talibans qui, à grands frais, ont fait sauter ses immenses statues à Bamiyan, en Afghanistan, lui ont rendu sans le savoir un très beau service, en laissant une niche vide qui évoque à jamais ses origines immenses.

Il fallut aussi, avant cela, dès que l'image apparut et se répandit – sans doute sous la pression insistante des fidèles –, lui adjoindre une légende lapidaire, dont quelques détails viennent peut-être d'un souvenir de l'original, une forme assez ronde, confortable, sans armes, avec une bosse d'intelligence sur le crâne, des yeux de plus en plus bridés quand nous allons vers l'Orient, un homme assis, méditatif, les jambes croisées, très légèrement souriant, aux paupières mi-closes, apparemment très calme, et même indifférent.

Il fallut aussi lui donner, comme les éléments d'un langage de pantomime, les positions caractéristiques de ses mains (la méditation, la bienvenue, la prière, l'absence de crainte – l'*abaya* –, l'enseignement, la marche du monde, la prise à témoin de la Terre), son excroissance au sommet du crâne, déjà signalée, et ses longues oreilles pendantes – signe de sagesse, dit-on souvent, mais d'autres font remarquer qu'il était né prince de haut rang et qu'il avait probablement porté de lourdes boucles dans son enfance, ce qui lui avait étiré les lobes.

Mettons côte à côte une image de ce Bouddha bien nourri, calme et contemplatif, mourant à quatre-vingts ans couché sur le côté droit, la tête posée sur un coussin, paisible devant l'entrée du nirvana, et une image du crucifié, souffrant et saignant. Ce sont deux formes exactement opposées, ce sont peut-être les deux versants de la condition humaine.

Nous ne pouvons nous reconnaître précisément ni dans l'une ni dans l'autre.

Cependant, comme on l'a souvent dit pour le Christ, ce corps torturé, maigre, agonisant, presque nu, n'a-t-il pas été porté en triomphe, plus tard, dans des processions illuminées, entouré de dignitaires grassement nourris, vêtus de longues robes brodées d'or ?

Comment faire une idole d'un condamné à mort ? Sur quel ton chanter les mérites de l'innocent qui accepte de mourir ? De mourir pour nous ?

Et comment s'enrichir grâce à lui ?

*

Jésus, étant Dieu, aurait pu sauver sa vie, sans même faire appel à son père. Il aurait pu ne prendre que l'apparence de la mort, comme l'ont prétendu certains hérétiques, et laisser crucifier un sosie à sa place. Il aurait pu se déclouer et s'envoler, affirmant ainsi son pouvoir divin. Mais non. Il est entré en agonie et il est vraiment mort – même si trois jours plus tard il ressuscite –, il est passé par la vallée du Néant, pour nous montrer, peut-être, que nous n'avons rien à y redouter.

Mais ce qui vaut pour un dieu reste-t-il à notre portée ?

Des textes innombrables, et quelquefois contradictoires, au long des siècles, ont tenté de répondre à ces questions étranges. Ils sont aujourd'hui illisibles.

Et d'ailleurs la question ne se pose plus. La foi a enseveli l'anecdote.

Autre interrogation récurrente, parallèle, lointaine : Pourquoi le christianisme a-t-il choisi, comme forme emblématique, le supplice le plus cruel, que les Romains réservaient aux esclaves fugueurs et désobéissants ? Les premiers chroniqueurs chrétiens ont-ils voulu montrer que les Romains, et non les Juifs, avaient persécuté et exécuté Jésus ? Envisageaient-ils, pour la religion nouvelle qui s'annonçait, de l'installer, non pas dans les territoires du judaïsme, encore puissant et conquérant, mais dans ceux de la religion gréco-romaine, que l'on voyait, de tous côtés, agonisante ?

Nous ne pouvons que poser la question, à laquelle mille réponses ont été données.

Autrement dit, elle reste ouverte.

*

Cependant, nous connaissons d'autres formes, qui naissent de ce que nous appelons la « nature » (les pics des montagnes, les volcans, les abysses) et qui sont plus dures à périr. Même si l'érosion les grignote, même si l'entropie universelle les attire pour les disjoindre et les dissiper, même si les tsunamis et les tremblements de terre les ébranlent et les éparpillent parfois, ces formes « naturelles » sont en général plus résistantes que les premières. Des falaises, des parois de glace s'effondrent parfois sous nos yeux – comme une croyance qui fondrait –, des formes plus dures tiennent le coup.

Et, pour quelques-unes, depuis longtemps. Toutes les causes d'usure s'enchevêtrent, nous le savons, dans la longue dégradation du monde. Mais, ici, en cas de phénomène « naturel », une forme en remplace une autre. Très simplement. La glace devient de l'eau, et la roche du sable.

Il n'en est pas partout de même.

Avons-nous façonné des dieux plus durs, plus résistants, que d'autres ?

On le dirait bien.

Les formes terrestres, les formes animales, végétales et humaines ont évolué au long des siècles, tout comme les divines. Personne aujourd'hui ne le conteste – sauf quelques obstinés américains qui, il est vrai, de leur côté, ne changent guère. Et elles évoluent encore, lentement à nos yeux, mais sur un rythme établi depuis si longtemps que nous en avons oublié les traces, et la lenteur extrême. Nos formes, d'ailleurs, changent à notre insu. Nous sommes plus grands qu'autrefois, car nous faisons moins d'efforts physiques dans notre enfance, et nos cartilages s'ossifient plus tardivement.

Notre denture évolue, nos têtes sont plus rondes, nous perdons petit à petit les derniers caractères simiesques de notre visage, ainsi de suite.

Et tout cela sans nous en rendre compte.

Nos formes se transforment aussi grâce à nos efforts, sportifs, alimentaires ; grâce aussi à la chirurgie dite esthétique, dont les effets ne sont pas encore héréditaires (mais ça peut venir). Toutes ces améliorations – notre taille, notre force, notre espérance de vie – sont relativement connues, sinon bien observées. Et les experts nous promettent, pour les années qui viennent, cet homme « renforcé », à tous les points de vue (physique, intellectuel, mais c'est un peu moins sûr pour la conduite morale), et même, en allant un peu plus loin, un « transhumain », déjà nommé, auquel, étant donné mon âge, je vais échapper de justesse.

À quoi s'ajoutent aujourd'hui, de plus en plus nombreuses et variées, les formes robotiques diverses, qui quelquefois nous ressemblent à s'y méprendre (au Japon surtout), et quelquefois semblent nous rejeter, nous fuir. Des robots que nous fabriquons pour nous aider et que, pourtant, nous avons presque toujours imaginés hostiles et révoltés, c'est-à-dire proches de notre image.

Ces formes-là, à coup sûr, périront aussi, les unes après les autres, par la force même de la technique qui nous a permis de les faire naître.

Prévoir des cimetières pour robots.

Et des robots-fossoyeurs.

En parlant encore de formes, il semblerait que l'homme, depuis longtemps, ait tenté de rivaliser avec la nature, autrement dit, en ce qui nous concerne, avec la Terre et les contours variés qu'elle nous offre. Nous croyons avoir tout inventé, tout dessiné, tout coloré ; il suffit d'aller passer dix ou quinze minutes dans un cabinet de botanique ou, mieux encore, de minéralogie, comme celui du Muséum d'histoire naturelle de Paris, pour être frappé d'étonnement, et aussi, par moments, de découragement.

Pour toutes les matières et les formes qui sont là, toutes venues de la « nature », les mots, soudain, nous font défaut. Nous ne pouvons même pas parler de beauté (toujours relative), ni d'inventivité (qui serait l'inventeur ?), nous ne pouvons que regarder, forme après forme, en résistant à la banalité de l'étonnement, sans parler, sans même essayer de nous émerveiller.

Sommes-nous à la hauteur des formes et des couleurs qui nous entourent ?

Une diversité insatiable nous conduit d'une plante à l'autre, d'une pierre à l'autre, comme si toutes ces formes cherchaient à toute force la vie, douées d'une beauté que nous sommes les seuls, sans doute, à pouvoir noter, savourer – envier aussi, quelquefois.

Je sais bien que certains oiseaux décorent – avec des fleurs, des pierres – les alentours de leur nid, afin d'y attirer une femelle – c'est du moins l'intention que nous leur prêtons. Ils restent cependant très loin, et nous aussi (à notre goût), de la beauté gratuite du minéral, involontaire et façonnée par les hasards, les longues rencontres du Temps.

Pourquoi sommes-nous sensibles à la « beauté » de ces formes, de ces pierres qui, en principe, n'ont personne à séduire ? Je n'en sais rien. Personne, je crois, n'a de réponse.

Nous ne pouvons pas imaginer qu'une pierre puisse être sensible à la beauté d'une autre pierre.

Mais qui sait ? Peut-être même la présence de la beauté, la notion même de beauté, de séduction, d'attirance, n'est-elle pas une question ? Nous mettons dans les végétaux, dans les minéraux, nos propres sentiments.

Et pour une bonne raison : nous n'en avons pas d'autres.

Mais comment nous débarrasser de cette impression que, par moments, les plus grands artistes sont des choses ?

*

Parmi les formes disparues, ou en voie de disparition, nous pouvons revenir un instant sur les écritures, qui sont les empreintes les plus courantes de la pensée. Des hiéroglyphes égyptiens et de l'écriture étrusque, ou crétoise, ou maya, ou chinoise, aux nouveaux signes que nous trouvons dans nos langages informatiques, et qui vont se répandre très vite, nos tentatives de transcription des idées ont été multiples, au long des temps, et aucune forme ne s'est imposée, pouvant tout dire à tous.

Le réel n'est pas encore à la merci de nos mots, de nos phrases, de nos équations. Mais pourquoi nous en désoler ? Imaginer un monde réduit à une transparence universelle, immédiate, sans dissimulation possible, donne une sorte de vertige. Un langage qui dirait tout serait-il encore un langage ?

Et même une forme, celle d'un être humain par exemple, qui plairait à la Terre entière, ne faudrait-il pas s'en méfier, et de préférence s'en distinguer ?

Par moments, je crois comprendre la mélancolie paradoxale d'Hanuman. Une forme est morte quand elle est admise par tous. Seule une forme particulière, celle d'un dieu-singe par exemple, a quelque chance de ne jamais s'évanouir.

Elle aura toujours des fidèles. C'est une des raisons pour lesquelles il sera difficile de l'effacer, ou simplement de la modifier. Mais si tous les singes deviennent des dieux, vers qui se tourner ?

Nous parlons souvent de la « richesse » d'une langue, mais l'abondance d'un vocabulaire et la connaissance d'une multitude de nuances dans l'expression ne sont pas forcément le signe d'un accomplissement. Nous pouvons les considérer comme des avancées prudentes, à tâtons dans le grand silence. Mais nous pouvons aussi rappeler ce que tout le monde sait. Même si je connais très bien la langue et l'écriture chinoises (ce qui est loin d'être mon cas), il me manquera toujours quelque chose pour apprécier pleinement un poème de Wang Wei, les rythmes, les tonalités, les allusions et évocations locales, les rappels de sons, le non-dit, ce que les poètes chinois appellent l'« œil du poème », tout ce qui constitue le génie même d'une langue.

Alors que, si je rencontrais Hanuman dans quelque chemin, je n'aurais besoin que de ma surprise.

Surtout s'il s'adressait à moi en chinois.

Soupçons sur la raison

Reste la plus secrète et la plus insaisissable des formes, qui est la forme mentale. Nous ne savons pas exactement de quelle étrange alliance – entre neurones, chair, parole et organes des sens – elle est composée. Nous ne savons pas de quoi elle naît, ni où ni pourquoi. Elle est tantôt rectiligne, tantôt brisée, sinueuse et changeante. Elle peut agir sur plusieurs niveaux, elle peut se diviser en deux, en dix, en mille, en millions. Elle est faite d'idées, de réflexions, de sentiments aussi, de rencontres, de visions, d'impressions, d'intuitions, peut-être même d'hallucinations personnelles. Elle est souvent vaporeuse, flottante, sans aucun support matériel, prête à disparaître à chaque instant, au moindre souffle.

Elle vient on ne sait d'où. Parfois elle nous parle, parfois elle se tait. Elle peut s'entêter, nous traquer, nous obséder, elle peut aussi s'évanouir au petit jour sans crier gare.

Alors nous essayons en vain de la rappeler.

Elle n'est plus.

Qui pourrait affirmer que nos schémas mentaux sont aujourd'hui les mêmes qu'autrefois ? Que notre logique n'a pas bougé, que nos syllogismes se maintiennent invariables ? Que nous « raisonnons » de la même manière – sans aller chercher trop loin – que nos grands-parents ?

Tout semblerait plutôt indiquer, sinon le contraire, au moins des différences très sensibles. Nous jugeons selon ce que nous voyons – ou, pour mieux dire, sur ce qu'on nous montre – et souvent, sans même le savoir, nous empruntons tel ou tel argument, telle ou telle image, au dernier éditorialiste à la mode, à un journal qui traîne, à la rue qui crie, ou au vent qui passe.

Notre opinion, dorénavant, comme notre connaissance des choses, est très soigneusement repérée, préparée, encadrée, visée. Nous sommes maintenant des cibles, nous sommes inscrits dans le big data, que nous le voulions ou non. Des pieuvres géantes, comme Facebook, Google et les autres, se chargent de l'espionnage et de l'identification nouveau style. Aussitôt formulés, ou même simplement devinés, supposés, nos connaissances et nos goûts, nos amis, nos maladies et les moindres détails de nos existences entrent, que nous le voulions ou non, dans une longue litanie de statistiques. Les centres de données internationaux savent, sur chacun de nous, des choses que, souvent, nous ignorons nous-mêmes.

Nous sommes des secrets publics, en quelque sorte. Et nous nous surprenons nous-mêmes. Sensation étrange : il m'arrive de me demander, dans une conversation : est-ce bien moi qui pense ça ? L'ai-je vraiment dit ? Étais-je sincèrement de cet avis la semaine dernière ?

Ou m'a-t-on convaincu à mon insu ?

Ou bien encore : comment changer d'image ? Comment mentir à nos nouveaux espions ?

Je me dis, tout en poursuivant ma promenade à la recherche du néant (qui maintenant n'est pas très loin, il me semble, bien qu'il paraisse s'éloigner sans cesse, au fur et à mesure que je m'avance), que ma forme intérieure, si imprécise qu'elle soit, est soumise à maintes pressions invisibles, à maintes secousses insensibles, avec lesquelles je crois n'avoir aucun contact. Cette forme peut se renverser comme un verre d'eau, se solidifier comme un glaçon, se laisser emporter par un coup de vent, comme une pincée de sable sur le rebord de ma fenêtre.

Et il ne m'en restera rien.

J'ai longtemps cru que ma raison représentait la solidité même, que l'Univers tournait – on me l'avait enseigné – humblement autour d'elle, que ses décisions, longuement réfléchies, soupesées, étaient nécessairement justes, que je pouvais lui faire en tout point confiance. Merci mes aînés. Je sais aujourd'hui qu'il n'en était rien.

Je commence à nourrir des soupçons. Et je sais que je ne suis pas le seul.

*

À présent, je change assez souvent d'avis – par prudence, peut-être. J'essaie les arguments des autres, j'oublie les miens. Je déguise les pensées, s'il m'en reste. Par exemple, je m'efforce de me mettre à la place d'une fourmi, d'une noisette. Quelquefois je comprends quelque chose, très fugitivement, tout au moins j'en ai l'impression, puis le trouble revient. Je me vois comme une feuille détachée d'une branche et tourbillonnant au hasard des vents. J'en arrive presque à envier, par moments, le confort, la sécurité que l'on doit éprouver lorsque d'autres – des professionnels – décortiquent finement toutes choses et pensent pour vous.

Et surtout quand ils trouvent les mots que vous devriez dire, et qui vous font défaut.

Quel repos pour la langue – et pour la conscience. D'autres pensent pour moi, quelle tranquillité !

J'en arrive à me faufiler dans les sentiments extravagants de certains peuples – le peuple allemand, par exemple, à l'époque nazie – et à ressentir le pouvoir collectif des mots, des slogans les plus abjects, les plus inhumains, même s'ils ne témoignent d'aucune parcelle de vraisemblance, de réalité. Je vois alors, terrifié, avec quelle facilité j'aurais pu me laisser aller, comme tant d'autres, à l'hystérie dévastatrice.

Et j'écoute, autour de moi, même à voix plus basse, à propos des « migrants » par exemple, les échos à peine assourdis de la haine.

Ces mots ambulatoires, qui vont et viennent sans se lasser, composent aujourd'hui ce que nous appelons des « éléments de langage ». Ils sont fabriqués dans des ateliers de vocabulaire, où chacun propose sa façon de dire. Et la majorité choisit. Si on vous objecte ceci, répondez cela. Si une question vous embarrasse, dites qu'elle est mal formulée et demandez qu'on la répète, ce qui vous donne le temps de réfléchir à une réponse. Ou alors répondez par une autre question.

Peu importent le bon sens, la franchise, encore moins la générosité. Soyez efficaces dans la discussion. Ne vous laissez pas aller, ne parlez pas à tort et à travers.

Ce qui importe, c'est le slogan, c'est la formule.

Curieusement, ces éléments – directement dérivés des anciennes techniques jésuitiques – ne me dérangent pas. Ils sont attendus, sans surprise. C'est du parlé-collé. Autrefois, à plusieurs reprises, ils ont lancé des armées jusqu'en Judée, pour « délivrer les lieux saints », selon une formule d'époque qui cachait évidemment d'autres intentions. Aujourd'hui, ils me permettent de reconnaître en peu de temps une tentative d'automatisme et d'abrutissement, avant d'en tirer les conséquences et de m'écarter. Quelqu'un dit une phrase – pur verbiage –, nous savons tout de lui. Nous pouvons même deviner où il l'a lue, qui la lui a soufflée ou dictée. Nous savons aussi qu'il ne pense pas, qu'il ne peut pas penser, qu'on lui a interdit de penser. On lui a dit ce qu'il devait dire, et il le dit.

Sans chercher au-delà des mots.

En plus, nous sommes assurés que d'autres, munis d'autres éléments, ne seront pas de cet avis.

Ce qui entretiendra la dispute. C'est déjà ça. Nous appelons ces exercices des « débats ».

En plus, comme ces éléments ne sont pas conciliables, nous pouvons nous éloigner discrètement (personne ne le remarquera), et leur laisser croire qu'ils parlent.

Tout ce qui me semble « intelligent », ou simplement « clairvoyant », « lucide », peut avoir été pensé, et exprimé, déjà, des centaines de fois – mais dans une époque, un milieu qui étaient nécessairement tout autres. Ainsi, par obligation, si certains procédés de base restent les mêmes, la forme et le mouvement de la pensée ont changé, insensiblement, ainsi d'ailleurs que la chose à penser. L'intelligence, dans une situation nouvelle, doit montrer à nouveau son expérience (son habileté, si on préfère) et faire la preuve de sa flexibilité, de sa constante nouveauté, renouvelée à cette occasion.

Nous considérions pendant longtemps notre raison, et en conséquence notre pensée (elles sont quelquefois difficiles à distinguer), comme un roc immuable, inébranlable, au milieu d'un océan d'événements sanglants ou burlesques, irrationnels en tout cas, que nous nous efforcions tant bien que mal de mettre en ordre dans nos tiroirs étiquetés.

Les choses ont commencé à déraper au XVIIe siècle (jusque-là l'incohérence quotidienne fonctionnait « avec l'aide de Dieu », qui comblait d'un souffle les trous béants). Les intentions de Dieu sont impénétrables, disions-nous, et nous en restions là, résignés, sur le seuil de l'inexplicable, à l'exception de quelques esprits emportés par la révolte et par la colère, comme Giordano Bruno, qui payèrent, pour y voir plus clair, le prix le plus fort.

Les autres, même les philosophes, dans l'ensemble, restaient calmes et prudents. Ils se contentaient d'analyser, d'ironiser parfois. Ils parlaient entre eux, à voix basse. Seul Rousseau, par moments, mû par une intuition inexplicable d'autodidacte, semblait douter de ses méthodes de penser, sans pouvoir toutefois en imaginer d'autres. Il écrit, dans sa « Quatrième rêverie », que le bruit du flux et du reflux de l'eau du lac, « frappant sans relâche mon oreille et mes yeux, suppléaient aux mouvements internes que la rêverie éteignait en moi et suffisaient pour me faire sentir avec plaisir mon existence, sans prendre la peine de penser… ».

La « peine de penser ». En effet, cela en vaut-il vraiment la peine ? D'ailleurs, est-ce une peine ?

Le bruit de l'eau n'est-il pas suffisant ?

Rousseau – qui pensait, heureusement, sans avoir appris à penser – paraît par moments se le demander.

*

Au siècle suivant, à partir de la théorie de l'évolution, et des nouvelles estimations de l'âge de la Terre (de quatre à six milliards d'années), quelque chose ne va plus. C'est de la science elle-même, étrangement, que sont venus les premiers doutes, à la fois sur l'ordre du monde (si ordre il y a), sur notre origine, sur notre adaptation progressive à ce monde et, enfin, sur notre possibilité de l'appréhender et de le comprendre.

De là – et tout se confirmera plus tard avec la mécanique quantique – surgissent les premiers soupçons qui se portent directement sur notre raison. Pendant longtemps nous lui avons fait confiance, nous ne pouvions pas douter de sa droiture et de sa force. Kant voulait la faire comparaître, de temps en temps, devant son propre tribunal. Nous en venons à nous demander si nous ne devrions pas la mettre au placard.

Pour la remplacer par quoi ? C'est toute la question.

Faut-il même la remplacer ?

Toute notre crainte, toute notre tristesse, souvent, se portent sur ce dernier instant, appelé la mort, où nous cesserons de penser, c'est-à-dire de vivre, et retournerons au néant, d'où nous sommes venus naguère. Car nous sommes créatures de néant, nous le savons tous, avec une certitude profonde, nous le portons en nous, même si nous protestons contre l'évidence, même si nous avons parfois une peine extrême à l'admettre.

Créatures de néant, autrement dit de « non-étant », bulles de passage parmi ce monde bref.

Quoi que nous en disions, il viendra, ce moment où nous ne serons plus, où nous ne respirerons plus, où nous ne sentirons plus, où nous ne penserons plus ; où tout ce que nous avons vu, connu, touché, écrit, pensé, sera, pour nous, comme si rien n'avait été.

Où Boumi sera satisfaite, enfin, de nous recevoir.

Le moment viendra.

En sommes-nous vraiment, aujourd'hui, persuadés ?

C'est peut-être dans le monologue de Hamlet, que tout le monde croit connaître par cœur, que ce sentiment s'est exprimé avec le trouble profond, incoercible, qui, nécessairement, l'accompagne. Je m'assieds un instant dans l'herbe, sous un bouquet d'arbres calmes, j'oublie la proximité possible du néant, et je lis.

« Être ou ne pas être », c'est en effet la question. Nous pourrions presque dire : la seule question. Faut-il s'opposer à cet « océan de malheurs », « aux souffrances du cœur et aux mille blessures de la chair », c'est-à-dire à la vie, en y mettant fin soi-même ?

C'est en notre pouvoir et c'est facile, il suffit d'une lame, nous dit le personnage. De quelques secondes de douleur.

Oui, pourquoi pas ? « Mourir, dormir… Rêver peut-être. » Et c'est ici, dans ces rêves encore possibles, dans « ce sommeil de mort », que la question du néant, la seule et vraie question, se pose : « Quels rêves peuvent se lever, une fois chassé le tumulte de vivre ? »

Autrement dit : d'une manière ou d'une autre, l'esprit survivra-t-il au corps ? Pourra-t-il encore garder quelque conscience et souffrir ?

Cette seule pensée, effrayante – que nous puissions encore rêver, après la mort, rêver, nous alarmer, que le néant ne soit pas vraiment le néant – « nous oblige à supporter la calamité de la vie ».

Hamlet énumère quelques aspects de cette calamité avant de se demander encore : « Qui supporterait de grogner et de suer sous le poids d'une vie très lourde, si ce n'est la terreur de ce qu'il y a après la mort, cette terre inconnue, d'où aucun voyageur n'est jamais revenu ? »

Ainsi, reculant devant les terreurs possibles (toujours redoutées dans l'autre monde), nous préférons « les maux qui sont les nôtres à d'autres dont nous ne savons rien ».

Et cette conscience « de nous tous fait des lâches ».

Au point que nous renonçons à agir.

*

Ce sentiment, aussi ancien, sans doute, que nos origines – je préfère les misères de cette vie aux rêves affreux qui pourraient surgir dans une autre vie, images qui inspirent à Hamlet de la « terreur » –, est partagé par tous les peuples. Être ou ne pas être. Pas d'entre-deux, pas de demi-mesure. Nous ne connaissons aucun privilège, aucune exception à la règle.

Je ne peux pas être à moitié, je ne peux pas ne pas être le matin et être le soir. Cessons de rêver. C'est l'un ou l'autre.

Le choix de Hamlet se situe à un moment précis de sa vie d'homme jeune. Il se demande s'il doit tuer l'assassin de son père, risquant ainsi sa propre vie. Mais, s'il meurt, là, maintenant – ce qui est plus que probable, s'il tue le roi, car il sera exécuté –, qu'est-ce qui l'attend ?

Au temps de Shakespeare, la présence de la religion est encore trop puissante pour que le personnage puisse éliminer les possibilités redoutables d'une après-mort, avec châtiment exemplaire, éternel. C'est pourquoi – malgré l'intelligence flexible et la modernité surprenante du personnage (Dieu n'y est pas cité) – nous sentons son hésitation, son trouble, son indécision, qu'il appelle lui-même une lâcheté.

Il ne court pas le risque du néant. Il hésite encore. On dirait bien qu'il en a peur.

Aujourd'hui, même si souvent nous nous aveuglons encore, même si nous murmurons des paroles de réconfort qui ont terriblement vieilli, l'entrée dans le néant – que je sens là, tout proche – est une certitude. Notre réalité n'était qu'un moment dans le Temps et nous allons emporter l'Univers entier avec nous. Mais Hamlet, toujours hésitant, nous demanderait encore : Pour aller où ? Pour trouver, ou pour retrouver, quoi ?

Voltaire, au temps où, retournant d'Angleterre, il voulait faire connaître les beautés de Shakespeare aux Français (il changera d'avis), essaya de traduire le début de ce monologue. Il le fit en alexandrins, ce qui se devait (pas d'autre « forme » concevable, en France, pour l'expression théâtrale tragique) et cela donnait, pour les premiers vers :

Arrête, il faut choisir, et passer à l'instant
De la vie à la mort, ou de l'être au néant.

Après le très classique « arrête », nous voyons qu'il ajoute la « nécessité » du choix (« il faut choisir »), ce qui semble dire que la vie aussi est un choix, nous pourrions presque dire une forme à choisir. Et il oppose l'être au néant, fournissant ainsi, avec plus de deux siècles d'avance, un excellent titre à Jean-Paul Sartre (l'expression existait déjà avant Voltaire, pour être juste).

Je suis presque sûr que le montagnard japonais ne se pose pas ces questions. Il est né là, tout près, il connaît ce torrent depuis ses premières minutes de vie – avant même de naître, peut-être. Il l'entend sans cesse, il en fait partie, le torrent coule en lui, tandis que Hamlet semble avoir quelque difficulté à choisir de vivre, à se décider à agir, à vivre comme à mourir, et paraît constamment mal à l'aise, presque étranger, dans un palais qu'il connaît bien, mais où des spectres familiers ne cessent de le hanter.

Dans une autre pièce, *Mesure pour mesure,* Shakespeare revient sur l'au-delà, ce néant qui s'approche, cet inconnu sans cesse interrogé. Un tout jeune homme, Claudio, est condamné à mort pour avoir engrossé une fille. Il pourrait sauver sa tête si sa sœur Isabelle acceptait les avances lubriques du régent, qui la désire vivement.

Mais Isabelle est intransigeante. Elle place sa vertu au-dessus de toute valeur, repousse avec violence le régent et s'apprête à entrer au couvent. Elle va visiter son frère, en prison – son frère qui attend tout d'elle – et lui annonce froidement qu'il doit se préparer à mourir, car jamais elle n'acceptera le marché proposé.

« La mort est une épouvante », lui dit alors Claudio.

Et il ajoute, évoquant avec des frissons l'inconnu qui l'attend :

> Mourir, partir sans savoir où… S'étendre dans le froid, bloqué, et pourrir. Cette chaleur sensible qui bouge [« *this sensible warm motion* »] devenir une pâte boueuse… Et l'esprit qui s'émerveillait baigner dans des fleuves de flamme, ou rester dans les épaisses veines de glace de la région frissonnante, ou bien rouler sans cesse emprisonné dans les vents aveugles, lancé avec fureur autour de ce monde suspendu, ou être pire que les pires, qu'une pensée déréglée imagine, ces fous hurlants, c'est trop horrible. La vie la plus dure, la plus haïe, vieillesse, douleur, misère, prison, que puisse endurer la nature, est un paradis auprès des terreurs qu'apporte la mort.

Dans ce texte étonnant – beaucoup moins connu que le monologue de Hamlet, auquel il semble apporter un écho aggravé – nous retrouvons les « terreurs » – qui échappent à toute raison – et nous découvrons des images détaillées de ce que pouvait évoquer alors le néant, le « *not to be* ». Claudio précise en effet les craintes de Hamlet. Il les met en images et en sons. Il est ici question de « fleuves de flamme », de « vents aveugles » et de ces « fous hurlants » auquel Claudio redoute de se trouver mêlé.

Le néant commence à se peupler.

Pas question de Dieu, de jugement, d'anges, de démons, pas même d'enfer. Pas un mot qu'une religion pourrait essayer de formuler, et de dicter. Il s'agit d'une terreur strictement personnelle, que nous pourrions peut-être appeler « moderne », d'une terreur aux formes malléables, changeantes, d'une terreur indicible, au bord du vide, comme si notre cercueil, où Claudio se retrouvera seul, devenait un objet brusquement balancé dans l'espace et le temps, dans la flamme et la glace, précipité tout autour de la Terre, et lui, dedans, hurlant jusqu'à la fin des âges.

Hurlant comme un vivant.

Choisissons donc la vie, même la plus dure, si le néant doit être cette torture, éternelle en plus. La terreur que j'éprouve en pensant à mon cercueil – et moi bloqué dans ce coffre, lucide, paralysé, et pour toujours – rend désirable, et même inestimable, la vie la plus sombre, la plus difficilement supportable.

Et jusqu'à la fin.

*

Je regarde à présent – sans suivre un plan précis, mais il se trouve que je l'ai vue par hasard ces jours-ci, dans un livre – la photographie du visage de Victor Hugo sur son lit de mort, prise par Nadar. Les yeux sont fermés, une lumière blanche, artificielle, enveloppe barbe et visage.

Victor Hugo a déjà posé plusieurs fois pour Nadar. On sait que celui-ci lui donnait des indications précises sur ses vêtements, sur la façon de poser ses bras, ses mains, sur son regard.

Peut-être Victor Hugo discutait-il cette mise en scène. C'est même probable.

Pour cette dernière photo (autre image d'un néant, premier contact avec l'éternité), Nadar a fait comme il a voulu. Il a placé son modèle et ses lumières comme il l'entendait. Sans doute a-t-il essayé plusieurs angles. Hugo ne pouvait qu'obéir.

Et garder, cette fois, ses yeux fermés.

Je me dis, devant cette image apaisante : quel tourbillon de mots, d'images, d'idées, de connaissances, de luttes et d'émotions multiples a traversé ce crâne, à présent froid, désactivé ! Où se sont enfuis cette conscience universelle et ce chaos gigantesque, dont nous ne connaîtrons jamais tous les chemins, tous les détours ? Une richesse humaine incomparable s'est éteinte. Cette tête est maintenant vidée comme une gousse végétale, il ne lui reste rien, elle va se dissoudre et ne laisser qu'un os.

Je ne pense même pas à des « fous hurlants », à des « fleuves de flamme ». Je ne vois rien, je n'entends rien de tout cela. Le visage de ce néant est calme. Nous ne le sentons nullement tourmenté. Mais les questions qui se posent depuis longtemps, à ce moment-là, restent les mêmes.

Qu'est-ce qui se passe, là ? Tout s'est-il arrêté ? Puis-je vraiment parler de néant ? D'un tout devenu rien ?

Comment se constitue un être ?

Et comment, l'heure venue, se disperse-t-il, s'efface-t-il ? De quelle manière, à un moment donné, s'arrête une vie, s'échappe l'« être » ?

Pas de réponse autour de moi. Plus exactement : pas de réponse que je puisse accepter.

Il ne sert à rien de demander « pourquoi ». Les questions commençant par « pourquoi », il est peut-être bon de le répéter, ne reçoivent jamais la moindre réponse. Elles sont pourtant, inlassablement, posées.

Pourquoi le néant ? Parce que.

Comment ? Nous ne pouvons pas l'expliquer.

Nous disons, souvent, à la mort de quelqu'un (surtout quand il s'agit de Victor Hugo) : « Au moins il laissera quelque chose, il ne sera pas venu pour rien. »

Et c'est un fait. Les belles œuvres s'accumulent sous nos yeux depuis des millénaires et nous aident, souvent, à vivre, ou tout au moins à oublier pour un moment la mort. Mais les auteurs, quand ils ont cessé de respirer, n'en savent rien. Jamais. Certains, comme Rimbaud, ne l'ont même pas su de leur vivant.

Nous pourrions dire la même chose de chacun de nous. Chaque individu, aujourd'hui comme hier, femme ou homme, d'ici ou d'ailleurs, jeune ou vieux, détient une somme de connaissances, d'images, d'expériences diverses, qui ne sont qu'à lui, et qui disparaissent en une seconde avec lui.

Ainsi, le néant se nourrit d'innombrables mémoires qui ne se souviennent de rien.

Autre ensemble de mots, mille fois entendu : « Là où il est maintenant… »

Or, il n'est nulle part, pour l'excellente raison qu'il n'est plus.

La pensée est la preuve de l'être, disait Descartes. Si je ne pense plus, je ne suis plus. Voilà qui est fait.

Où irai-je, sans ma pensée ?

Où serai-je ?

Bien sûr, partir avec une traînée de beauté, c'est mieux que rien. Contribuer à l'amélioration de la connaissance des choses, à l'ornement de la Terre, inscrire son nom, si infime soit-il, dans la longue liste de ceux qui ont « découvert » quelque détail caché, se dire « je n'avais qu'une vie, j'en ai fait quelque chose, on ne m'oubliera peut-être pas », laisser les souvenirs de quelques bienfaits, sans doute cela peut-il nous fortifier dans notre existence et nous préparer à mieux mourir. Mais cela ne réconforte en rien celui qui se décompose dans la terre, ou dont les cendres ont été dispersées dans l'air, dans l'eau. Il est trop tard. Ce sentiment qu'il a laissé, il l'ignore, comme sa popularité, ou même sa gloire mondiale.

Tout réconfort, toute satisfaction posthume sont inconcevables. L'oubli se glisse avec le néant dans la tombe, et les statues n'ont pas de souvenirs, ni de sensations ni d'espérances. Il n'est même pas sûr que la mémoire de nos actes soit conservée longtemps, et fleurie. Un personnage aussi malfaisant que Hitler s'est suicidé (trop tard) et pourtant dans les livres, les films, à la télévision, on ne voit que lui, presque tous les jours.

Et il a encore des partisans.

Ceux qui viennent après nous ne se souviennent pas forcément de nos bons côtés, de nos actes de justice, de charité, de beauté ou simplement de bienveillance.

C'est exactement le contraire, peut être. Nous sommes ainsi faits qu'Al Capone est inoubliable.

*

Pour lutter contre cette certitude de notre descente au néant – qui pourtant, à bien y réfléchir, si attristante qu'elle soit (surtout, comme il se dit souvent, pour « ceux qui restent »), n'a rien d'effrayant ni de redoutable, puisque nous n'avons plus rien à craindre, et que notre cercueil ne se mettra pas à tournoyer tout autour de la Terre dans des fleuves de feu, comme le craignait Claudio –, nous avons inventé toute une collection d'« après la mort », de mirages, de rêveries, d'existences plaintives, hurlantes et fantomatiques, tantôt soumises au jugement d'un dieu (comme si les dieux n'avaient rien de mieux à faire que de juger les morts, qu'on ne peut même plus condamner à mort), tantôt menacées d'une réincarnation déshonorante (dans la peau d'un crapaud, par exemple, mais saurai-je seulement que je suis un crapaud ? Et si je ne le sais pas, de quoi me plaindrai-je ?) – mais toujours vivants après notre mort, et même toujours conscients, sous une forme ou sous une autre.

Je ne vais pas tarder à arriver à cette vallée annoncée, et si étrangement peuplée, je crois. Plusieurs indices m'y conduisent, il me semble.

Je ralentis mes pas. Mais il me semble aussi, depuis quelque temps, que, plus je m'en approche, plus elle s'éloigne.

Ce néant, impossible, avant de le connaître, de l'accepter pour ce qu'il est, ou plutôt pour ce qu'il n'est pas, puisqu'il n'est rien. Toute séparation définitive, et nettement tranchée, avec ce que nous appelons « la vie » nous est apparemment inconcevable, impensable, inacceptable – certains vont jusqu'à dire « injuste » –, comme si la vie que nous avons reçue – cette chance, ce privilège incomparable, à nos yeux – ne pouvait pas nous quitter soudainement, un jour ; comme si notre éclatante fierté d'être vivant, et surtout d'être un humain vivant, ne pouvait pas accepter, un jour, de ne plus l'être.

Comme si la « Justice » existait quelque part, et se mettait en branle spécialement pour nous. Et comme si le fait d'être vivant, précisément, était « juste ». Pour le dire autrement : comme si le vivant ne pouvait qu'être juste.

Je parlais récemment à un de mes amis scientifiques, qui me disait : « Le pire, avec la mort, c'est que nous cesserons d'apprendre. » Le monde ira sans nous, c'est vrai, où bon lui semblera. Des énigmes anciennes seront résolues, des découvertes étonnantes seront annoncées, qui nous resteront à jamais ignorées. Des catastrophes surviendront, qui ne nous affecteront pas. Des chefs-d'œuvre seront produits, d'autres détruits, quelques-uns sans doute oubliés, perdus. Des vérités d'aujourd'hui seront dissipées en quelques souffles. Et nous n'en saurons rien. Nous ne serons plus là. Personne ne nous tiendra informés. Personne, même, ne remarquera notre absence.

La vie, toute vie, comme une éducation perpétuelle, et forcément inachevée.

Passé, présent, futur, tout aura disparu. Toutes nos émotions ne sont qu'un petit vent qui nous frôle au passage.

Qu'arrivera-t-il à notre famille, à notre pays ? à la Terre ? à la Galaxie ? et à l'Univers ?

Et aux femmes, aux hommes, aux créatures nouvelles, peut-être, qui nous survivront ? Seront-elles semblables à ce que nous étions ? Que diront-elles, que penseront-elles de nous ? Nous n'en saurons rien. Absolument rien.

Le « savoir », c'est ce qu'un jour nous ne saurons plus.

*

Voilà sans doute une vraie raison de nous lamenter, mais de nous lamenter maintenant, vivants. Car, après notre mort, de quoi nous plaindrons-nous ? Et auprès de qui ?

Luis Buñuel disait à peu près la même chose. Ce qui le chagrinait, c'était de partir « au beau milieu du feuilleton ». Mais il s'agit d'un feuilleton sans fin. Et il le savait. À quoi bon attendre la suite ?

Nous connaîtrons à la rigueur un autre épisode. Nous ne connaîtrons jamais l'épilogue.

La mort ne plaide que pour la vie. Apprendrons-nous jamais à nous contenter d'être éphémères ?

De n'avoir vécu qu'un instant ?

C'est pourquoi, sans doute, dans la plupart de ce que nous appelons nos « civilisations » (avec un brin de fierté, par moments, en donnant à ce mot une dimension gigantesque qui de toute façon, à l'échelle de l'Univers, ou simplement de notre Galaxie, ne lui convient pas, de très loin, et peut même sembler risible), nous avons peuplé le néant qui nous tend les bras de milliers d'archanges trompettistes, d'épées enflammées, de juges omniscients et redoutables, de vierges extatiques dont aucun coït, si elles sont de bonnes musulmanes, ne saurait briser la membrane, et un peu partout de spectres blafards, de monstres attristés, de diables hurlants, dansant la gigue autour de marmites où de l'huile brûle sans cesse.

Nous avons développé une imagination désordonnée, enfantine, strictement terrestre et apparemment sans limites, dans ce néant où nous ne serons plus. Sans même nous demander, puisque nous n'aurons plus de corps, quel membre, quelle partie de nous souffrira.

Et comment nous verrons tout ça ; où seront nos yeux, qu'on aura fermés.

Nous ne pouvons pas admettre – si haute est l'opinion que, vivants, nous avons de nous-mêmes – qu'après notre mort il ne nous restera rien, strictement rien, pas même une impression, une conscience, faible et tremblante, de ce rien.

Un souvenir, peut-être, que nous laisserons à d'autres mortels ; lesquels à leur tour seront happés, et oubliés. Mais nous ne saurons rien de ces souvenirs-là.

Rien. Un mot difficile à écrire, car il se compose de lettres, et que chaque lettre présente une forme, que nous avons appris à connaître et qui nous sert à composer des mots, dont nous nous servons chaque jour.

– Qu'est-ce que tu as ? demande-t-on à un ami soucieux.

– Je n'ai rien.

Nous sentons bien que ce « rien » cache quelque chose – alors que le néant n'a plus rien à cacher.

Comment faire pour nous déplacer à l'aise dans le torrent japonais, sans penser à la suite, surtout à partir d'un certain âge, même en excellente santé, chargé de projets, de familles, de ce que nous nommons des « responsabilités », connaissant encore certains plaisirs, comment faire pour ne pas se dire, à chaque tombée du soir : « Encore un jour de moins à vivre ? »

Le Mahâbhârata disait, à ce propos : « Chaque jour la mort frappe autour de nous, et nous vivons comme si nous étions des vivants immortels. La voilà, la grande merveille ! »

Une merveille qui s'appelle l'oubli, la distraction, l'inconscience, le bruit, le mouvement, autrement dit le divertissement.

Comme si vivre était oublier de mourir. Comme si la pensée de la mort pouvait nous empêcher de vivre.

Ce qui est possible.

Mais je ne vais quand même pas passer ma vie, une clochette à la main, à dire à tous ceux qui m'entourent :

– Attention ! Vous allez mourir ! Il faut y penser ! Il faut vous y préparer !

Peut-être me demanderaient-ils, non sans anxiété (ou moquerie) :

– En faisant quoi ? Me préparer à quoi, comment ? Si rien ne suit la mort, comment nous préparer au rien ?

Je ne saurais que répondre à ces interrogations harcelantes. Et je poursuis ma promenade.

Je ne cherche pas quelque chose. Je cherche le rien. Pas facile.

Peut-être est-il préférable, au fond, au lieu de s'égarer dans un réseau de questions sans réponses (ou de réponses sans questions), de se contenter de cette insouciance. Peut-être le vieux montagnard japonais en tirait-il sa légèreté, sa souplesse ?

Son apparente inattention ? Son insouciance ?

Peut-être cet esprit miraculeusement débarrassé de toute appréhension, et à la limite de toute pensée, est-il le seul outil pour résister au flot, pour l'oublier ? Pour oublier aussi les terreurs, si quelques-unes d'entre elles s'accrochent encore en nous, de l'au-delà ?

Certains historiens chrétiens, Jean Delumeau par exemple, dans l'impossibilité d'imaginer (si l'on pense à la bonté sans limite et à la volonté de pardon de Dieu) des tourments corporels insupportables et éternels, ont soutenu que le pécheur endurci serait condamné à la « seconde mort » dont parle saint Jean.

Delumeau écrivait : « Il ne s'agira pas d'un lieu ou d'un état de souffrances éternelles… mais néanmoins d'une punition éternelle… Ils seront condamnés au néant, qui sera leur punition. Alors que les justes ressuscités seront appelés au bonheur éternel… [les damnés] comprendront qu'ils sont condamnés à une mort sans appel. »

Mais alors, s'il s'agit d'un « anéantissement définitif », comment saurai-je que j'en suis la victime ?

Où seront mon esprit, ma conscience ? Ne s'agit-il pas, là encore, d'une passerelle artificielle entre deux mondes, d'une main tendue, d'une oreille ouverte ?

« Condamné au néant », comment « comprendrai-je » ce qui m'arrive ?

Comment sentirai-je, comment pourrai-je seulement nommer le néant ?

Comment ferai-je le rapport avec ce qu'a été ma vie ?

Dans la prairie des anges

Parmi les œuvres littéraires que j'ai pu lire, je suis souvent étonné par l'attrait qu'exercent sur moi, après tant de siècles, quelques grands poètes mystiques, particulièrement espagnols, français et iraniens.

Je les lis, et je les relis – quelquefois même j'essaie de les traduire – avec le même étonnement, et la même joie. Et je me laisse même aller avec ravissement (c'est un mot d'époque), souvent, depuis mon adolescence, dans les deux tomes de l'*Anthologie de la poésie baroque française,* que nous devons à Jean Rousset.

Cet attrait, le plus souvent formel, s'exerce évidemment dans le vide. Lorsqu'ils réussissent à oublier le monde (le ruisseau tumultueux du vieux Japonais), lorsque, à force de méditation et d'ascèse, ils se retrouvent dans ce que Roumi appelle « la prairie des anges », ces poètes semblent possédés par une sorte d'exaltation, d'ivresse. Ils ont percé l'obscurité du monde, ils se sont évadés du réel, ils pensent avoir atteint la frontière entre le visible et l'invisible, entre le solide et l'immatériel, ils ont vu une forme de Dieu.

La poésie va là où l'intelligence ne peut aller. Finis le dualisme et le tiers exclus. Ces poètes ne sont plus, et ils sont encore. Ils sont même « au-dessus », « ailleurs ». Leurs membres ne touchent plus terre. Saisissant « le balai du néant », ils vont dispersant toutes choses. Ils sont « les sans lieu », « les étranges du temps », « les déchireurs de rideau », « les neuf plis du ciel ». Ils ne savent même plus ce qu'ils sont. Ils ne reculent devant aucune parole, devant aucune image, ils voient et ils perçoivent ce que d'autres ne peuvent pas saisir.

Comme le dit le Français Saint-Amant :

J'écoute, à demi transporté,
Le bruit des ailes du silence,
Qui vole dans l'obscurité…

Ils volent en effet de-ci, de-là, se laissant emporter au gré des vents et des orages, ils chantent en gardant le silence, ils entendent sans écouter, ils abandonnent les catégories ordinaires (au moins le disent-ils), ils ne sont « ni jour ni nuit », des visions les traversent, ils murmurent, ils appellent, trouvant parfois des mots qu'aucune autre voix n'a encore dits.

Ainsi, le Français Malaval, aujourd'hui perdu dans l'oubli, a parlé d'un « rayon sombre et clair ». Souvent, en effet, la lumière se confond avec l'obscurité.

Ce que nous ne savons pas voir.

*

Cet « univers sans origine », comme le décrit par moments Roumi, il se « dissout en particules ». Et seul le silence pourra le nommer.

C'était d'ailleurs le surnom que Roumi, souvent, se donnait : « Silence ».

Ne rien dire, quand on ne peut pas dire, quand on ne peut rien discerner.

Ou rester silencieux même en disant des mots.

Roumi parle aussi d'un « océan sans aucun bord » où il se sent « libre comme le néant », « et rassemblé et dispersé ». Les contraires paraissent souvent abolis (un de nos vieux rêves de logiciens). Il dit même, quelque part, que, dans ce territoire qu'on ne peut pas nommer, « je suis et le lait et le sang, je suis et le vieux et l'enfant » et que, bien que le monde soit renversé, ici « le baume n'est frappé d'aucune blessure », phrase des plus étranges, apparemment, qui nous apparaît d'abord comme un paradoxe (ou même une blague), mais qui nous dit peut-être que, pour certains, c'est le remède qui guette le poison, et se réjouit quand il le rencontre.

Enfin, quand il veut exprimer ce qu'il ressent, et qui l'amène quelquefois à danser en public, Roumi confesse : « La langue n'est pas arrivée, pouvant dire ce que je suis. »

Une « langue d'éternité » serait ici nécessaire.

Qui l'inventera ?

Sous l'influence de Chams de Tabriz – autre poète, qui révéla Roumi à lui-même –, celui-ci va jusqu'à parler d'« anges affamés ».

Ce qui donne froid dans les ailes.

*

Comme ces aventuriers du mystère ne rencontrent que rarement le dieu qu'ils invoquaient, qu'ils cherchaient (mais peut-être s'en doutaient-ils dès le départ), les voici projetés hors du monde ordinaire, frappés d'une sorte d'étonnant vertige, qui quelquefois frôle l'extase et quelquefois le désespoir.

Ils gémissent, ils pleurent, comme s'ils étaient ivres, ils errent dans le cosmos à la volonté des vents de l'esprit, par moments ils éclatent de rire, à d'autres moments ils donnent l'impression de s'écrouler, mortellement blessés, d'approcher de leur agonie – et dans cet état ils prononcent des paroles souvent surprenantes, qui ne se trouvent nulle part ailleurs.

Sur le chemin de la clarté, de la lumière, ils rencontrent souvent, par exemple, la nuit, que nous n'attendions pas. Saint Jean de la Croix, de son côté, parmi d'autres, l'a hautement chantée (traduction d'époque) :

Ô nuit qui me conduis à point !
Nuit plus aimable que l'aurore !
Nuit heureuse qui a conjoint
L'aimée à l'aimé, mais encore
Celle que l'amour a formée
Et en son amant transformée…

Il dit aussi, dans le même poème, que plus il s'élevait dans la nuit, plus il se sentait ébloui :

Et la plus forte conquête
Dedans la nuit se faisait…

Nous pouvons trouver surprenant cet éblouissement apporté par la nuit, et des paroles d'amour brûlant entre les lèvres d'un religieux, mais ces mots supposent un état de l'âme que seuls certains poètes ont pu atteindre, dans leur recherche éperdue et constamment inaboutie, au-delà de toute logique et même de toute pensée. Aucun d'entre eux n'a renoncé à parler à Dieu, qu'ils interpellent, et à se faire entendre de lui, à le voir enfin. On trouve de l'étourdissement, du vertige, une ivresse véritable dans cette recherche, et la même ivresse dans la perte et le désarroi.

Aucun doute ne les traverse. Il s'agit d'un chemin qu'il faut suivre, en sachant qu'il ne se termine jamais. Madame Guyon l'implore, de son côté, comme si ce qu'elle recherche lui paraissait, un jour ou une nuit, accessible.

La « nuit lumineuse » est un des grands refrains du soufisme. On rencontre souvent, chez Saadi, Hafez et même Khayyam (qui, mathématicien amateur de vin et de bonne chère, nous semble pourtant plus « terrestre »), des mots comme « le soleil de minuit », la « lumière noire » et même un « midi obscur ».

La raison a plié bagage, les mots courent sans fin après une vision. Ou une sensation.

Ou simplement une définition.

*

La démarche d'élévation des « mystiques » (comme le mot l'indique, ils vont tenter de percer le secret, le « mystère » dans lequel nous vivons, car toute vie est d'abord un mystère), cette démarche part toujours de l'amour (total, envahissant, accaparant tout être et tout esprit) pour aller par instants jusqu'au blasphème, jusqu'au reniement, à l'obscénité, jusqu'à vider leur cœur douloureux et perplexe.

Oui, se disent quelquefois ceux qui refusent le voyage, mais si Dieu n'est pas là, ou s'il ne daigne pas m'écouter, à quoi bon l'insulter ? Autant lancer des injures aux nuages !

On insulte qui ? On nie quoi ?

Cette amère constatation du vide éternel des espaces, où se perd une très faible voix humaine, peut conduire au désespoir, à la folie et même au suicide, car mourir est la seule manière, parfois, d'avoir raison ; ou tout au moins d'atteindre enfin la certitude, en mourant, d'être dans le vrai.

Personne, désormais, ne me démentira. Et, si je suis mort, vraiment mort, je ne saurai jamais que j'étais dans mon tort, que je suis mort pour rien. Nous ne sommes pas loin des martyrs, relevant de toute confession, qui affirment que la mort qu'on leur inflige, et qu'ils acceptent, est la preuve même de la vérité de leur parole. D'ailleurs, leur mise à mort sera revendiquée comme un « témoignage » (vrai sens du mot « martyre »), et les dents des fauves, qui nous déchirent, laissant notre corps en lambeaux, confirment enfin la vérité que nous proclamions.

La mort comme preuve. Les fauves comme garants de la vérité suprême.

La mort, après laquelle toute parole est impossible.

Une grande illusion de plus. Hors de toute réflexion, de toute pensée.

Ah, s'il suffisait de mourir pour avoir raison !...

Mansour Hallaj, semblable à d'autres mystiques, avait vainement cherché à percer les mystères du monde et à rencontrer Dieu. Aussi décida-t-il, finalement, en désespoir de cause, qu'il était lui-même la Vérité (« Haqq »), fuyante, insaisissable. Et, comme il allait le proclamant de place en place, les autorités religieuses – musulmanes – finirent par le mettre à mort.

Cela se passait au xe siècle de notre ère.

Conduit au supplice, titubant, les deux mains coupées, se frottant le visage de sang pour rester rouge, pour qu'on ne pensât pas qu'il pâlissait de peur, il ne cessait de répéter « Je suis la Vérité ! Je suis la Vérité ! », et il mourut dans cette apparence de certitude.

On découpa son corps, disent certains récits, on en brûla les morceaux, il dégageait encore une odeur délicieuse. Les cadavres ont aussi leurs légendes.

*

De toute façon, comme ces poètes aventureux l'ont tous dit, ou bien nous nous heurtons au « nuage d'inconnaissance », devant lequel la raison comme l'expression se paralysent, et le poète, renonçant à ouvrir les portes « par la folie », fait demi-tour et rentre sagement dans le rang, dans le confort un peu triste et répétitif du dogme et des cantiques *ready-made*, ou bien il perd tout rapport à ce monde et il s'en va tout nu, en criant, sur les routes.

Autrement dit, il est devenu fou.

Un « fou de Dieu », comme nous disons aujourd'hui.

La quête anxieuse d'autre chose (disons de Dieu ou de l'éternité, pour aller vite, ou encore du principe du monde) conduit nécessairement à la soumission silencieuse d'un côté, ou à la mort dans l'exaspération de l'autre. Très rares sont ceux qui, « transcendant toute science », comme dit saint Jean de la Croix, voient leur âme s'enfuir et le néant se glisser très discrètement sous leurs pas.

Très rares, ceux qui, dans l'humiliation, restent impassibles, ou simplement calmes.

Ainsi le disait encore Madame Guyon, au XVIIe siècle, en France :

Je suis un peu de boue,
Un fantôme mourant,
Un fétu dont le vent se joue
Une ombre fausse, un pur néant.

J'aime cette « ombre fausse », qui semble une défaite du Soleil, lequel n'est plus le seul à faire de l'ombre. Et je remarque évidemment le mot « néant », presque condamnable chez une chrétienne en ce temps-là – mais très fréquent chez Roumi.

Un autre poète français de la même époque (le XVIIe siècle), aujourd'hui tristement oublié, Claude Hopil, écrivait de son côté, tentant de dire l'indicible :

Ravi dans ce brouillard où la simple ignorance
Voit plus que l'œil ne voit, ni que le cœur ne pense,
En un lieu sur tout lieu,
Élevé sur tout temps, tout terme et tout espace…

D'autres, Brébeuf, Agrippa d'Aubigné, Chassignet, Saint-Amant, Lemoyne, Malaval, Du Bois Hus, Théophile de Viau – tous sévèrement exécutés par le stérile Boileau, qui les a chassés de nos livres scolaires faute d'être capable de les apprécier, et tout simplement de les lire – se percevaient d'abord comme « une fumée, une ombre, une brume légère ».

Ce n'était certes pas le cas de Boileau, tout pénétré de son importance, au point d'écrire un *Art poétique* glacial, d'où toute poésie est très sévèrement bannie.

*

Il serait sans doute plus facile de renoncer à cette brume, déjà presque fantomatique, qu'à une masse charnelle, gourmande et souvent affamée (comme certains anges). N'être qu'un brouillard, qui se dissipe de lui-même au matin, nous rapproche peut-être du néant, lequel se tient toujours en embuscade, prêt à nous happer.

Devenir une brume, un vent léger, quitter doucement toute conscience de la Terre, s'effacer peu à peu dans l'espace et se laisser emporter un jour, sans savoir où, dans les espaces : tout le contraire de la société apparemment solide, lourde, métallique et plastique où nous vivons, où nous ne songeons qu'à retarder la fin, et même – nous y viendrons un jour, croyons-nous – à ne jamais mourir.

L'amour, la grâce, l'abandon, pour enlever tout le béton de la pensée. Hamlet souhaitait déjà que son corps, que sa « chair trop massive » pût soudain « s'évanouir, disparaître, se dissoudre en rosée ».

Aventure qui ne peut être qu'individuelle (Verlaine et Rimbaud vivant ensemble ne peuvent pas se supporter), car elle fait appel à ce que nous nous cachons constamment à nous-mêmes, et qu'il est impossible de révéler aux autres, car ils se moqueraient méchamment de nous, nous écraseraient sous de lourdes pierres et peut-être même nous brûleraient.

Quelques-uns, parmi ces aventuriers, quittant les hauteurs dangereuses (pour l'esprit comme pour le corps) – de la même manière qu'ils obéiraient à une mesure de sécurité –, renoncent un jour à l'envol, s'engagent dans tel ou tel groupe, telle ou telle secte, en acceptent sans murmurer les croyances et les règles, et n'en bougent plus. Ils en retirent au départ un soulagement, et même un sentiment de contentement, et même parfois d'allégresse, dont il leur sera très difficile, à la longue, de se défaire.

S'ils y parviennent, s'ils échappent au groupe maudit des aventuriers de l'extase, souvent calomniés, moqués et traqués, s'ils acceptent une vie grise, silencieuse et de jour en jour répétée, ils ne seront plus que des ombres, suivant docilement d'autres ombres dans les couloirs de quelque monastère.

Et ils resteront désormais silencieux, devant la porte même du néant.

Une des surprises, dans cette envolée vers l'invisible, est sans doute l'absence de la mort – dont nous cherchons en vain le personnage – et même de la vie éternelle, de l'enfer comme du paradis. Les poètes que nous appelons mystiques n'évoquent que rarement la fin de cette vie rapide – elle ne leur sert souvent que de métaphore – et ils ne semblent pas redouter la mort, peut-être parce qu'ils ne sont eux aussi que brouillard, peut-être parce que leurs deux vies n'en font qu'une, ou plutôt parce qu'il n'y a qu'une vie, une seule, que nous chantions ici ou ailleurs.

Et c'est un peu vrai. Ces poètes sont morts, comme nous disons, et ils chantent encore pour nous.

Ils chantent leur espérance, leur amour universel, leur joie immense et quelquefois aussi leur crainte, leur amertume et leur déception – car nous les avons oubliés.

Au fond, ce n'était pas Dieu qu'ils cherchaient, mais une autre vision, une autre appréhension d'eux-mêmes, et cela en passant par la nuit, le vide et l'absence.

Et c'est sans doute ce qu'ils n'ont pas trouvé.

Roumi l'a dit ainsi, avec des mots qui peuvent paraître contradictoires, et qui pourtant ne le sont pas :

Au moment où nous restons rien,
C'est le moment de l'existence.

Et le même Roumi, s'interrogeant sur l'origine des êtres et des choses, s'est demandé, dans un poème sans réponse qui s'intitule « D'où ? » :

D'où je suis, moi ? Et la tristesse
Et la joie de ce monde, d'où ?...
D'où est le cœur ! Et ce spectacle
De dépotoir, ce monde, d'où !

Mille clameurs nous sont venues
De l'extrême sommet du ciel.
D'où es-tu, toi ! Et le bonheur
Et le malheur des hommes, d'où !...

La mort casse la cage, mais
Elle ne blesse pas l'oiseau.
D'où est la mort ! Et de l'oiseau
Qui ne meurt pas, la plume, d'où !

Silence, car tu dis beaucoup
Et personne n'a entendu
De quel toit nous vient ce tambour
Et cette parole vient d'où !

Dans la tradition iranienne, c'est sans doute dans *La Conférence des oiseaux,* que nous avons adaptée, au théâtre, avec Peter Brook, d'après un célèbre poème persan du XIIe siècle, œuvre de Farid ad-Din Attar (on peut aussi traduire par *L'Assemblée* ou *Le Langage des oiseaux*), que nous trouvons les sentiments, les impressions les plus précises, les plus proches des nôtres.

Avant de parvenir au terme d'un long et douloureux voyage, auprès du Simorgh, qui est leur roi légitime, caché, inconnu, lointain, extrêmement difficile à atteindre, les pèlerins, ici des oiseaux aventureux conduits par la Huppe, oiseau mythique qui connut le roi Salomon et qui sait « beaucoup de secrets », doivent franchir sept vallées initiatiques.

Une d'elles est la Vallée du Néant, qui se dit, en arabe *fana,* et en persan *nisti.*

Qu'y trouve-t-on ?

« Des milliers de mondes sont réduits en poussière », dit le texte, et il ne nous reste « que du vent dans la main. Serait-il extraordinaire que le monde où nous habitons disparaisse lui aussi ? ».

Non, bien sûr, il n'y aurait là rien d'extraordinaire. Ces choses-là arrivent.

Les oiseaux, qui se trouvent soudain devant rien, sont profondément découragés, car leur voyage a été dur (certains sont morts en route, et nombreux sont ceux qui se sont arrêtés, blessés, découragés, ou qui ont rebroussé chemin), quand la Huppe qui les mène leur dit : « Mais attention, même le néant a un secret… Quand bien même les deux mondes seraient tout à coup anéantis, il ne faudrait pas nier l'existence d'un seul grain de sable de la terre. » Elle leur conseille même de faire attention « au secret de la goutte de pluie ».

Comme s'il existait d'autres mondes, d'autres dimensions et, comme le disent les astrophysiciens contemporains, d'autres univers, des « plurivers ».

C'est peut-être vers cette vallée, et vers le « secret du néant », que, sans le savoir, je me dirige.

Vers « le secret de la goutte de pluie », ou du « grain de sable » ?

Le vieux Japonais de la montagne – puisque c'est toujours de lui qu'il s'agit – n'a jamais nié le torrent, il en a entendu le bruit avant même sa naissance, il s'y est adapté tout au long de sa vie et l'a finalement oublié.

Il ne l'entend plus.

Un jour le torrent l'emportera, il rejoindra le néant, à son tour, et il ne s'en rendra même pas compte.

Je me demande quelquefois, devant cette nonchalance suprême, si nous n'y trouverions pas quelque reflet des arts martiaux, où la première attitude consiste à ne pas résister à l'irrésistible, et à utiliser la force de l'autre – en l'occurrence le torrent – en attendant qu'il s'épuise dans sa lutte et qu'il renonce à m'emporter.

Bien sûr, la force de l'eau ne s'affaiblira jamais, le torrent ne s'épuisera pas, le Temps ne me laissera pas de côté (il ne connaît pas ce genre de distractions), mais peut-être aurai-je appris à m'adapter à cette vie mouvante, qui est la mienne, que je le veuille ou non, avec la même adresse que certains poètes, en oubliant l'adversaire (le Temps) et en restant paisible au milieu des tumultes, dans l'attente obstinée, constante, et finalement satisfaite, du rien.

Ce « rien » qui ne me donne pas le droit de nier l'existence « d'un seul grain de sable de la terre ».

Ce rien qui peut tout contenir. Ce rien qui est un tout.

Comme le disait un autre « petit poète » français, rapidement classé « baroque » lui aussi, nommé Gombauld, oublié de tous sauf de quelques-uns :

Je me laisse emporter à l'onde fugitive,
Parmi tous les dangers qui peuvent arriver,
Où tant d'hommes divers vont se perdre, ou sauver,
Et dont la seule mort est le fonds, ou la rive.

Retraite et douleur

Notre première défense, contre toutes les illusions terrestres, et devant l'approche irrémédiable du rien, peut être de nous éloigner de ce monde fugace, bruyant et pour ainsi dire fictif, et de nous retirer par exemple dans un couvent, ou dans quelque autre retraite, loin des désirs comme des ambitions communes.

Le monde nous quittera ? Quittons le monde. Au moins la décision vient de moi.

Et attendons la fin. En respectant une règle – ce qui discipline le Temps –, en priant à heures dites (pour moi et pour les autres pécheurs), en travaillant au jardin et en fabriquant du fromage, ou de la liqueur.

Avant de mourir entouré de prières, et de la fumée de quelques cierges.

Cependant cette solitude volontaire, qui est le contraire de l'oubli, peut faire que nous penserions sans cesse (ce serait mon cas) à ce que justement nous voulions chasser de notre pensée. Nous ne penserions même qu'à ça. Le *memento mori*, ce rappel constant de la mort implacable à venir, et de laquelle chaque jour, chaque heure, chaque respiration nous rapproche – de quelque manière que nous agissions, ou quoi que nous gardions en tête –, en est sans doute la plus forte et même la plus belle expression.

« Souviens-toi que tu dois mourir », non pas pour aller, sans ton corps, dans un autre monde, et pour paraître enfin devant tes juges, mais simplement pour te décomposer dans cette terre que tes mains creusent chaque jour.

N'oublie pas ça. Tu n'es qu'un fugitif, tu n'es qu'un passage de la matière. Un « grain de sable » est plus durable, plus résistant que toi.

Et que dire d'une « goutte d'eau » ?

Il est même possible – mais seulement, je crois, pour quelques-uns – de retirer de cette attitude une jouissance singulière, solitaire, qui fut celle, autrefois, sans doute, de certains pères du désert, jouissance qu'il est permis de trouver carrément perverse, proche du « mourir avant de mourir », en tout cas du « mourir à ce monde », et qui caresse de près une forme d'extravagance, ou en tout cas de masochisme particulier.

Attitude difficile à comprendre, au moins pour moi. Ainsi, de notre vivant, nous ne voyons dans nos cheveux, dans notre chair, dans nos mains qui travaillent, que de la matière morte. Nous vivons dans la pensée persistante de la mort, dans son imminence. Nous mettons la vie de côté, nous ne sommes que la matière de la mort. Elle a envahi notre cerveau, qu'elle occupe sans partage. Nous ne voyons qu'elle, partout toujours, sous chacun de nos pas, et nous nous efforçons de souffrir, de souffrir vraiment dans notre chair, comme si nous voulions anticiper sur les châtiments qui nous attendent.

Comme si, follement impatients, nous regrettions de ne pas les subir déjà.

Or quitter ce monde, c'est d'abord affirmer que ce monde existe. Et, s'il nous est difficile de le quitter, si cela nous demande un effort, si le départ des autres quelquefois nous attriste, c'est avouer que ce monde n'était pas sans charme. Ainsi, notre acte de renoncement est un acte méritoire, qui aura le droit, même pour les plus pessimistes, d'être pesé, si balance il y a. Nous nous en sommes – assez facilement – persuadés.

Ce mérite du renoncement, cependant, c'est nous, et nous seulement, qui l'avons défini, décrété. Aucune voix céleste, sous aucun ciel, n'a exigé de nous cette autopunition quotidienne et persévérante.

Aucune récompense ne nous a été garantie. Aucun dieu ne nous a dit qu'il fallait tourner le dos à la Terre et à ses douceurs.

Sinon, pourquoi les avoir créées ?

Renoncer, c'est une décision personnelle, privée. Elle ne regarde que moi.

Avec cette seule béquille, qui est la foi. Si je ne crois pas fermement, et sincèrement, au souverain juge qui m'attend, pour me récompenser dans un « monde meilleur », un monde qui n'aura pas de fin, où je jouirai sans entraves de mes privations et de mes douleurs d'ici-bas, alors pourquoi, vivant, devrais-je renoncer à vivre ?

Pour échapper à toute tentation, nous est-il répondu. Pour éloigner de moi tout objet de désir. Pour mener une vie « exemplaire ». Pour me châtier, éventuellement, des péchés distraits, des fautes que j'aurais pu commettre sans m'en rendre compte, par inadvertance.

D'où ce dilemme souvent posé : je renonce à vivre comme tout un chacun pour me préparer à une autre vie, après ma mort. Mais cette autre vie, qui pour l'instant n'est que promesses et rêveries, à laquelle je me prépare avec courage et que cependant je redoute, que j'ai imaginée moi-même, dont aucune preuve ne m'est fournie, suis-je absolument sûr que je la connaîtrai ?

Suis-je seulement assuré que j'aurai une chance de la connaître ?

Une chance sur deux ?

Ne suis-je pas en train de sacrifier deux vies en même temps, celle qui m'est donnée comme celle que je croyais m'être promise ? Et dans cette vie éternelle qui me sera accordée, pourrai-je enfin jouir de tous les plaisirs que j'ai rejetés ici-bas ?

Ou me suis-je puni pour rien ?

*

Comme personne ne me garantit la félicité éternelle, en ce qui me concerne, ma réponse est claire : pas d'autre vie que la vie. Le secret de la goutte d'eau est qu'elle est là pour être bue, lorsque j'ai soif. Je n'ai aucune raison de m'en priver. Mais je ne suis pas seul au monde. Je vois bien que d'autres souffrent d'une autre soif, qu'ils croient en un « ailleurs », dont cette vie n'est que le vestibule ; et que renoncer à la goutte d'eau leur apporte l'illusion d'accomplir un acte méritoire, dont ils seront, là-bas, récompensés.

De quelle manière ? Ils ne le savent pas vraiment.

La recherche de la souffrance volontaire – cilices, haires, flagellations, jeûnes, débris de verre piétinés, charbons ardents –, pouvant aller parfois jusqu'à la mort, peut apparaître comme un acompte pris sur les souffrances éternelles, ou comme une sorte d'entraînement, ou encore comme une punition que je m'inflige en ma qualité de pécheur-né, de pécheur sans remède, ou encore comme une imitation des souffrances qu'endura le Christ, mon modèle en toutes choses, ou même comme une douleur qui serait destinée à un autre, à un pécheur véritable, inconnu, à qui je l'offre de bon cœur.

Elle a toujours été pour moi une des pratiques les plus étranges, et même des plus inquiétantes, de la vie religieuse. Je mène la plus sage, la plus honnête et humble, la meilleure des vies possibles, et je m'en châtie.

Je suis une modeste « servante du Seigneur », je me dévoue toute la journée pour les démunis, pour les malchanceux, je marche, je visite, je donne, je soigne – et le soir, rentrée dans ma cellule, je me fouette le corps jusqu'au sang.

Est-ce vraiment la volonté de Dieu ?

Apprécie-t-il mon geste ?

Nous disons volontiers que la sagesse, fille de la philosophie, est avant tout l'absence de la crainte de mourir. Peut-être. Mais ne serait-elle pas aussi l'absence de la peur de vivre ?

Et ces autopunitions, ces privations inexplicables, ne seraient-elles pas là pour nous réveiller, pour nous éviter de penser à autre chose ?

D'ailleurs, le repos de l'esprit, que nous disons tous vouloir atteindre, est-ce vraiment un idéal à partager ? Pouvons-nous attendre tranquillement l'apocalypse en gardant l'esprit sur automatique ? N'y aurait-il pas quelque chose d'égoïste dans la retraite ? Quelque chose de paresseux dans le calme ? Le milliardaire qui se retire sur son île tropicale, avec ses gardes du corps et ses call-girls, ne présente-t-il pas quelque ressemblance avec le moine dans son cloître, qui se maltraite le soir en priant, et l'ermite dans son désert, qui refuse même la goutte d'eau ?

Ne risquent-ils pas, les uns et les autres, la colère de ceux qui, au contraire, veulent agir, agir sans cesse, qui ne peuvent pas se résigner à laisser le monde dans l'état lamentable où il se trouve, et qui s'efforcent de le rendre, si peu que ce soit, meilleur ?

N'est-il pas vain de renoncer à ce qu'on ne connaît pas ? Ou qu'on ne veut pas connaître ?

N'oublions pas ces quelques secondes de lucidité d'un anachorète, qui, souffrant (de son fait) mille peines en ce monde, et ne parvenant pas à éliminer ses désirs les plus intimes, disait à ses proches, se lamentant : « Et dire qu'il y a encore un châtiment après la mort !... »

Après une vie de douleur, une éternité de souffrance ?

C'était son choix, pourtant. Et il s'y cramponnait.

Que cela fasse partie de nos comportements les plus étranges, les plus inextricables – malgré de multiples tentatives d'explication, anciennes et modernes –, cela ne fait à mes yeux aucun doute. Mais voilà, c'est ainsi.

Des pénitents offrent leur souffrance à leur dieu, qui n'en a que faire, n'étant pas.

Pour la tradition chrétienne, à certaines époques, des prêtres haut placés ont même élevé la douleur au rang de vertu. Ils affirmaient : « Nous devons souffrir comme Notre Seigneur a souffert ! Nous devons suivre son exemple ! »

Louange donc à la souffrance, qui est aimée de Dieu (il n'a pas éloigné le calice de son fils, comme celui-ci le lui demandait), souffrance sacrée, bienfaisante, salvatrice, qui conduit à la mort ignominieuse, mais qui peut effacer nos péchés et sauver nos âmes. Souffrance que, de toute façon, nous méritons, puisque nous sommes nés de parents coupables (du péché originel, fondamental) et que, de toute manière, nous ne sommes que de « pauvres pécheurs ».

L'idée biblique, mais surtout chrétienne, de nous culpabiliser gravement dès le départ était réellement très forte. Elle en vient à justifier toute souffrance volontaire. Dieu nous donne pouvoir sur tout le reste de la création, mais – comme nous avons voulu distinguer le bien du mal, ce qui ne nous regardait pas (en tout cas, pas tout de suite) – il nous accable, en nous chassant du paradis, d'un très lourd péché, lequel se révélera héréditaire.

Cette idée fondatrice – sans laquelle peut-être le christianisme n'eût pas survécu – entraîne aussitôt l'idée d'un rachat, d'un sauveur et la nécessité d'une pénitence. Si je viens au monde coupable, si c'est là ma condition, ma nature profonde, si ma vie est d'abord une faute, une faute très grave que je n'ai pas commise, et de laquelle je ne me souviens pas, comment pourrai-je un jour me sentir innocent ?

Qui plaidera ma cause ? Auprès de qui ?

Et comment reconnaîtrai-je le sauveur qui descendra du ciel pour moi ?

Descendra-t-il, au moins, pendant que je serai encore vivant ?

*

La religion, on l'a souvent dit, nous renvoie de nous-mêmes une image détestable, promise aux tourments de l'enfer, et cela pour bien nous faire sentir, et admettre, que nous avons besoin de son secours. C'est le revers de la médaille. Puisque nous naissons coupables, nous devons nous châtier – nous et nos semblables – le plus tôt possible.

Combien de petites filles, de sept, huit ou même dix ans, ont été (quel qu'en fût le prétexte) enfermées à vie par leurs parents dans des couvents chrétiens, où toute vie de femme leur serait à jamais interdite ?

Combien de vies sacrifiées, niées, malgré larmes et cris, au nom d'une « faute » commise jadis, dans un paradis imaginaire, par une femme qu'on appelait Ève et dont nous savons qu'elle n'a jamais existé, ni parlé, ni mangé le fruit défendu sur les conseils d'un serpent pervers ? Car notre création, notre commencement, nos premières infortunes n'étaient que des mythes parmi des milliers d'autres.

Nous en sommes sûrs, et depuis longtemps. Tous les théologiens contemporains l'admettent.

L'Église, qui s'accroche encore, dans certains endroits retirés, aux États-Unis par exemple, à la réalité du mal premier, à la « faute d'Ève » (d'une femme, notons-le au passage), a longuement insisté sur cette notion de repentance, de bras ouverts qui ne demandent qu'à nous accueillir pour nous laver de notre péché fondamental, bien appelé « originel ». Nous dirions aujourd'hui qu'il s'agissait d'un argument publicitaire excellemment choisi, mais beaucoup moins persuasif qu'autrefois.

Obscur objet du péché.

Clair danger de la connaissance du mal, comme du bien.

Doux confort de l'ignorance et de sa sœur l'obéissance.

*

C'est aussi une autre façon de nous dire que rien ne nous donnait le droit d'être vivants, d'apparaître un beau matin sur cette Terre où nous sommes une anomalie (pas de péché originel pour les animaux, pour les plantes, pour les océans). Dieu, qui est notre inventeur et notre père, nous a pourtant institués, d'une manière que certains jugent irréfléchie, maîtres et seigneurs de la nature, mais au prix de quelle faute originelle, fondatrice ! Nous avons voulu percer le vrai secret de Dieu, savoir ce qui, dans nos actions et nos pensées, distingue le bien du mal ! Une faute capitale qui nous obligera, nous et tous nos enfants, à vivre en travaillant dur, en nous pliant à des lois strictes et précises, si nous voulons connaître les joies incomparables de l'après-mort.

Joies que rien ne garantit, bien entendu. Mais il faut bien promettre quelque chose ; par exemple, pour le coupable, un jour lointain, une indulgence, et même une libération.

Un envol vers la vie, enfin.

La vie éternelle.

Nous pouvons aujourd'hui, à juste titre, estimer extravagant, et même cruel, démentiel, cet appel répété à l'emprisonnement et à la souffrance sur la Terre, qui est déjà, pour la majorité de ses habitants, une « vallée de larmes » (ouvrons les yeux, comptons les larmes autour de nous).

Extravagant aussi, et insupportable, l'éloge du martyre. Mourez pour moi, qui suis mort pour vous. Abus de pouvoir dictatorial, impitoyable, trahissant un mépris de la vie elle-même – ce bien sans lequel il n'est aucun bien – et de toutes les joies, même les plus innocentes, qu'elle peut nous offrir.

Nous pouvons aussi y déceler la peur intime qu'inspire cette même joie, laquelle renforce le désir de vivre – comme si cette joie, ce simple sentiment agréable d'être vivant, pouvait enfoncer brutalement toutes les barrières sociales, politiques, semer la confusion, rompre et déchiqueter le monde.

« Jouissons sans entraves ! » pouvait-on lire sur certaines pancartes de Mai 68 – ce qui ne se refuse pas, faites du plaisir un étendard et brandissez-le, tandis que d'autres humains se ceignent de cilices et se flagellent jusqu'au sang.

Jouissez, camarades, Satan fera le reste. Voilà ce qu'on nous chuchote encore à l'oreille.

Et que certains entendent encore.

*

Comment cette passion pour la souffrance a-t-elle pu, à certaines époques, nous envahir ? Je me le demande une fois de plus, tandis que ma promenade s'avance, au hasard des sentiers, non loin du fleuve que j'entends rouler dans la vallée. Oui, comment ? Pour exhiber notre mépris du monde et en tirer fierté ? Pour donner un exemple de notre résistance, de notre « force d'âme » ? Pour réagir, en les devançant, aux abus de quelque tyran jouisseur, qui n'a rien à redouter dans cette vie, qui a chassé l'enfer de sa tête et qui se laisse aller à ce qu'il y a de brutal, et même de sanguinaire, en lui ?

C'est possible. Mais peut-être les enfermés, les reclus volontaires, dans certains cas, trouvent-ils dans cette attitude, dans ce silence agenouillé, coupé de prières, et dans ces gestes porteurs de douleur, dans les lanières qui cinglent, malgré les menaces répétées d'un au-delà perpétuellement mécontent, un plaisir très secret, une jouissance véritable ?

Catherine de Sienne, plus tard, et d'autres visionnaires, après de sévères flagellations, iront jusqu'à imaginer leurs noces avec Jésus, et à les décrire, non sans minutie, avec couleurs éclatantes, musique, draperies, lumières, fleurs et invités célestes. Nous les avons appelées des « noces mystiques », autrement dit incorporelles, car il n'est pas question de laisser le sexe de Dieu (s'il en a un) pénétrer, comme chez les Grecs, une mortelle.

Ce soin est laissé à l'Esprit-Saint, qui fera avec ses moyens.

Mais ce sont des noces quand même, au cours desquelles Jésus appelle « ma bien-aimée » celle qu'il a choisie, et qu'il serre entre ses bras, sans cacher les plaies de ses mains ni le trou percé dans sa poitrine par la lance du soldat romain.

L'épouse, bien sûr, est la seule à voir cette noce, à entendre les harpes du ciel et les trompettes des archanges. Les autres ne peuvent qu'en écouter la description, qu'à imaginer le son et lumière. Dieu ne se montre qu'aux yeux qu'il a choisis. Que les autres demeurent clos. Ils ne sont pas dignes de le voir.

Le meilleur moyen d'oublier Dieu – ce dieu-là, en tout cas – est sans doute de l'épouser et, quand cela n'est vraiment pas possible (pour les hommes, par exemple), de se rapprocher de lui au point de se faire dieu soi-même ; au point, dirait-on quelquefois, de tout faire pour prendre sa place.

Nous devenons ainsi notre propre despote, nous nous donnons un code, des règles strictes et même les moyens matériels de nous punir. C'est une façon d'être le chef, ou en tout cas le maître chez soi, à l'échelle du monde et à l'échelle domestique.

Même si je n'ai commis aucune faute, je fuis le monde, je m'accuse et je me châtie. Je n'ai besoin de personne d'autre et je me connais mieux que personne, je sais que je suis capable de tout, même de violer Dieu. Je me punis même, par précaution, pour des fautes que je sais ne pas avoir commises ; au cas, aussi, où je pécherais sans le savoir, au cas où certains rêves seraient des péchés. Je deviens, au mépris de toutes les règles sociales, un « solitaire ».

C'est jeter un défi au Temps (un de plus), au reste du monde, aux bons sentiments, à toutes les autorités concevables et à toute espèce de vraisemblance.

Sans oublier la communion, qui affirme la présence réelle du corps du Christ dans chacune des hosties.

Les chrétiens, a-t-on dit, aiment tellement leur dieu qu'ils le mangent.

*

Il resterait à savoir – mais je suis mal placé pour en parler – si cette vie de renoncement, de contrition, de prière et de privations volontaires, sans aller jusqu'à l'autotorture, joue un rôle, si elle aide vraiment certains individus à mieux vivre – même si nous savons tous, répétons-le, avec une certitude souvent masquée mais véritablement très profonde, qu'il n'y aura pas d'autre vie après la vie.

Eux aussi, ils le savent.

Tous, nous le savons.

Et si précisément cette certitude étouffée, cette vie de lamentations, de coups de fouet, d'eau et de pain rassis – la pire des vies, pour la plupart – conduisait quelques-uns et quelques-unes d'entre nous au plaisir, et même à une forme de suprême bonheur ? Et cela dans cette vie même ?

Tous les goûts sont dans la nature, entendons-nous dire. Tous les dégoûts aussi, y compris la haine du luxe ou du simple confort, la panique scandalisée devant l'abondance, devant la frivolité et la débauche, le refus méprisant du sexe (le refus même d'en parler), le rejet du vin, de la soie, du parfum des fleurs et de la caresse d'une main douce.

Thérèse d'Avila l'a regretté, en un vers célèbre. Elle se plaignait que, même dans la douleur (qu'elle s'infligeait chaque jour, à l'en croire), on ressentît encore du plaisir, et même parfois du délice : « *En el padecer deleite* », disait-elle.

Comment, par quelle technique, par quelle ruse, par quel outrage physique ou quelle pensée particulièrement morbide, atteindre la vraie douleur, la douleur pure ? Sans que le plaisir, qui toujours s'invite, vienne clandestinement s'y mêler ?

Quel chemin prendre, le plus dur possible, qui serait apprécié de Dieu ? Quelle technique, du corps ou de l'esprit, utiliser ?

Et de quel œil regarder celui ou celle qui – comme Thérèse d'Avila, justement – a choisi la douleur comme règle de vie ? Et qui, enfin parvenu au néant, n'a même plus le souvenir de la vanité de ses peines ?

Qui se demande peut-être, au tout dernier moment : au fond, pourquoi ai-je souffert ?

Lorsque le christianisme, à la fin du IVe siècle, devint la religion officielle – et obligatoire, sous peine de mort – de l'Empire romain tout entier, des milliers d'ermites venus pour la plupart de Syrie et d'Anatolie, émaciés, à demi nus, les pieds écorchés, noircis par un soleil très rude, totalement allumés par leurs dures années de désert, où ils se nourrissaient de sauterelles, de fourmis, de grillons, de noix sauvages, de chardons et de quelques herbes amères, refluèrent en masse vers les villes, portant sur leurs épaules des croix sommaires, animés d'une parole ardente et menaçante.

Prêts à mourir, comme d'autres, plus tard.

Appelant la mort à leur secours.

Courant vers elle.

En effet, dans les premiers temps du christianisme, la fin des temps était annoncée comme toute proche et, avec elle, l'apparition de Jésus sur les nuées, venant, au jour du jugement – demain, après-demain ? –, pour séparer le bon grain de l'ivraie.

Il fallait faire vite pour se trouver du bon côté. Terreur sacrée, damnation imminente. Les prophètes, les visionnaires, disaient Dieu pressé d'en finir. Le ciel allait se déchirer demain, dès ce soir peut-être. Dans un instant.

Et la Terre disparaîtrait à jamais dans les abîmes. *Dies irae*, jour de colère et de calamité. Les cieux vont s'ouvrir : que notre planète se prépare.

Il fallait donc détruire les idoles, et ceux qui adoraient les idoles, il fallait abattre en urgence les temples impies, tomber à genoux, demander pardon, souffrir encore et encore, chanter la gloire du vrai dieu et attendre, dans l'espérance du salut, la dernière respiration de la Terre, après laquelle notre Soleil n'aurait plus la force de se montrer.

Comme l'apparition coléreuse du souverain juge tardait à se manifester (nous l'attendons encore), les nouveaux propagateurs de la « vraie foi », dans d'assez nombreux cas, après quelques mois ou quelques années d'impatience, se jetèrent à leur tour dans la violence, dans la persécution et dans l'assassinat de tout païen têtu, ravages qui annoncent clairement le fanatisme des talibans, et autres « combattants de dieu », d'aujourd'hui.

C'est simple, au fond. Nous tuons au nom de Dieu parce que Dieu n'est jamais là. Nous faisons son travail à sa place.

Dieu, dans ce cas, n'est plus un exemple de douceur, d'indulgence, de mansuétude, tendant la main aux affligés, même aux incrédules. Il est un tyran invisible mais fanatisé, qui égorge et supplicie les impies qui l'ignorent.

Il est l'image même de ceux qui ont fait de lui un dieu. Il est le grand absent de la fête.

*

En essayant de me représenter ces foules de candidats à la pire des morts, j'ai souvent pensé, là aussi, aux oiseaux d'Attar, partis vers un grand roi imaginaire et se trouvant soudain dans « la vallée du Néant ».

Faut-il s'arrêter là ? Rester « stupéfaits », comme ils disent ? Se contenter du « rien », et attendre la mort comme l'eût fait un martyr des temps anciens ?

Ou continuer, au contraire, puisque la Huppe leur chuchote que le néant a un secret ?

Il faut dire qu'à l'autre bout de la corde la résignation pure et simple, le « il vaut mieux changer ses désirs que l'ordre du monde » de Descartes, et finalement l'annihilation de ces désirs – même par la castration volontaire, cela s'est vu –, la patience, la tête courbée, le renoncement silencieux, cette attitude douloureuse et plaintive, qui semble anticiper le jugement d'après la mort (pour ceux qui l'espèrent), ne nous attire pas davantage, soyons sincères.

Si nous renonçons au monde, comment pourrons-nous en parler ?

Et, si nous choisissons la solitude, comment proposer ce choix à nos voisins, qui viendraient aussitôt nous rejoindre ?

Imagine-t-on un monde qui ne serait peuplé que de solitaires ? Ou bien un monde où de longues processions plaintives iraient de place en place (cela aussi s'est vu), implorant le pardon divin à un ciel vide ?

Je me rappelle, à la fin de la Seconde Guerre mondiale, qu'une statue de la Vierge Marie, dite la *Vierge de Boulogne*, affreuse sculpture blanchâtre dans une lourde barque en pierre, fut tirée, à pied, sur tous les chemins de France, de paroisse en paroisse, par de jeunes garçons aux pieds nus.

Pour quelle raison ? Je ne sais plus. Sans doute pour rendre grâce et remercier la Vierge pour la victoire.

Je me souviens encore d'un vieux paysan qui disait, en la regardant passer :

– Elle aurait pu intervenir avant.

Dans les cas de retraite discrète et silencieuse, si cette vie est tout entière consacrée à la célébration du rien, et à la louange du vide (c'est-à-dire à la louange permanente et répétitive de Dieu), nous avons évidemment peu de chose à dire, sinon peut-être notre tristesse et notre étonnement – en ce qui me concerne, en tout cas, car il m'est impossible d'entrer dans ce jeu.

Je reste en dehors. Je regarde, étonné.

L'*heautontimoroumenos* (pour faire un peu cuistre), « celui qui se punit lui-même » et qui ne sait même pas pourquoi, tout simplement parce qu'il sent qu'il doit être puni, peut trouver une joie complète et suffisante dans cette *via dolorosa,* dans cette douleur quotidienne, qu'il n'a pas méritée.

La douleur est sa vie, la vie qu'il a choisie. Il n'en demande pas d'autre.

D'ailleurs, où trouverait-il la douleur, sinon dans la vie ? Et la vie ailleurs que dans la douleur ? Il est à la fois le maître et l'esclave. Le coupable et le juge. Il décide et il exécute.

Il est aussi, bien entendu, le bourreau.

J'imagine qu'il ne se rend même pas compte qu'il joue deux rôles (au moins) dans la même pièce.

Il accueillera la mort – probablement – avec indifférence, peut-être même, s'il est vraiment perverti, avec le léger regret d'être privé de son châtiment quotidien, son bon compagnon, auquel il s'était habitué.

Car aucune autre vie – même dans l'enfer, auquel il n'est pas tout à fait sûr d'avoir échappé – ne saurait être pire que celle qu'il s'est infligée.

À sa manière, sans le savoir, il est même un athée. Il croit croire (dirait Prévert) mais, dans le doute, il a choisi d'établir son enfer sur la Terre.

Et là, il ne s'est pas trompé.

Au plaisir

À l'opposé de la recherche obstinée de la douleur se place celle du plaisir, aussi persistante, aussi inventive, et parfois aussi décevante, que l'autre. Du plaisir sous toutes les formes possibles, du plaisir comme raison de vivre et bouclier d'oubli.

Du plaisir comme un hommage rendu à la vie et aussi comme résistance effrénée à l'idée même de la mort.

Comme résistance et comme défi.

Par tradition, et par fidélité à notre chère vieille Grèce, nous appelons cette attitude l'hédonisme, en prenant soin, parfois, de la distinguer de l'épicurisme, où le contrôle constant des désirs peut conduire l'adepte, *a contrario*, à une sorte d'ascèse.

Il faut en effet – c'est la moindre des choses pour un philosophe – que notre plaisir ne soit pas provoqué par la douleur, ou simplement le déplaisir, ou la frustration, des autres. Nous ne devons jamais prendre quelque satisfaction à faire souffrir, même un animal. Ne pas jouir aux dépens de quelqu'un : les Français ont jadis inventé un mot pour ce plaisir à rejeter fermement, c'est le « sadisme » ; du nom d'un marquis que l'on a dit « divin », mais qui brûle en enfer, paraît-il.

Plaisir sous contrôle, donc, plaisir innocent, réfléchi, plaisir du corps et de l'esprit, souvent secret (certains plaisirs se partagent aisément, d'autres sont solitaires), dont certains pensent qu'il faut peut-être définir strictement les limites, lesquelles ne seront jamais les mêmes pour tous.

Ce qui risque de réduire notre existence à une cour de récréation sous surveillance. Avec, à chaque instant, la menace d'une cloche, comme pour le dernier tour de piste des courses de fond.

Le plaisir a du bon, personne ne le conteste. Il est agréable (par définition), il nous rassure et il nous réjouit. Il donne presque une sorte de sens, ou en tout cas de direction, à notre vie. Pour certains, il la justifie, il en constitue même l'essence, et sans doute aussi l'origine. La vie a été faite par plaisir, et pour le plaisir. Plaisir des sens et de l'esprit. Nous ne les trouvons que dans la vie. Sans elle, nous en ignorerions tout.

Nous pouvons dire que nous prenons plaisir à vivre. Et même que nous vivons par plaisir.

Plaisir de vivre, de respirer, de manger et de boire, de dormir à l'ombre, d'aimer, d'être aimé. L'amour est le maître des mondes, dit-on un peu partout – mais sans aucune preuve, il me semble –, sauf le fait que, pour la plupart d'entre nous sans doute, nous sommes nés d'un moment de plaisir.

En tout cas, grâce à quelques jouissances, même passagères, même vénales, nous croyons savoir pour quoi nous vivons, ce qui nous anime, ce qui nous attire, même si nos plaisirs sont variés, différents, et quelquefois étranges, ou même carrément aberrants et contradictoires.

Sans le plaisir, qui peut être en effet le simple et léger plaisir de vivre – de respirer l'air frais du matin, de regarder le ciel d'automne, d'écouter un moment le bruit d'un ruisseau –, nous serions à coup sûr égarés sur la Terre. Sans ce privilège, que nous avons, d'éprouver parfois tel ou tel plaisir, nous serions prisonniers d'un bagne, où seul le besoin serait satisfait. Prisonniers de l'hostilité, ou simplement de l'indifférence du monde. Parqués derrière les grillages de l'utilité.

Le plaisir est la parure du besoin. Il en est le « plus », le cadeau, la prime.

Et c'est dans l'espérance, dans le désir d'un prochain plaisir que nous comptons les jours, et même, assez souvent, les heures.

Les plaisirs de la vie. Ils sont là, à notre portée. Aucun doute. Sinon, à qui seraient-ils destinés ?

Certains disent qu'ils sont des pièges, tendus par le Malin, et qu'il vaut mieux les éviter. Étrangement, le plaisir fait peur à certains, comme si nous baissions les bras devant lui, pour un moment, perdant toute défense.

Il est pourtant relativement facile – me semble-t-il – de s'en protéger. D'éviter toute sensation, et même toute tentation de jouissance, si nécessaire. Mais j'en parle sans expérience : je n'ai jamais vraiment essayé.

Là aussi, bien sûr, tout au long de notre existence, le Temps ne nous lâche pas, il nous grise et nous entraîne, il nous affaiblit, il amenuise, il rétrécit peu à peu nos désirs de jeunesse, sans lesquels il n'est pas de plaisir, tout comme les moyens qui nous sont donnés de les satisfaire. Mais au moins, tandis que la chose était possible (à tous les points de vue), nous aurons profité, comme on dit dans le commerce, de ce que la vie nous offrait.

Au jour de notre mort, pas de regrets.

Espérons-le.

Cela dit, pour mener à grand train la vie de *La Traviata*, il faut des moyens et de la santé. Au moins pendant quelque temps, avant la ruine du corps et de la bourse. Or nombreux sont ceux qui, dans ce territoire envié, ne peuvent pas se contenter de peu. Être humain et être vivant, c'est avoir faim, c'est avoir soif, c'est avoir envie. Constamment. Insatiablement. Envie de tout, ou de presque tout. Sans répit. Envie de ce que nous avons, et aussi, et surtout, de ce que nous n'avons pas, ou pas encore. Une envie que rien ne peut satisfaire, et qui va s'aiguisant et s'enflant.

L'envie : certains jésuites la considéraient comme le premier des péchés capitaux, avant même l'orgueil.

Il y faut de l'argent, des ressources, de la ruse, du mensonge, de l'autorité, de l'apparat souvent. Et de plus en plus. Tout ce que la vallée du Néant ne nous offre plus. Aujourd'hui comme hier, les conquérants violent les femmes des vaincus, triste butin de guerre. La victoire, affirment-ils, leur en donne le droit. Tout cela a été dit si souvent – à propos des soldats russes, en particulier, en 1945, après la chute de Berlin, et des talibans ou djihadistes aujourd'hui (mais il en fut de même en 1944 pour les femmes de Normandie prises de force par les Anglais et les Américains) –, c'est le sujet de tant de fables, et de tant de désespoirs, que l'on peine encore à l'écrire.

Et cela reste vrai, cependant.

C'est le problème, avec les clichés. Ils tiennent le coup.

Si je me faufile dans un camp de migrants, en Libye ou ailleurs, au milieu de jeunes mâles africains vendus comme esclaves aux enchères, il me sera difficile de leur parler du plaisir de vivre et des charmes de l'existence ; et encore plus difficile de partager le peu que j'aurai avec leurs immenses besoins.

Ici, la simple pensée d'un plaisir est assassinée.

Il ne reste rien de vivant, que le regard et la main des autres – une main tendue, quelquefois. Tremblante.

Mais pas toujours. Pas souvent, même. Elle peut aussi être menaçante, ou découragée.

Et s'ils me demandent « pourquoi sommes-nous encore vivants ? », que leur répondrai-je ?

*

D'un autre côté, s'il se laisse embrasser sans contrainte, s'il se laisse aller, s'il se déchaîne, s'il s'exerce à l'aveugle au mépris des autres, proches ou lointains, aux dépens des animaux, aux dépens des arbres, de la Terre et de ma propre santé, ce plaisir que l'on dit alors « sans frein », « déréglé », « sans contrôle », peut perdre assez vite toute espèce de charme. Il devient même perversion et péril. Les bonnes âmes conseillères nous recommandent alors de le fuir, car, de monotone, il peut devenir exigeant, tyrannique, intraitable même. Bientôt, nous ne pourrons plus nous passer de lui. Il nous aura mis les boulets aux pieds.

Traitons-le donc comme il le mérite. Avec bienveillance, mais avec prudence.

Gardons nos distances avec le délice.

De toute manière il est assuré, et depuis longtemps, que le plaisir est un art. Qu'il peut l'être, en tout cas. D'abord il faut être doué, réceptif, curieux, avide même, instruit parfois, après quoi le désir et la méthode s'apprennent et se développent, selon les goûts et attirances de chacun.

Le plaisir, qui flatte tous les sens, prend mille directions et nuances, selon les cas. Il peut être réel ou imaginaire, proche ou lointain, né d'un souvenir ou d'une rêverie. Je peux prendre plaisir à me gratter le cou « là où ça me démange », à pisser quand l'envie devient forte, et même à imaginer que je fais l'amour, non sans adresse et invention, avec telle star inaccessible, que je n'ai jamais rencontrée mais dont les images me poursuivent, et même, un peu partout – grâce à des techniques sans cesse perfectionnées –, me traquent.

Peut-être même sera-t-elle demain une créature de synthèse, particulièrement perverse, ou un clone furtif, que je pourrai m'offrir, même usagé, même de seconde ou troisième main ? Le plaisir que prendra mon corps sera-t-il, dans ce cas, le même ?

Et que dire du plaisir de mon clone, si je lui offre l'objet de mon désir ?

Saura-t-il éprouver de la mélancolie ? Viendra-t-il me conter ses peines ?

Saurai-je le consoler ?

À chaque pas, à chaque geste, une question.

L'image du plaisir – sinon le plaisir lui-même – s'est glissée dans toutes nos vies. La publicité n'est que plaisir – larges sourires satisfaits de n'importe quel achat, même médiocre – et l'accomplissement de tous nos désirs, et même de tous nos rêves, nous est offert à chaque minute, de quelque côté que nous tournions nos regards. Elle peut même nous conduire, comme un jeune poète l'a naguère souhaité, à un « dérèglement de tous nos sens ». Le plaisir ne serait là, dirait-on, que pour nous donner envie de vivre.

Cette odeur-là, précisément.

Et comment ne pas citer quelques phrases de Charles Swann, dans *La Recherche*, où Proust lui fait dire, tandis que son personnage vieillit et cherche refuge dans la solitude : « Hé bien ! Maintenant que je suis un peu trop fatigué pour vivre avec les autres... je m'ouvre à moi-même mon cœur comme une espèce de vitrine, je regarde un à un tant d'amours que les autres n'auront pas connus. Et de cette collection à laquelle je suis maintenant plus attaché encore qu'aux autres, je me dis, un peu comme Mazarin pour ses livres, mais, du reste, sans angoisse aucune, que ce sera bien embêtant de quitter tout cela. »

Tristesse donc, aux rives du néant, avec cette pointe de mélancolie inévitable que le plaisir laisse toujours traîner derrière lui – tout simplement parce qu'il est passé, parce qu'il n'est plus que dans une vitrine et que la mort, comme à son habitude, s'est rapprochée. Mais « sans angoisse aucune », nous dit Proust. La vie, les plaisirs, les amours, c'était hier, mais c'était bien, vraiment bien, à quelques exceptions près peut-être. Il vaut mieux, de toute manière, les avoir connus plutôt que d'en avoir entendu parler. Il ne reste à Swann que ces souvenirs-là, qui s'affaiblissent mais qui demeurent, et, pour toute la vie qui lui est encore comptée, que la perspective d'une vieillesse inutile, un peu grise, et enfin la mort, qui éteindra, qu'il le veuille ou non, tout souvenir de tristesse ou de joie.

Pour Mazarin, la chose est un peu plus complexe. Même confiant en la toute-puissance divine, il savait qu'il lui serait difficile d'emporter tous ses livres dans l'autre monde, pour les lire enfin tranquillement.

Aussi nous les a-t-il laissés.

*

Les plaisirs de l'esprit sont des plaisirs comme les autres, et quelquefois moins dangereux. Il m'est arrivé de sourire de bonheur en finissant de lire un livre, en sortant d'une salle de cinéma, ou de théâtre. « Je me sentais bien », comme on dit, je me sentais même mieux qu'en entrant, quoique plus vieux de deux ou trois heures. Je venais de rencontrer une raison d'être vivant. J'en avais oublié le Temps – et le voyage.

Mais, dans la vie de tous les jours (comme nous disons, semblant suggérer qu'il y a des jours sans vie, ou chargés d'une vie particulière), comment faire un choix entre les plaisirs que je m'autorise et ceux qui me sont, par la loi quelquefois, par moi-même surtout, rigoureusement interdits ?

Par quel plaisir commencer ? Et où m'arrêter ?

Quels sont ceux dans lesquels je peux me lancer sans avoir à les feuilleter un jour, silencieusement ?

Et comment « partager » un plaisir ? De telle sorte qu'il ne laisse, chez moi ou chez les autres, aucun regret, même furtif, aucune vapeur d'amertume ?

Serai-je le contrôleur de mes propres joies, au risque de me montrer trop indulgent, ou trop sévère ? Cette attitude est-elle simplement concevable ?

Et sinon, qui me guidera ? Un maître ? Mais, si un maître contrôle mes plaisirs, parlerai-je encore de plaisir ? N'ai-je pas besoin, là aussi, de mon initiative, de ma liberté ?

Peut-on donner, dans cette matière délicate, un ordre ? Une direction ?

Un exemple ?

Et le plaisir dépend aussi des individus, nous le savons tous. Je ne jouis pas comme mon voisin, qui ne jouit pas comme le sien, et ainsi de suite. Par exemple, quels étaient les plaisirs de Hitler, lui qui nous sert souvent de référence ? Difficile à dire. Ils se trouvaient sans doute bien cachés, sous les accès d'une apparente vocifération, peut-être même inexistants. On peut prendre plaisir à insulter, à fustiger, à maltraiter les autres, et même à les tuer. Un plaisir sauvage, et pourtant proclamé, applaudi, imité.

Cet homme, ce « guide », n'a pas laissé la réputation d'un élégant épicurien, il s'en faut ; encore moins d'un hédoniste. Cependant, quelle devait être sa délicieuse griserie de médiocre, lors des parades de Nuremberg, en voyant tout un peuple qui s'ordonnait autour de lui, et qui le poussait vers les cieux !

Ici, nous ne sommes plus dans l'art de jouir grec, à l'évidence, dans les plaisirs savourés, dégustés calmement, et même commentés, au cours d'un banquet entre amis, mais dans le territoire réservé à la perversion moderne, volontiers autoritaire, à la déviance, à la haine, à l'exaspération de soi. Les barrières, même métalliques et électrifiées, sont souvent branlantes. Elles peuvent soudain s'écrouler d'elles-mêmes. Nous pouvons basculer dans l'insupportable, dans l'odieux. Dans ce qu'on appelait, autrefois, « le bon plaisir du roi ». Un plaisir sans définition, capricieux, sans bornes et sans satisfaction réelle.

Le plaisir – le plaisir sexuel de rencontre, par exemple, vénal ou non – est soumis, comme toutes choses, à une durée. Il ne laissera qu'un souvenir, la saveur d'une sensation rapide qui se dissipera peu à peu, se confondant peut-être avec d'autres.

Toutes les chansons d'amour l'ont constaté : « Plaisir d'amour / Ne dure qu'un moment... »

Mais c'est peut-être aussi ce qu'on lui demande. Vingt minutes d'oubli, et même d'innocence. La chanson prolongera le plaisir, pendant des années quelquefois, sous une autre forme, pendant trois minutes.

Une affiche indiquant « PLAISIR PERMANENT » – sur la devanture d'une boîte échangiste, par exemple – me ferait fuir.

Personne ne doit être plus vigilant qu'un hédoniste, toujours guetté par le caprice, par l'oubli des autres et aussi, souvent, par l'excès. Que de fois, dans des représentations (imaginaires) des orgies romaines, au milieu des corps enchevêtrés qui ne la remarquent pas, avons-nous vu apparaître la mort en personne, sa grande faux à la main ! Image chrétienne par excellence. La mort s'avance au milieu de l'orgie païenne. Elle marche à pas lents, sans bruit, les os de ses orteils ne soulèvent aucun cliquetis sur les dalles, elle regarde lentement autour d'elle, choisissant avec minutie ses prochaines proies, lesquelles ne se doutent de rien et continuent de boire en chantant, la coupe levée, la tête couronnée de fleurs, un homme ou une femme nue entre les bras.

Mais, dans ce cas, si un contrôle personnel est toujours nécessaire, si je dois me tenir à l'affût de moi-même, et ne jamais oublier que la mort peut me saisir dans la seconde exquise que je vis, puis-je encore parler de jouissance ?

On a souvent dit que le meilleur moment, dans le plaisir du sexe, est la montée de l'escalier, derrière la dame qui vous précède et vous promet, en chantonnant, tel ou tel ciel.

Peut-être faudrait-il en rester là, et redescendre, sans faire de bruit, sur la Terre.

*

Nous n'allons pas, évidemment, en finir avec le plaisir en quelques pages. Le sujet ne connaît apparemment aucune limite. Des dictateurs l'ont proscrit, des poètes l'ont chanté, des théologiens l'ont réglementé. Il nous suffit de feuilleter un *Manuel des confesseurs,* comme ceux du père Billuart ou de Mgr Bouvier, par exemple, qui avait encore cours, en France, au début du XIXe siècle – ces manuels, sortes de catalogues des perversions humaines, aidaient les prêtres à décider des punitions à infliger, en fonction des péchés avoués –, pour voir à quelles distinctions subtiles – considérant la seule matière du sexe, de loin la plus périlleuse – il faut se livrer, sans cesse, en posant aux fidèles des questions d'une précision surprenante, afin de distinguer ce qui est autorisé (par Dieu, dans ce cas) de ce qui ne l'est pas.

Distinctions qui sont établies par des hommes, des ecclésiastiques spécialisés, à qui tout rapport sexuel est interdit, mais qui doivent tout de même savoir de quoi ils parlent, et par exemple connaître (et même en latin) le sens de mots comme « fellation » et « sodomie », vocabulaire savant, tout à fait étranger, naguère, j'imagine, aux paysans qu'ils confessaient.

Comment les prêtres de campagne s'y prenaient-ils pour expliquer tout ce que ces mots recouvraient ?

Avec des mots ? Avec des gestes ?

Mirabeau raconte que le père Sanchez, jésuite espagnol qui, au début du XVIIe siècle, fut le premier à établir un répertoire aussi complet que possible de tous les péchés dits « de chair », recevait parfois la visite de plaisantins qui venaient lui exposer des cas de luxure imaginaires, extraordinaires (avec les « hommes à queue de singe de Formose », par exemple, sujets d'une légende tenace) et notaient son verdict précis, en se retenant de rire.

Le malheureux jésuite, forcé de ne parler que d'activités qui lui étaient prohibées, avait probablement besoin (au moins pour ses « mauvaises pensées ») d'un excellent confesseur ; lequel, à son tour, informé des jouissances diaboliques offertes par les paradis de luxure, endurait mille frustrations et cherchait à son tour à qui se confier. D'où une chaîne sans fin de rêveries et de confidences perverses, dont les détails et la complexité nous échappent, sans doute.

Connaître, maîtriser et discipliner son plaisir : tâche difficile pour les prêtres (sachant que l'onanisme est un péché mortel, commis contre soi-même sous le regard attentif de Dieu), mais aussi pour les moralistes. Ceux-ci, quand il s'agit de sexe – ils en connaissent évidemment les dangers –, nous parlent volontiers de « plaisir partagé ».

Soit. Mais qui viendra vérifier que le partage est équitable ?

*

Condamner ce qu'on ne connaît pas est le propre de tout esprit arbitraire et autoritaire, qui se place par là même hors de la vie ordinaire, qui la regarde et la juge de loin, en observateur indiscret, sans vraiment y participer, et qui ordonne, en cas de « manquements », des « punitions » qui effaceront les « péchés ». Tous les mots, ou presque, appellent ici des guillemets.

Là aussi, par moments – dans cette mise en œuvre théorique de l'aveu –, nous croyons marcher sur la tête, et pourtant j'ai connu cette démarche hebdomadaire dans mon enfance, et, coupable débutant, j'ai avoué au curé de mon village, chaque vendredi, un peu au hasard il faut bien le dire, « mes mauvaises pensées », quelques petits mensonges et des attouchements véniels. Quelquefois, il suffisait de dire que nous avions eu des pensées interdites, sans devoir préciser lesquelles.

Il était clair qu'il s'agissait de sexe – mais sous quelles formes, dans quelles positions ? Le prêtre évoquait-il un péché solitaire ? Collectif ? Impossible de savoir en quoi, exactement, consistait notre faute. Nous étions trop jeunes.

Quant au prêtre, il ne pouvait pas nous suggérer, par ses questions, des gestes, des attitudes prudentes, des pratiques que nous étions supposés ne pas connaître.

Exercice délicat, souvent expédié.

Deux ou trois prières, un signe de croix rapide, une génuflexion, et je repartais purifié.

Le plus dur était de passer toute la journée du samedi sans souiller un instant mon âme, sans la moindre pensée coupable (mais comment « chasser une pensée ? », et comment la juger « coupable ? »), afin de garder cette âme intacte jusqu'à la communion du dimanche matin.

Après quoi, à nouveau, le malin plaisir frappait à la porte, bien dissimulé, jusqu'à la confession suivante.

*

Une grande partie du monde, et en particulier tout l'Occident chrétien, a vécu pendant des siècles en subissant, en permanence, cette lourde malédiction pesant sur le plaisir sexuel, souvent déclaré « honteux ». Ce plaisir, pourtant, qui nous met au monde et qui, en certaines occasions – soyons sincères – nous enchante.

Les philosophes avaient beau dire « si Dieu nous a donné les organes des sens, c'est bien pour que nous nous en servions, et que, si le plaisir existe, c'est pour en jouir ici-bas, car après notre mort il sera sans doute trop tard », rien ne parvenait à sauver le plaisir de la méfiance des prêtres qui nous surveillaient, et qui pliaient et souffraient eux-mêmes sous l'interdit.

Avec le plaisir, toujours, le danger.

Sans parler d'un remords, pour quelques-uns sans doute, et d'innombrables tracasseries sociales, ou familiales.

À croire que nous avions là, caché dans les activités les plus agréables de l'existence, et dans les parties « honteuses » de notre corps, l'ennemi mortel du salut de l'âme, l'arme la plus affûtée de Satan – et que nous la portions sans cesse sur nous, femmes et hommes, comme une sonnette d'alarme.

Pourquoi faut-il se méfier du plaisir ? Justement, parce qu'il est le plaisir.

Certes, d'après les Écritures, Dieu a mis le plaisir dans le rapport sexuel afin que l'étrange espèce qu'il venait de créer – et de laquelle il se montrait content, au moins au début, avant d'essayer de la noyer sous un déluge – se perpétuât. L'attirance des couples, dans toute forme de vie, fut pendant longtemps considérée comme nécessaire à la continuité du monde vivant. Le plaisir était là pour ça. Il jouait un rôle. Mais cette attirance, nous le savons depuis longtemps, peut nous pousser vers une personne portant le même sexe que le nôtre. Alors ? Y aurait-il des failles dans le plan divin ?

Des exceptions ? Peut-être même des erreurs ?

Que dire de cette dame espagnole qui, mangeant un gâteau, murmurait : « Dommage que ce ne soit pas un péché...» ?

Le péché, la sensation de commettre un péché ajouterait-elle quelque délice à l'acte ? Voilà sans doute ce que les jésuites savaient, et la première raison de leur méfiance persistante. Le mauvais pouvait être bon.

Meilleur, même.

Cette attirance pour le délice – autorisé ou interdit – peut aussi tendre à une forme de dépendance, ou d'esclavage, que d'autres pourront trouver intolérables – même si l'esclave lui-même (ou elle-même) paraît y trouver parfois son bonheur.

D'innombrables problèmes surgissent aujourd'hui de ces ordonnances anciennes, qui n'avaient pas prévu la marche exacte, et de plus en plus complexe, du monde. Dans quelle catégorie de péchés placerons-nous le « harcèlement », par exemple, que nous venons de découvrir dans nos sociétés modernes, et qui n'était pas prévu dans le *Manuel des confesseurs* ?

Et qu'est-ce qu'un « viol consenti » ?

Devant un « transgenre », parlerait-on encore de « péché de chair » ? Donnerait-on des pénitences ? Lesquelles ?

Faire l'amour, pour une épouse, avec le clone de son mari, comment qualifierons-nous cet acte ? D'adultère ? Mais elle a pu être victime d'une méprise. Et, dans ce cas, comment pourrons-nous la juger ? Son acte sera-t-il seulement punissable, selon les lois qui – probablement – se préparent ?

Confesserons-nous aussi les robots ? Seront-ils informés de la notion même, non pas d'« interdit », mais de « péché » ? Devront-ils être à jeun pour recevoir, s'ils en manifestent le désir, la sainte communion ?

Nous bénirons sans doute – c'est déjà le cas – des unions entre personnes du même sexe. Mais, sur le plaisir « partagé », sur le sadomasochisme par exemple, quel discours leur tiendrons-nous ? Qui décidera du partage ?

Qui sera le « chef de famille » ?

Et les prêtres, enfin, se marieront-ils ?

Devant quel autel ?

Et qui va décider, devant les transformations qui nous guettent, de la nouvelle échelle des péchés ?

Et de nos punitions prochaines ?

*

Mêmes questions avec d'autres plaisirs. Jésus a bu du vin, il a même – à la demande de sa mère – changé de l'eau en vin, chez des amis, alors qu'une noce en manquait, il a même déclaré que le vin qu'il buvait, au cours de la dernière cène, était son propre sang, et que nous devions en boire en souvenir de lui.

Peu importe. Il n'a pas avoué qu'il y prenait plaisir, nous dit-on. Ici, pas de problème.

Il y aura du vin au paradis. Pour toutes les noces.

Tout cela dit, le simple plaisir de vivre reste sans doute le meilleur des guides, si nous le ménageons un peu, pour nous conduire à la frontière verrouillée du néant, qui est là, toute proche, et au-delà de laquelle aucune question ne se pose. « J'aimerais mourir de plaisir », aurait dit une courtisane du XIXe siècle – ce qui d'ailleurs lui fut refusé. Mais je me souviens parfaitement de mon grand-père maternel, qui arrivait en bout de course, après une attaque cardiaque. Un médecin intelligent nous conseilla de lui faire boire du champagne, à satiété (ses moyens, jusque-là, ne lui permettaient pas de s'en payer).

Il en but plusieurs coupes, ses yeux s'ouvrirent, il se redressa dans son lit, il se mit à rire et même à fredonner des chansons de corps de garde qui lui revenaient soudain à la mémoire, après cinquante ans d'oubli.

Il eut la mort la plus heureuse, en tout cas la plus joyeuse, que j'aie connue.

J'y pense encore sans tristesse.

« La vie est belle » reste un slogan increvable, même si nous connaissons l'épilogue de cette vie (belle, dure, médiocre ou atroce). Même le lamentable bûcheron de La Fontaine qui, à bout de forces et d'espoir, appelle la mort comme une délivrance lui demande, au dernier moment, de l'aider simplement à recharger son bois.

Ce qu'elle fait.

De toute façon, aujourd'hui ou demain, elle aura son heure.

Une vie, n'importe quelle vie, peut être faite de plaisirs simples et sans danger, nous le savons tous, et les prêtres, comme les moralistes, ont toujours prêché, dans ce domaine, la « modération » – même dans le *Kama-Sutra*, traité composé par des jeunes princes indiens à qui toute idée de péché restait étrangère, et qui ne recherchaient que les positions les plus favorables au plaisir sexuel (dans la dernière partie du recueil).

Cela signifie, en clair, que nous sommes des créatures susceptibles, à chaque instant, de briser les bornes habituelles, capables d'emportements et d'excès et que ce fou qui nous habite est sans doute notre ennemi le plus perfide, le plus insaisissable, le plus mortel.

Les limites de l'hédonisme sont à chercher, sans doute, dans ce contrôle permanent que nous devons exercer sur nous-mêmes. Exercice nécessairement cérébral. Or il est bien évident, et depuis longtemps, qu'une certaine « ivresse » est la compagne préférée du délice.

Et que tous les contrôles sont tristes.

Tous les poètes, petits et grands, jouisseurs ou non, ici et ailleurs, l'ont dit. Nous devons, à un certain moment, obligatoirement, « sortir de nous-mêmes », échapper à ce contrôle cérébral personnel que proposent en permanence les moralistes entêtés, nous « laisser aller » dans le courant, nous sentir doucement emportés – au cours d'une soirée joyeuse, par exemple, ne laissant à l'aube aucune amertume – par un plaisir qui s'affirme alors le maître du monde, un plaisir véritablement « partagé », la simple joie d'être, le bonheur de rire, notre seule vraie raison de vivre (peut-être la seule), un plaisir qui balaie les idées et les réticences, qui met cette nuit-là tous les dieux au placard, qui délie pour quelques heures toutes les chaînes, toutes les recommandations prudentes, tous les interdits – même si cette joie est quelquefois fatigante – et qui nous oblige, si nous voulons saisir le plaisir tout entier, à sortir enfin de nous-mêmes – ce souffle, cette chaleur, ce passage d'une comète, cette éclaircie que nous n'oublierons pas.

Tristesse à ceux qui n'auront pas connu ces moments-là. Ce n'est pas dans une autre vie que l'occasion, une fois encore, leur sera donnée.

C'était ce soir ou jamais.

Combien sont-ils qui choisissent « jamais » ?

Au fait, aurions-nous parlé de plaisir comme règle de vie au vieillard japonais, à l'aise dans son torrent, que nous aurait-il répondu ? Qu'il était marié et qu'il éprouvait pour sa femme la même attirance qu'au premier jour ? C'est assez peu probable, il me semble.

Qu'une tasse de saké lui suffisait, le soir, pour réconforter son corps et son âme ?

Que le bruit de la cascade et le chant des oiseaux lui semblaient la plus belle musique du monde ? Qu'il n'en souhaitait pas d'autre ?

Ou bien qu'il ignorait – mais c'est improbable – jusqu'au sens du mot « plaisir » ?

Et que nous répondrait-il si nous lui parlions d'ascèse et de renoncement ?

Et de prière ? Et de souffrance ?

Et le savoir ?

Faut-il le ranger parmi les plaisirs ou parmi les nécessités de la vie ? Il est en tout cas une joie, cela ne fait, il me semble, aucun doute. Le savoir est gai – assez souvent –, l'ignorance est triste – toujours. Un « savoir triste » est inimaginable, à moins d'une maladie de l'esprit. Quant à l'ignorance, elle est non seulement triste, mais assez souvent amère, pathétique, torturée et même quelquefois criminelle. On déteste toujours ce qu'on ne sait pas. Et il peut arriver qu'on rêve de le supprimer.

Et qu'on le fasse. Qu'on jette des livres dans le feu. Avec leurs auteurs quelquefois.

Ne pas rester aveugle, indifférent, ou même méprisant, à tout ce qui, durant notre vie, nous a entourés, accompagnés, instruits, suivis, interrogés. Essayer de cueillir au moins quelques bribes de ce que d'autres, que je ne connais pas, ont découvert, ont inventé. Ici et ailleurs.

Lire et voir, jusqu'au bout, jusqu'à l'entrée de cette vallée fatidique. S'intéresser. Ne pas partir idiot, surtout. Apprendre à faire quelque chose, et à le faire du mieux possible.

Ne pas perdre une seule occasion. Rester aux aguets, même encore aujourd'hui, dans cette promenade. Savoir, apprendre, découvrir chaque jour quelque chose sur le monde, ou sur les autres vivants, ou sur nous-mêmes, ou même sur les choses que nous jugeons « inanimées ».

Nietzsche a parlé du « ravissement », de l'allégresse qui accompagne l'acquisition de la connaissance. Ne plus jamais se contenter de l'obscurité, voir le monde à visage un peu plus découvert – même en sachant qu'il ne s'agit que d'une infime miette de ce monde, car savoir qu'on ne sait pas fait aussi partie du savoir. Ne jamais se laisser décourager par l'immensité de l'inconnu.

Montaigne avait su le dire en deux phrases : « À cette heure j'aperçois ma vie si brève en temps que je la veux étendre en poids. À mesure que ma possession de vivre est plus courte, il me la faut rendre plus profonde et plus pleine. »

Il n'a pas vécu soixante ans.

(À ce propos, soit dit en passant en nos temps d'immortalité annoncée, Shakespeare, Molière, Balzac et Proust sont morts tous les quatre à cinquante et un ans.)

Il est bon de considérer le monde où nous sommes tombés (aucun autre monde n'était possible, apparemment, étant donné ce que nous sommes) comme une énigme touffue, mais tout de même intéressante, de laquelle nous faisons partie, et qui n'est pas impénétrable, ni forcément hostile. Oui, sans doute, c'est une joie, c'est même peut-être une raison d'accepter sa vie, de la rendre « plus profonde et plus pleine ».

Traverser l'existence chargé, nourri par des milliers d'autres expériences et recherches, par d'autres savoirs, rester constamment curieux, attentif, vigilant, et si possible y ajouter quelque chose, même une virgule, une note, un accent…

La vie sur cette Terre est, dans ce cas, le plus beau cadeau possible. Un cadeau de l'invisible, du destin, ou, si l'on préfère, du hasard. Depuis que je suis né, si par bonheur je suis curieux, j'avance au milieu des surprises. Je suis étonné à chaque pas. On m'a donné toute une existence pour aller dans la grande forêt, où chaque arbre, où chaque feuille d'arbre porte un mystère.

Et j'ai la chance d'être là. Peut-être avec ma petite lumière.

Et certains se plaignent ?

Observer, étudier, aussi attentivement que possible, comme si la nature, au sens très large de ce mot, n'attendait que nous pour s'ouvrir, pour se révéler. Se dire, juste avant de mourir, comme Montaigne ou Victor Hugo, qu'au moins j'aurai su ceci, j'aurai appris cela, et que même je l'aurai transmis – au risque de me tromper, et alors ?

Consolation de dernière minute, qui en vaut bien d'autres. Je ne suis peut-être pas venu pour rien. Au passage, du mieux que j'ai pu, tout en ne perdant rien du spectacle, j'ai apporté ma petite pierre au grand tas.

Je n'ai pas perdu tout mon temps en futilités (un peu quand même, car il en faut), je n'ai pas vécu en fermant les yeux, je ne me suis pas égaré dans les apparences, dans la seule intention d'amasser de l'argent, par exemple, ou d'asservir mes voisins de palier.

J'ai appris, arbre après arbre, ligne après ligne, siècle après siècle, j'ai même tenté de transmettre ce que je croyais savoir, je me suis glissé par effraction dans la longue chaîne. J'y ai pris plaisir, souvent.

Oui, je le sais, je vais perdre à jamais ce long savoir accumulé, ce savoir personnel – car aucun savoir ne ressemble à un autre –, mais au moins, tandis que j'étais vivant, je ne l'aurai pas gardé pour moi seul, je me suis laissé tenter par le partage, même si mes efforts, mes recherches sont souvent restées dérisoires, et vite effacées par d'autres, de toute façon.

Si je me suis trompé, ici ou là, ce qui est probable, d'autres me corrigeront. Au moins, je n'aurai pas vécu sans essayer d'y voir un peu plus clair, et de tout apprécier.

Ce n'était qu'un brouillard, qui va se dissiper pour toujours dans le noir, mais qui jusqu'au dernier moment m'accompagnera, au point de faire partie de moi, sans doute. Je ne me distingue pas de ce que je sais, ni probablement de ce que j'ignore.

Se dissipera-t-il vraiment, un jour ou l'autre ? Les énigmes du futur seront-elles différentes de celles d'aujourd'hui ?

D'autres questions difficiles surgiront-elles ? C'est possible, c'est même probable. Et je n'en saurai rien. Mais il me semble que le brouillard ne mourra jamais.

On ne peut pas parler de la « mort d'un brouillard ». Il en traînera toujours quelque chose, là-bas, au fond de n'importe quelle vallée.

*

Si je me suis bien débrouillé, et si j'ai eu un peu de chance, tout ne va pas, d'un seul coup de vent, disparaître. Même absorbé par le néant, même y sombrant corps et biens, je laisserai un petit quelque chose aux mémoires de demain, qui s'effaceront à leur tour, comme la mienne. Lancé dans une toute petite parcelle de l'immense inconnu, j'aurai fait de mon mieux, comme si ce monde où je me trouvais par hasard avait été fabriqué pour moi, au fond, et pour moi seul. Comme si même l'inconnu était là pour moi.

Même le cruel, même l'obscur, l'énigme.

À ce moment-là. Ni avant ni après. Juste pour occuper le temps de ma vie.

D'autres reprendront ceci ou cela, iront ailleurs, iront plus loin – car le savoir et l'invention sont illimités, c'est l'ignorance qui se cogne aux impasses – pour en finir au même point de chute. Savants ou ignorants, morts, nous ignorons tout.

Le fait qu'un jour nous ne saurons plus rien fait aussi partie du savoir. Une grosse bibliothèque (comme celle du richissime Mazarin) serait-elle une cuirasse contre la crainte de mourir ?

Montaigne l'a espéré, peut-être. Les pensées des auteurs anciens, gravées sur ses poutres, lui apportaient peut-être quelques consolations, quand il levait la tête. Il se sentait sans doute moins seul dans son voyage, qui ouvrait tant de routes en lui-même. Moins seul avec d'autres seuls.

Aujourd'hui nous parlons volontiers de « Culture » (nous avons même un ministère portant ce titre), mais la culture est un mot fourre-tout et finalement assez vague. Un « homme cultivé » est un homme érudit, ce qui ne lui donne pas forcément une qualité sensible, ou intelligente, ou généreuse, ce qui ne le protège pas de la tristesse, ni de la solitude, ce qui ne le met pas à l'abri de la mort.

La Culture, c'est donc le savoir, c'est aussi le territoire des lettres et des arts, du spectacle, du patrimoine, des musées, de toute l'illustration d'un peuple, ou d'une nation, ou d'une planète tout entière. C'est même, pour les ethnologues, l'ensemble détaillé des manières de vivre d'un peuple, ses vêtements, ses croyances, sa nourriture, ses habitudes, ses liens sociaux – d'un autre peuple que le nôtre, quel qu'il soit, dont les individus rencontreront la mort à leur tour, tout comme nous.

Ceux qui, quand ils entendent le mot « Culture », ont envie de sortir leur revolver passeront par la mort eux aussi ; peut-être même en priorité. Cela fut le cas de la famille de Joseph Goebbels, ministre de la Propagande du très éphémère IIIe Reich, cet homme qui, à quelques semaines de la fin, comme frappé d'hystérie, appelait, au cours d'un congrès, à une « guerre totale, radicale », alors que tout était perdu. Sa femme Magda Goebbels – le cas est hors du commun, historique – préféra empoisonner au cyanure leurs six enfants et se suicider, le 1er mai 1945, à l'intérieur du bunker de Hitler, le lendemain de la chute et de la mort du « Guide ».

Cas de fanatisme étonnant, qui défie toute analyse ordinaire, et qui frappe une femme élégante, éduquée, mondaine, souvent photographiée et filmée. Une vie sans le Führer et sans le nazisme lui semblait inimaginable, insoutenable, une non-vie, aussi bien pour elle que pour ses enfants (quelques-uns sont très jeunes encore quand ils meurent empoisonnés par leur mère, et que leurs cadavres vêtus de blanc sont filmés, étendus côte à côte sur le sol).

Ce n'est pas une partie du monde qui s'écroule aux yeux de cette femme, c'est le monde tout entier. Le seul monde possible.

Il s'agit là d'un acte total, assez terrifiant, froidement athée, d'une décision individuelle, sans la moindre crainte d'un dieu ou d'un jugement *post mortem*, qui me rappelle la fin de *Timon d'Athènes,* de Shakespeare, sur laquelle je reviendrai sans doute – à la différence que Timon, s'il rêve d'emporter l'Univers entier dans sa mort, en tout cas le Soleil, ne se tue pas lui-même.

Il se laisse mourir pour avoir mal vécu.

Et pour avoir choisi le mauvais dieu.

Suicide ?

Le suicide – celui de Magda Goebbels ou d'autres (des centaines de dignitaires nazis ou japonais se suicidèrent en 1945) – est évidemment la solution radicale. Puisqu'il est interdit par la plupart des religions (seul Dieu, rappelons-le, au moins dans notre tradition, dispose à son gré de notre vie, il est le seul criminel impuni), nous ne craignons aucun châtiment dans l'au-delà, que nous nions avec arrogance, nous en finissons avec notre vie, et nous choisissons délibérément le néant.

Ce néant que nous méprisons, qui ne nous inspire aucune frayeur. Mais qui est notre choix.

Il s'agit d'une décision personnelle, parfaitement respectable, que nous exécutons généralement lorsque « la vie ne vaut plus la peine d'être vécue », lorsque la misère, la maladie ou la défaite nous accablent, lorsque quelqu'un murmure auprès de vous « c'est une question de semaines ».

On entend même dire, quelquefois, à voix murmurée : « Il est un peu plus bas chaque jour. Il vaudrait mieux pour lui qu'il s'en aille. »

Les raisons et façons de se tuer sont multiples, de Cesare Pavese à Kurt Cobain, de Kawabata à Dalida. Lassitude, colère et désespoir, étrangement, peuvent s'y mêler, et le fameux *taedium vitae* des Romains, cet ennui fatal, cette simple lassitude de vivre. On peut aussi rencontrer des suicides gratuits, que personne ne peut expliquer.

À quoi bon expliquer, d'ailleurs ? Et à qui ?

L'acte que je commets est un délit, mais il est aussi un défi. Je le sais. Un défi que je relève. Si j'ai été mis au monde pour y mourir avec certitude, à une date et d'une manière qui resteront longtemps imprécises, il vaut mieux que le geste vienne de moi. De moi seul. Ainsi, je ne m'inclinerai devant aucune décision extérieure ; je briserai moi-même l'attente – la mienne et celle des autres –, je choisirai le jour et l'heure, et je montrerai, au tout dernier moment, qui est le vrai maître et possesseur de ma vie.

Stefan Zweig y voyait même le seul « réconfort », la seule échappatoire à la poursuite d'une vie dans un monde qui s'effondrait tout autour de lui et qu'il fuyait, dans la désolation. Il s'empoisonna calmement, avec sa femme Lotte, au Brésil, en 1942, au moment où Hitler apparaissait comme le maître de l'Europe et, plus précisément, une semaine après le jour où les Japonais s'emparèrent de Singapour.

Zweig venait d'écrire deux chefs-d'œuvre, *Le Monde d'hier* et *Le Joueur d'échecs*. En décidant de mourir, il échappait à ce qu'il voyait arriver, et qu'il appelait la « brutalité », ou la barbarie du monde. Comme Magda Goebbels – mais pour de tout autres raisons –, il se sentait incapable de vivre dans ce monde-là. Et personne, il me semble, ne peut l'en blâmer.

Un an plus tôt, Virginia Woolf, pour les mêmes raisons sans doute, avait pris la même décision. Comme pour dire, devant les temps affreux qui s'annonçaient : je préfère ne pas voir ça, ce monde n'est plus le mien, je prends les devants, je m'en vais. Et elle se laissa glisser dans le courant, comme jadis la très jeune Ophélie, ce courant qui emporte tout.

Et comment ne pas évoquer un des hommes auxquels nous devons le plus : Condorcet, qui s'empoisonna à Bourg-la-Reine en 1794 pour échapper à la guillotine ? Il pensait qu'elle n'attendait que lui. Il la devança.

*

Cette décision d'en finir – pour le moment en tout cas – n'est pas la mienne, et je ne l'ai jamais envisagée. Là-dessus, je suis comme tout le monde, je me soigne quand je suis malade, j'essaie de vivre de mon mieux, le plus longtemps possible, je n'ai jamais été menacé de mort et je n'ai presque rien à dire qui me pousserait à en finir. Un criminel supposé s'est tiré une balle dans la tête plutôt que d'aller devant les juges ? Très bien. Je n'ai, à son égard, ni admiration ni reproche. Il s'est jugé et condamné lui-même. Il n'avait pas été maître de sa naissance, c'est la règle, mais il l'a été de sa mort.

Libre à lui.

Par ce geste, avant même tout jugement, il s'est presque reconnu coupable. Mais on lui pardonne, ou plutôt on l'oublie vite. De toute façon, il échappe maintenant à toute autre condamnation, même sévère. Il s'est exclu du tribunal.

Je ne me sens pas particulièrement apitoyé par le récit de la mort de Cléopâtre, qui a fait son choix elle aussi, mais je suis cependant surpris – et attristé – quand je vois trois adolescentes, aujourd'hui, se prendre par la main, au huitième étage, et sauter tout à coup dans le vide.

Comment une très jeune fille, à cet âge-là, à peine sortie de l'enfance, comment peut-elle savoir, déjà, que sa vie ne sera que déception, désillusion, mensonge ? Où trouver la force d'y renoncer ? Pour reprendre le même mot, comment sait-elle, comment devine-t-elle, quel oracle lui a prédit qu'elle aura « de la peine à vivre », qu'il y a « un autre côté des choses », et qu'il est préférable d'effacer ce risque, avec ses amies, le plus tôt possible ?

Un vrai mystère, en tout cas une interrogation sans réponse, se cache dans ce grand saut d'adolescentes, dans cette jeune chair qui s'écrase et qui meurt, sur un béton de banlieue.

S'agit-il d'une décision soudaine, comme le sont certains suicides inopinés, qu'aucune mélancolie ne laissait prévoir ? Ou d'une décision longuement préparée, désirée, en cachette de tous ? S'agit-il d'un jeu, comme dans un cirque, du grand saut de la mort ? S'agit-il d'un pari ? D'un défi, là encore ? D'un acte accompli sous l'influence de l'alcool, d'une drogue ?

Ou tout simplement d'un refus de vivre ? De vivre dans ce monde-là ?

Nous ne pouvons strictement rien en dire. Même les psychologues les plus aigus restent muets devant certains gestes, surtout devant les suicides d'enfants.

*

Celle ou celui qui se « donne la mort » n'attend rien de la mort elle-même, ni punition ni récompense. Ils nient fermement l'autre monde. Ils choisissent d'en finir, c'est tout, et, dans le cas (réel) de ces adolescentes, d'en finir le plus tôt possible, avant la venue redoutée de la vie d'adulte et de la vieillesse qui suivra. Les charmes éventuels de l'existence que je refuse, l'espérance d'un avenir souriant, la douleur sans apaisement des parents, la crainte éventuelle d'un dieu, ou d'un diable, rien de tout cela ne compte face à l'appel impérieux, irrésistible, du néant.

Même la douleur que je vais éprouver lorsque mon corps, dans trois secondes, se brisera sur le trottoir – ce trottoir que je ne regarde surtout pas, lorsque je m'élance –, même cette douleur, brève mais assurée, ne m'arrête pas.

Elle sera ma dernière douleur.

Un instant plus tard, je ne saurai plus ce que le mot « douleur » veut dire.

Parmi les suicides soudains, inattendus, et parfaitement inexplicables, en voici un qui me fut raconté dans les années 1970, au Mexique. Quatre amis, qui se connaissent depuis longtemps, âgés d'une cinquantaine d'années, des commerçants qui participent à quelque foire, ou congrès, boivent tranquillement un verre dans le bar d'un hôtel, en province. C'est la fin de l'après-midi. Ils parlent de choses et d'autres, de leurs affaires sans doute, sans jamais élever la voix, ils fument. Ils sont calmes, ils sourient parfois.

Un des quatre se lève sans se presser, regarde sa montre et dit qu'il doit monter un moment dans sa chambre, où il a oublié quelque chose. Vingt, vingt-cinq minutes passent. Les trois amis qui restent en bas commencent, mais vaguement, à s'inquiéter. Ils essaient d'appeler la chambre. Aucune réponse (pas de téléphone portable à l'époque).

Ils montent enfin, ils se font ouvrir la porte.

Leur ami s'est pendu dans sa penderie avec des cravates. On le décroche vite. Impossible de le ranimer. Il est bel et bien mort.

Quand cet appel-là nous parvient, il est apparemment impossible d'y résister. D'où est-il parti ? Qui l'a lancé ? Personne ne peut le dire. La mort, dans certaines occasions, est plus forte que tout – ainsi pour les adolescentes qui sautèrent un matin, main dans la main, hors de ce monde. Inutile d'analyser. Une puissance inconnue, qui se situe au-delà de toute résolution, de toute résistance, de toute « intelligence », vient de se manifester – comme frapperait un cancer, ou bien un inconnu tirant au hasard dans une foule.

Cet homme, ce commerçant mexicain, a été désigné. Pendaison bricolée, certes, dont on n'est même pas sûr qu'elle fut calculée, préméditée pour ce jour-là. Ses amis (je crois me le rappeler) pensaient plutôt le contraire. Leur collègue semblait normal, comme d'habitude. Le matin il s'est levé comme tous les jours, sans doute, il a pris son café, et le soir il s'est pendu avec ses cravates. Il n'avait pas apporté de corde.

L'appel est muet, intime. Toujours surprenant. Personne d'autre ne l'a entendu. Il annonce que le moment est venu, c'est tout. Une cloche invisible vient de sonner, il faut y aller. En quittant lentement la table, ne pas donner l'éveil, surtout, ne rien laisser paraître, car les amis, s'ils se doutaient de quelque chose, risqueraient de vous dissuader, de vous retenir.

Étrange comédie, dans un bar d'hôtel, avant de se tuer. Mais qui donc a donné le signal ?

Le suicide soudain – qui peut même surprendre celui qui se supprime (« tiens, et si je me tuais ce soir ? ») – obéit aussi à une autre envie, celle – comme l'a dit un survivant, en France, dans les années 1990 – de prendre la mort par surprise, « au moment où elle ne s'y attendait pas », et de remporter ainsi la victoire, de rester maître du terrain.

Le survivant disait, répondant à un journaliste : « Mais je m'y suis mal pris, j'ai raté mon coup. Et maintenant, elle va se méfier. »

*

Dans une tradition voisine, le suicide peut être considéré comme un acte d'orgueil, une haute déclaration d'indépendance et de fierté. Nagisa Oshima, le cinéaste, me disait un jour que tout homme japonais, à un moment de sa vie, a été tenté par le suicide, non pas à cause d'un sentiment d'échec ou de honte (pour les généraux vaincus, par exemple, chez qui l'acte est attendu), non pas pour se guérir de quelque faute qu'il aurait commise, qu'il serait le seul à connaître et qu'il choisirait d'expier, mais pour affirmer aux yeux de tous – hommes et dieux – que, s'il n'a pas été maître de sa naissance, il l'est, et le restera, de sa mort.

Ici, pas question de prendre celle-ci par surprise, sans la prévenir. Au contraire. Il faut la programmer, il faut choisir soigneusement la date, les vêtements, les accessoires, tout mettre en place, comme pour dire au geste qui se prépare, et à l'ombre étonnée qui attend : « Tu vois, la décision est mienne, j'ai choisi le jour, j'ai choisi l'heure et la manière. Tu ne pourras rien contre moi. »

La mort de Mishima – outre la passion du rituel, qui certainement nous échappe, et l'exemple donné par Kawabata, qu'il vénérait – ne s'explique que par une volonté de rester le maître jusqu'au bout.

Ma mort est à moi. Personne ne mourra à ma place. Aucune mort ne me tuera ; aucune autre mort que la mienne.

Puisque aucune récompense ni aucun châtiment ne nous attend dans une autre vie, choisissons nous-mêmes notre fin, en accord avec les traditions ancestrales et certaines croyances que nous appelons parfois « religieuses », lesquelles, sur ce point précis, nous paraissent quelque peu confuses – mais nous jugeons toujours très mal les sentiments secrets des autres (et *vice versa*).

En tout cas, c'est une autre façon de le dire : à quoi bon vivre ?

Je me rappelle avoir vu au cinéma, dans les années 1960 (et je n'ai rien oublié de ce spectacle) un reportage, en noir et blanc, sur une cascade sacrée où, un certain jour de l'année, de jeunes Japonais, et de moins jeunes, dans une montagne, sautaient d'un rocher, s'élançaient dans le vide et mouraient presque aussitôt dans une eau très froide. Je crois me rappeler qu'il y avait des femmes parmi eux.

Cette eau de montagne conserve longtemps les cadavres, et la caméra se promenait parmi ces corps enveloppés de linges, morts les yeux ouverts, le visage reposé, les cheveux comme des algues, se déplaçant très lentement dans le gouffre glacé.

Une vision extraordinaire de l'au-delà, que je n'ai rencontrée que là. On eût dit qu'un cinéaste audacieux avait accompagné Dante jusqu'au dernier cercle des enfers, pour nous ramener des images rares.

Peut-être s'agissait-il du même ruisseau où le montagnard se déplace ? Et au bord duquel les oiseaux voyageurs s'arrêtent, incertains ?

Cela dit, sans changer de peuple, si je reviens un instant à ce montagnard, japonais lui aussi, qui semblait ignorer jusqu'aux mouvements d'un torrent furieux, je me demande ce qu'il eût pensé de la possibilité d'un suicide.

Il me semble – mais je peux me tromper – que, ne comprenant pas le sens de ce mot, et ne cherchant pas à le comprendre, il aurait poursuivi son travail en silence, dans le ruisseau, sans même hausser les épaules.

Comme s'il ne voulait même pas en entendre parler. On ne l'a pas mis au monde pour qu'il se tue. Mais, si quelque appel personnel le lui demandait, il n'hésiterait pas un instant.

*

L'euthanasie consentie est assez proche du suicide, et – opinion personnelle – je me félicite qu'elle se pratique. Les arguments, tous d'inspiration ultra-chrétienne, qui s'y opposent encore en France me semblent mesquins et honteux, comme si la souffrance, si atroce soit-elle, présentait encore quelque « valeur ».

Toujours ce dolorisme évangélique.

J'ai connu de près le cas d'un ami qui m'était très cher, un ami-frère, l'acteur et « fantaisiste » Bernard Haller, que j'admirais, avec qui j'ai longtemps travaillé (une chance), et qui savait depuis longtemps qu'il fumait trop.

Lorsque, à l'approche de ses soixante-quinze ans, il sentit que ses difficultés respiratoires lui devenaient insupportables, il décida (étant suisse, il en avait le droit), de demander l'euthanasie, ce qui lui fut accordé, après examen médical.

Je le vis un jour à Genève et il me dit, en rangeant soigneusement ses affaires : « Jean-Claude, j'ai décidé de mourir dans trois semaines. »

Dans un cas semblable, comme pour chasser notre propre tristesse, nous avons tous tendance à dire – c'est comme un réflexe – « mais non, ça va s'arranger, tu as bonne mine, je t'assure, tu te portes mieux que le mois dernier », mais nous savons tous que c'est faux.

Aussi faux et bête que le classique « tu nous enterreras tous ».

Bernard mourut, en effet, au jour dit, comme il me l'avait annoncé, pour ma plus grande peine – mais non la sienne.

Il s'éteignit en toute conscience, et sans douleur. Il suffisait d'une piqûre et de trois ou quatre secondes pour en finir.

Sa famille me demanda de dire quelques mots lors de la cérémonie funéraire. Nous nous trouvions réunis dans un temple, près de Genève, et le pasteur, une femme, prit la parole en imitant d'emblée Bernard dans un de ses numéros comiques alors célèbres (il y imitait, précisément, le prêche confus d'un pasteur égaré dans ses grimoires).

Le ton était donné. Toute l'assistance – famille comprise – admettait que le plus bel hommage à rendre à Bernard était de rire – aussi – de sa mort.

D'en rire aussi fort que possible.

Deux ou trois ans plus tôt, nous avions écrit ensemble un assez long morceau de spectacle, qu'il ne put donner qu'une quinzaine de fois, où sa vie sonnait à sa porte et venait lui dire adieu. Surpris, seul en scène comme toujours, il demandait à sa vie les raisons de ce brusque départ. Elle les lui donnait, ajoutant que cela suffisait, que l'heure était venue, qu'il fallait faire vite, qu'elle était attendue ailleurs.

Il persistait, trouvant mille raisons pour prolonger son existence en péril, disant qu'il avait encore mille choses à faire, des contrats à respecter (il était d'ailleurs sur scène en disant cela), qu'il ne pouvait en aucune manière partir comme ça, à la va-vite, en laissant tout en désordre, et ainsi de suite.

La vie se montrait inflexible. Elle avait réponse à tout.

Il finissait par se laisser convaincre. Elle s'en allait avec lui. Le rideau tombait derrière eux.

Je repris cette idée, après l'étonnant lancement de la dame pasteur, et je poursuivis en improvisant un sketch, une main posée sur le cercueil (« Et les cinq cents francs – suisses – que tu me devais, hein ? Tu les as oubliés ? Et le dentiste avec qui tu avais pris rendez-vous, et qui t'attend jeudi, qu'est-ce que je vais lui dire s'il me téléphone ? Et notre réservation, au restaurant, mercredi soir ? Et les élections, dimanche prochain, tu t'en fous ? »), tous les assistants riaient, même les amis proches et les membres de sa famille, et ce fut l'enterrement le plus gai que j'aie connu.

Digne de Bernard, en tout cas.

Dommage qu'il n'y ait pas assisté. Il m'eût volontiers donné la réplique.

Qu'il repose en joie.

Le cas de la roulette russe – une vraie balle sur six dans le barillet de l'arme que je braque sur ma tempe – est aussi un défi ; au hasard, au destin, aux dieux, à tout ce qu'on voudra. Geste spectaculaire, qu'on prétendait jadis romantique, courageux, qui disait « moi, je suis plus fort que la mort, je me joue d'elle ». Mais qui peut se terminer par un trou dans la tête et du sang partout.

En plus, comme me le disait un ami polonais, qui avait assisté dans sa jeunesse à pareille scène : « Et si tu savais, quand on meurt de cette façon, comme on a l'air bête ! »

*

J'ai lu quelque part que de grands vols de sauterelles – plusieurs millions d'individus – se rassemblent et s'élancent parfois des côtes d'Afrique, en nuage compact, pour atteindre, par la voie des airs, l'Amérique.

Comme elles ne peuvent pas traverser l'océan d'un seul coup d'ailes, elles doivent, par moments, se reposer. Plusieurs centaines de milliers d'entre elles se posent sur la surface de la mer, formant un immense radeau.

Sur ce radeau, les autres se reposent pendant une heure ou deux.

Après quoi elles reprennent leur vol. Mais celles qui ont formé le radeau ne repartent plus. Elles sont mortes, noyées, écrasées sous le poids des autres. Elles se sont – c'est du moins ainsi que nous le dirions – « sacrifiées » pour permettre à leurs congénères d'atteindre leur but.

Choisies, désignées par qui ? Il nous est impossible de le dire. Et le phénomène se reproduirait deux ou trois fois, au moins, en cours de traversée.

Je ne peux pas m'empêcher de rapprocher ce voyage, et ce suicide collectif, des bateaux surchargés d'émigrés qui tentent, depuis des années, de quitter en cachette les côtes de Libye pour rejoindre la Grèce ou l'Italie du Sud. Avec cette différence que nous ne savons pas – et que probablement nous ne saurons jamais – comment les sauterelles choisissent celles qui vont mourir, et auxquelles cela ne pose apparemment aucun problème, puisque seule l'espèce, ou le groupe, compte.

Nous ne savons pas davantage, je crois, pourquoi les sauterelles doivent quitter l'Afrique.

Pour les migrants, nous le savons.

Le ciel

Le ciel est au-dessus de nous – croyons-nous, disons-nous –, en fait il s'étend de tous les côtés, dans un espace apparemment illimité, et nous en faisons même partie, souvent sans le savoir. Cependant, de tout temps, en tout lieu, nous l'avons considéré comme distinct de la Terre, au point de lui être opposé, ou en tout cas complémentaire. Il y avait « le Ciel et la Terre ». Avec des majuscules aux deux mots. L'Univers semblait se diviser en deux, et Victor Hugo pouvait décrire, en levant la tête :

L'immense hymne étoilé qu'on appelle le ciel.

La Terre nous offrait un support solide, une matière pesante et dure sur laquelle nous habitions, que nous cultivions, pour laquelle nous nous battions, assez souvent, et que nous devions quitter un jour. Le Ciel, pris comme métaphore, ou comme vision, ou encore comme approche nocturne et légère du mystère, nous ouvrait une autre dimension que nous appelions « spirituelle », où passaient des saints et des anges, parcourant les « territoires de l'âme » qui nous attendaient pour l'éternité.

Cette distinction a volé en éclats, les anges se sont égarés ou évanouis, le Ciel et les astres qu'il nous dévoile chaque soir sont aujourd'hui tout aussi « matériels » que la Terre, et nos âmes, depuis longtemps, hésitent à s'y hasarder.

Le Ciel, au fil des siècles, s'est prodigieusement élargi, au point de devenir l'infini, ou en tout cas l'inaccessible, tandis que la Terre conservait ses dimensions initiales, de plus en plus insuffisantes à nos peuples en expansion.

Chemin faisant, tandis que nous nous rendions compte, peu à peu, que les choses n'étaient sans doute pas aussi simples que nous le pensions autrefois (au temps du « monde sublunaire » d'Aristote), et que même le ciel nous offrait un défi permanent, obsédant, un défi que nous pouvons appeler scientifique, notre attitude a quelque peu changé.

Il nous semblait indispensable, en effet, pendant longtemps, de « lire le ciel », de le déchiffrer, comme une vaste énigme posée au-dessus de nos têtes. Il nous dominait, il nous enveloppait, il était disposé pour nous, pour nous seuls. Il avait donc, à coup sûr, quelque chose à nous dire.

Impossible qu'il en fût autrement. Nous nous trouvions au beau milieu du monde, dans un texte écrit, à notre seule intention, par l'Univers lui-même. Victor Hugo ne va pas jusque-là, mais il parle tout de même d'un « hymne », comme si l'Univers tout entier présentait une partition musicale au maigre chœur – maigre et dissonant – que constituent les hommes.

Même là, maintenant, en marchant, j'oublie par instants la vallée que je cherche et je lève ma tête vers le ciel. Comme pour demander quelque chose.

Une question que, sans le moindre doute, le vieux Japonais ne se pose pas. Le ciel était là avant lui, il le sait, il était là avant même son père, et le père de son père, et tout semble indiquer qu'il ne disparaîtra pas à sa mort. À quoi bon se poser des questions sur la disposition et sur les intentions du ciel ? Sur la musique qu'il propose, et que nous ne pouvons pas entendre ? Sur les mouvements incessants que nous pensons y discerner ?

De là-haut semblent venir le soleil et la pluie, auxquels je ne peux pas commander. Et ensuite ? Que lui demander d'autre ?

Peut-on même se demander : c'est quoi, le ciel ?

Cette question a-t-elle un sens ?

Oui, le « ciel » bouge lentement, nous le constatons tous, il est clair le jour et sombre la nuit, les corps lumineux qui le peuplent, à commencer par la Lune, ne se voient pas toujours au même endroit, le Soleil ne paraît pas se lever, toute l'année, au même point de l'horizon. Tout se répète, dans l'Univers, et pourtant rien n'est véritablement stable.

Nous avons observé ces phénomènes depuis très longtemps. Le ciel, sans doute, commande les saisons, les marées, la pluie, le vent, autrement dit notre survie. Il arrose ou assèche la Terre, ou tout au moins il paraît le faire. De temps à autre, surtout pendant les nuits d'été, nous y voyons passer des objets qui semblent faits de feu, qui se dispersent immédiatement dans l'espace et que nous appelons des « étoiles filantes ».

Et ce ne sont pas des étoiles. Tout le monde le sait, ou le devine.

Quelques-uns, parmi nous, savent même distinguer les météorites des satellites que nous avons lancés autour de la Terre, et qui tournent sagement avec elle.

Personne ne les prendrait pour des anges.

Et pourtant les Romains, et avant eux les Grecs, et tant d'autres peuples, et même les Aztèques, qui nourrissaient le dieu Soleil avec du sang humain (le sang de leurs prisonniers, de leurs adversaires, dont l'astre se montrait affamé), ont éprouvé le besoin – irrésistible, obsédant – de nommer ce ciel inaccessible, de le décrire et de le peupler. Le vide et l'éternel silence qui nous entourent – le ciel semble toujours avoir quelque chose à nous dire, mais ne nous parle jamais que par la voix grondante et toujours obscurcie des orages, Lune et Soleil demeurant silencieux – ont provoqué notre imagination jusqu'au délire. Des divinités diverses s'y sont installées, par nos soins, se partageant le firmament selon notre géométrie et notre graphisme, se querellant parfois entre elles, allant jusqu'à se battre et s'exterminer mais n'ayant toutes qu'un seul but, comme objet de désir ou de domination, la Terre.

Tout tourne autour de nous, toujours. Impossible de nous libérer de cette certitude. Nous sommes des objets de désir au milieu du monde. Tous les regards de l'Univers sont tournés vers nous, et peu importe, au fond, notre point de vue.

Entre le ciel et nous, des messagers multiples ont voyagé, porteurs de grâces ou de malédictions, des anges, mais aussi des génies, des djinns, des apsaras et même des « esprits », et Mercure avec des ailes aux chevilles, et Iris assise sur son arc-en-ciel, et Zeus sous des déguisements divers (même en pluie d'or, pour séduire Danaé la vénale), et tant d'autres, comme la Vierge Marie à Lourdes, à Fatima et autres lieux. Cela constitue une longue liste d'intermédiaires. Avec aussi des taureaux, des scorpions géants, des centaures, des goules, des génies, des licornes, des dragons, des voix sans corps, des créatures indécises.

Cependant les humains – même s'ils ont bâti mille légendes célestes – n'ont jamais pu se mettre d'accord sur l'apparence précise de ces intervenants, ni sur leur langage, leur sexe, leurs intentions, leur caractère.

La Terre et le Ciel : les Égyptiens y voyaient même un couple, qui donnait naissance à toute vie. Et le Ciel était féminin, tandis que la Terre s'affirmait, s'accouplant au Ciel en le dominant, masculine.

*

Le ciel semblait par moments se pencher sur nous, s'intéresser à nous. Du moins le voyions-nous ainsi. Il avait des choses, sans doute secrètes, et même personnelles, à nous dire. Il prenait l'air furieux et nous faisait peur, souvent. C'est pourquoi nous le regardions, nous l'observions, il nous grondait, il nous fécondait quelquefois, nous nous intéressions en permanence à l'état, à l'humeur du ciel. Nous l'avons même accaparé. Nous y avons suivi les déplacements des astres, nous l'avons partagé en « quartiers », sur plans, tout comme une agglomération urbaine, nous y avons dessiné des « zodiaques », placés sous tel ou tel signe, toujours terrestre (une vierge, un bélier, des poissons, un scorpion), et cela dans l'espoir, toujours banalement déçu, d'établir quelque relation lisible, et durable, entre les corps célestes et nous.

Aujourd'hui encore, contre tout bon sens, des rubriques d'astrologie fleurissent dans nombre de magazines, ce qui met les astrophysiciens hors d'eux-mêmes et m'amuserait plutôt. La vision que nous avons de nous-mêmes et de notre place dans le monde est si cosmique, si enflée, que la simple idée d'une solitude céleste est inacceptable, et que le Ciel n'est là, « au-dessus de nos têtes », qu'il nous réjouisse ou qu'il nous accable, que pour nous surveiller, nous guider, que pour s'intéresser à nous.

L'Univers – et donc le Ciel – n'a été fait que pour nous, c'est ainsi, nous le décrétons (là encore), et notre destinée comme notre caractère sont forcément écrits quelque part, tout là-haut. Idée complètement dingue, mais tenace. Le Ciel est notre reflet, notre portrait, et il annonce – dans son langage – le devenir et les secrets de chacun de nous. Aux dernières nouvelles, l'Univers compterait (mais les estimations ne cessent de croître, et même de plus en plus vite) de cent cinquante à deux cents milliards de galaxies, chaque galaxie se composant de cent à cent cinquante milliards de systèmes solaires. Eh bien, dans cet infini, que nous sommes incapables de mesurer, tout est tendu vers nous, et souvent même vers moi, vers moi seul.

L'Univers tout entier n'a pas d'autre intention que moi, mortel, sur ma toute petite planète, les yeux levés vers les étoiles innombrables. Ma vie ne peut se comprendre et se justifier que par l'infini.

Je me rappelle un dessin de Chaval, à ce sujet. Un astronome regarde le ciel, la nuit, avec une longue-vue. Et il est monté sur une chaise.

*

Ce défi incalculable, ou pour mieux dire inconcevable, certains illuminés en ont trouvé la clé. Péremptoires, ils ont lu les destinées du monde et de l'humanité dans les étoiles, en donnant, évidemment, le beau rôle à leur peuple. S'il fallait tous les citer, depuis Sumer, un énorme recensement n'y suffirait pas. Cent mille fois interprété, le ciel nous demeure illisible.

D'une manière générale, tous ceux qui se trouvaient en contact direct avec les astres, et qui en déchiffraient les mouvements cachés, prédisaient la « fin du monde » pour une date très précise, et tous, naturellement, se sont trompés, car nous croyons savoir que notre monde est toujours là.

L'annonce de la fin prochaine de ce monde est une de nos douces manies. Aucun prophète, aucun « porteur de vérité », n'y échappe. Que le ciel, c'est-à-dire l'Univers, puisse poursuivre sa course alors que je viens d'en deviner le secret mécanisme est inconcevable. Je suis né, moi, pour annoncer la fin du monde et, probablement, pour y assister – sinon pour y survivre.

Je suis un enfant du Temps, et ce temps m'est compté. Je le proclame.

Parmi ces annonceurs définitifs, que j'ai déjà évoqués, un des plus récents est l'Américain Hal Lindsey, qui déclara, dans les années 1970, que 1988 verrait enfin venir l'aube du jugement final et que tous les justes « monteraient au ciel », tout nus, pour y entendre leur verdict.

Un beau spectacle en perspective. Aucun cameraman ne voudrait rater ça.

Hélas, il ne se produisit rien de tel – croyons-nous savoir –, mais le même Hal Lindsey persista (les prophètes se découragent rarement) et déclara quelques années plus tard, avec la certitude la plus ferme, là encore, que Barack Obama était l'Antéchrist en personne.

Nous en attendons encore la preuve – que même Donald Trump n'a pas réussi à fournir.

Le « secret du néant » n'est certainement pas celui-là.

Le néant n'est rien. Il ne peut pas prévoir la fin de tout.

*

Le ciel comme « dernier séjour », quelle que soit la croyance ou la religion, reste le but ultime de toute existence active, la récompense suprême, et nous n'avons qu'une vie terrestre pour l'atteindre. L'éternité et l'infinité sont la compensation – grandiose – de quelques moments difficiles, et parfois même très sombres, « ici-bas ».

Car nous sommes en bas, cela ne doit faire aucun doute, dans les bas-fonds du monde, dans un vrai cul-de-basse-fosse. C'est probablement cette notion d'infériorité, de bassesse, de saleté, d'indignité (nous nous disons parfois « indignes de vivre »), qui s'est le plus facilement glissée parmi nous, et qui persiste ; comme si la Terre, et même l'emplacement de la Terre (toujours « en bas ») étaient avant tout méprisables – alors que, pour être sincère, je me vois mal aller vivre, même en scaphandre, sur les terrains désolés de la planète Mars, ou dans la fournaise gazeuse de Vénus.

Il paraît normal et même nécessaire de mépriser et de calomnier la Terre – ses peines et même ses joies – pour accéder à une croyance et adhérer à une religion. Sans doute ce mépris nous est-il indispensable : il rend moins rude la nécessité de partir. En fait, nous assure-t-on, nous ne sommes que de passage, jetés par hasard sur cette planète, en transit. Nous croyons vivre, mais nous nous trompons. Notre existence est un mirage parmi d'autres. La vraie vie est ailleurs, cela ne fait pas de doute pour les prêcheurs. C'est du Ciel (avec un C majuscule) que nous parviennent la vérité et la lumière, tout comme le salut. C'est vers le Ciel que nous devons nous « élever ».

C'est là-haut que la récompense éternelle que nous méritons nous attend, si nous en sommes véritablement dignes. La Terre n'est que le paillasson du Ciel. Bien essuyer son âme avant d'entrer.

De ce fait, tout délice terrestre, tout plaisir, devient un danger, et bientôt un péché – car il dérobe un peu de temps au Ciel, au point, parfois, de nous le faire oublier. Aussi nous le rappelle-t-on constamment : Dieu viendra « sur les nuées », un jour, bientôt, sans prévenir, et arrêtera le Soleil. Assis sur des coussins de nuages, il consultera notre dossier et nous jugera tous, l'un après l'autre – toujours cette obsession du jugement –, que nous soyons vivant ou mort, selon notre action sur la Terre. Dangereux, donc, de perdre son temps dans les plaisirs superficiels qui sont les nôtres tandis que nous sommes encore vivants. Il nous faut renoncer à la Terre, si nous voulons mériter le Ciel.

Pour le dire autrement, la Terre, qui est basse, a besoin du mépris du Ciel, qui est haut.

*

C'est avec cette mirifique espérance, mille et mille fois répétée, d'une « éternité de lumière auprès du vrai Dieu vainqueur », que des autorités diverses nous ont soumis, pendant des siècles et des siècles, à une religion – peu importe laquelle – que d'autres, avant nous, avaient définie, largement proclamée et organisée, allant parfois jusqu'à mourir pour elle.

« Dieu est mort », a-t-on dit (à plusieurs reprises, surtout chez nous), ce qui ne peut pas être vrai, puisqu'il n'a jamais été vivant. À cette occasion, qui est historique – mais que nous n'avons pas encore saisie –, le moment serait peut-être venu de tourner le dos au Ciel, de cesser de nous agenouiller les mains jointes devant le vide, de renoncer aux orgues et aux archanges – ainsi qu'aux vierges inviolables – qui nous attendent quelque part (sans impatience), pour nous occuper un peu de la Terre.

Car elle a bien besoin de nous, et de plus en plus. Et nous le savons, même si nous préférons, la plupart du temps, l'ignorer. Ce n'est pas avec des prières que nous attirerons la pluie qui nous manque.

Cette Terre précieuse que le cosmos a lentement formée pour nous et qui nous a été donnée, que nous avons mis des millions d'années à faire nôtre, à apprivoiser, à connaître, à cultiver et à aimer, nous devrions aujourd'hui mettre toutes nos forces à la préserver d'abord et si possible à l'embellir. Et nous faisons tout le contraire. Nous la creusons, nous la déchirons, nous la cassons, nous en aspirons toute la matière, nous l'étouffons sous nos déchets, nous l'empoisonnons, comme si nous voulions lui faire rendre gorge.

Et ainsi mériter le Ciel.

Paradoxe inquiétant, étrange.

Lorsque j'entends Donald Trump, ou un de ses « conseillers », affirmer que les menaces de dégradation de la planète sont imaginaires, ou en tout cas très excessives, et que nous pouvons exploiter notre petit astre jusqu'au cœur, en déchirer toutes les fibres, à seule fin de nous enrichir encore, je vois que l'argent s'est glissé dans la poche du Diable et que notre disparition, qui s'approche de jour en jour, ne lui fera (au Diable) ni chaud, ni froid.

Connaîtrons-nous une fin rapide, brutale, un craquement, une sorte de cataclysme, un abîme s'ouvrant tout à coup sous nos pas ? Les astrophysiciens nous disent que c'est possible, à chaque instant, en une fraction de seconde. Ou nous affaisserons-nous, au contraire, dans une lente et progressive décomposition, déjà bien entamée, et sans retour possible ? Personne ne s'avance à le dire avec certitude. Nous sommes en danger, c'est chose assurée. Nombreux sont même ceux qui disent que nous sommes perdus.

Mais où ? Quand ? Comment ? Nous manquons d'informations, sinon de prédictions.

Nous ignorons les termes de notre sursis.

*

Je suis personnellement désolé de laisser la planète dans ce triste état à mes descendants. Assez tôt averti, vers les années 1965-1966 (à l'époque de René Dumont, de Commoner, de Paul et Catherine Erlich, si quelques-uns se souviennent encore d'eux), j'ai fait ce que j'ai pu, j'ai parlé, j'ai écrit, j'ai signé, j'ai défilé. Fumerolles depuis longtemps dissipées, et même souvent ridiculisées.

Nous étions une poignée, nous faisions tout notre possible, et il était déjà trop tard.

Je suis surtout frappé – chaque fois que la menace se retrouve sur le tapis, c'est-à-dire à peu près chaque jour – par le fait que notre aveuglement est sans doute définitif et que les véritables coupables ne sont jamais clairement désignés. Nous cherchons même des excuses, de minables raisons d'agir ainsi. Nous faisons semblant d'y croire encore.

Nous rongeons, nous grignotons le fruit qui nous porte, de plus en plus avidement, férocement. Comme si nous ne savions plus si nous avons encore des décisions à prendre, pour nous en sortir, et qui désigner du doigt. Des reporters font leur travail, nous montrent des enfants qui naissent déformés, en Inde par exemple, et même autistes, à cause de la proximité de champs pollués par nos produits toxiques, et respirés de jour comme de nuit. Nous assistons, dans le monde entier, à la dégénérescence incessante de nos descendants, que nous avons provoquée, que nous entretenons.

Partout l'exil, la pénurie, la peur, la fuite, le deuil.

Et nous ne disons rien, ou presque rien. Nous ne faisons rien, en tout cas.

Or nous sommes ces coupables. Nous tous. Nous sommes les prédateurs insatiables de notre planète, à la fois assassins et suicidaires, à la fois mangeurs et mangés. Et le fait que notre nombre s'accroît sans cesse (aux applaudissements du commerce), et même de plus en plus vite, ne fait que précipiter notre décrépitude et bientôt notre fin.

Quand déchirerons-nous, tous ensemble, le voile ? Quand nous déclarerons-nous clairement responsables ?

Quand cesserons-nous de nous mettre au centre du monde – comme le roi des rois à Persépolis – pour en recevoir les tributs ? Quand limiterons-nous notre multitude, nos ravages ?

Le dalaï-lama l'a dit mieux que personne, dans un livre que nous fîmes ensemble : « La vie est devenue l'ennemie de la vie. »

Comment comprendre et accepter ce paradoxe ? Comment nous protéger enfin de la vie ?

Est-ce la vallée du Néant qui nous répondra, quand nous l'atteindrons ?

Et, dans ce cas-là, sera-t-il encore temps ?

Je me demande aussi ce que fera le montagnard japonais quand son torrent, tout à coup, s'arrêtera – ou au contraire s'enflera et crèvera, emportant toutes choses vivantes.

Je crois qu'il sera pris dans le tourbillon, sans une plainte.

L'avait-il senti venir ? Je ne sais pas. Peut-être d'autres montagnards ont-ils été emportés, avant lui ? Mais les forces que nous ne maîtrisons plus n'avaient pas, alors, cette force.

Et moi, qui côtoie maintenant le néant, de plus en plus près, qui cherche à l'apercevoir, à m'en approcher, sans savoir exactement de quel côté de ma route il se trouve, comment me diriger ? Comment voir ce qui n'est pas ?

Où regarder ? Que dire ?

Sans doute le Japonais, dans sa montagne, devinait-il obscurément, comme moi, depuis sa naissance et son enfance, que nous sommes établis l'un et l'autre sur un équilibre miraculeux (les scientifiques appellent ce phénomène un « *fine tuning* »), qui demanda des millénaires pour être ce torrent que nous avons connu, et qui nous acceptait. Il s'agissait d'un pacte secret entre lui et nous, négocié et signé il y a très longtemps. Je ne touche pas à tes sources, je laisse aller ton cours, je n'emprisonne pas ton eau, et toi tu m'accueilles sans te fâcher, tu ne m'entraînes pas au loin, jusqu'à la mer peut-être, comme une fleur séchée, perdue.

Et si j'ai besoin d'un peu d'eau, pour moi ou pour mon jardin, tu me la donnes.

Ce pacte, et j'en suis désolé, c'est moi qui l'ai rompu ; moi, avec la complicité des autres. De presque tous les autres, que nous appelons nos semblables. Nous avons oublié, à la longue, qui nous sommes et d'où nous venons. Nous avons même renoncé à nous poser ce genre de questions.

Nous étions les chefs, les propriétaires, les élus, les « seigneurs ». Nous faisions de la Terre tout ce que nous voulions.

Boumi n'avait pas son mot à dire. Elle était notre servante, et même notre esclave, point final. Elle se courbait sous nos pas. Et les esclaves, en général, ne survivent pas à leurs maîtres.

Assurés que nous ne posions que des problèmes que nous pouvions résoudre, et même résoudre avec facilité (le progrès, n'est-ce pas ?), nous avons laissé de côté, comme négligeables, l'air, l'eau et la terre elle-même comme substances, comme matières riches, faiseuses et porteuses de vie. Négligeant le fait que notre planète n'est qu'un grain de sable sur une plage sans limites connues, nous nous sommes déclarés les grands maîtres des éléments, et même – appelés à devenir bientôt « immortels » – les vainqueurs du Temps.

Et voilà que tout cela se termine. Dans peu de temps, peut-être. On ne se souviendra pas de nous – de toute façon il ne restera personne pour se souvenir – et de notre côté nous aurons tout oublié, en une fraction de seconde.

Nous voici comme au tout début de la chrétienté, quand les croyants attendaient, espéraient à chaque seconde la venue de l'ange exterminateur, et du même coup la fin du monde.

Avec cette seule différence que nous ne croyons plus en une autre vie, dont celle-ci ne serait que le vestibule. Adieu le paradis, adieu même le purgatoire C'est le néant qui nous attend, avec son secret, et pour toujours.

Tout ça pour ça.

La Terre continuera à tourner sans nous, porteuse de végétaux et même de quelques animaux, sans doute, qui auront pu survivre au chambardement. Il est difficile de dire lesquels : les habitants des eaux profondes, peut-être, ou les vers aveugles vivant dans le sol ? Des amphibiens ? Des insectes ? Des bactéries, qui s'entassaient sur la Terre des milliards d'années avant nous, et qui sont sans doute toujours là ? Des amibes ?

Des créatures nouvelles, nées de substances qui nous sont étrangères ?

Les paris sont ouverts.

De toute façon, dans une simple poignée de terre que nous ramassons dans notre jardin, on compte plus d'êtres vivants que d'humains sur toute la planète. Nous devrions y penser, quelquefois. Et ne pas oublier que nous connaissons, au moins, sur la seule Terre, quatre-vingt-dix mille espèces d'insectes – ce qui constitue un chiffre d'individus inimaginable (il faut compter en « quintillions »).

Qu'en restera-t-il ?

De toutes ces espèces qui partagent notre planète, nous n'en connaissons que deux pour cent. C'est ainsi. Et la plupart auront disparu avant même que nous ayons pu les nommer.

Quelques peuples amazoniens, ou indonésiens, à l'abri de leurs épaisses forêts, réussiront-ils à mener encore leur vie, dans une atmosphère nouvelle ? Ce n'est pas tout à fait inconcevable, paraît-il, au prix de quelques adaptations.

Dans ce cas, si la nouvelle Terre se montre relativement clémente, tout pourrait recommencer à partir de rien, ou de presque rien. Comme il est dit dans un ancien texte persan : « Il suffirait de la patte d'une fourmi boiteuse. »

Nous ne serons plus là pour nous en assurer. Et nous ne pourrons pas empêcher nos successeurs de prendre, cette fois encore, la mauvaise route, si longue, si attirante, si fleurie et si abruptement coupée.

Quant à l'Univers, il ne s'en apercevra même pas. Une planète de plus ou de moins, sur des centaines de milliards, qui prendra le temps de faire le compte ?

Une simple illusion ?

L'Inde après le Japon.

Petit détour dans un grand ensemble.

Aux abords d'une ville de l'État de Karnataka, en passant par hasard près d'un dépôt d'ordures, j'ai aperçu, un soir, une bicyclette brisée, jetée là.

Sur le pédalier rouillé, je pouvais encore lire ces quelques mots : « *Life is just dream.* »

La vie ne serait donc qu'un rêve. Un rêve de bicyclette ? Peut-être. En tout cas, l'Inde tout entière, l'Inde hindouiste – à l'exception des musulmans, des chrétiens, des marxistes, des jaïns, des zoroastriens, des bouddhistes et de quelques autres, ce qui fait tout de même pas mal de monde – est comme enveloppée dans un nuage d'irréalité, sorte de brume protectrice, qu'il est difficile de trouer.

L'Univers – que les Indiens ont toujours perçu comme beaucoup plus vaste et plus ancien que le nôtre, et qui obéit à de très larges cycles – ne serait qu'un jouet des dieux, dont nous sommes les petites pièces, les personnages. Ce jeu, dont nous ignorons les règles, s'appelle *lila*. Il est entretenu, entre autres, par l'architecte suprême, dont le nom est Maya. Celui-ci, qui dirige une armée de créatures ouvrières (lesquelles par moments ressemblent à des démons), est capable, par exemple, de construire en une nuit un palais somptueux « où les pensées peuvent prendre corps ».

Nous pensons à un mur, nous nous y heurtons, nous pensons à un bassin, nous tombons dedans.

Tout ce qui vient de nos pensées peut prendre une forme solide. Et parfois nous conduire à la mort.

C'est une des règles du jeu. Méfions-nous de nos pensées.

À la fin de la partie, c'est-à-dire à la fin de notre vie terrestre (qui n'est sans doute, ici, qu'une rêverie des dieux, lesquels décident à leur gré de notre départ), nous sommes renversés comme les pièces d'un jeu d'échecs.

Et nous finissons comme la bicyclette. Avec l'espoir, peut-être, de réapparaître dans quelques milliers d'années, quelque part dans un autre *yuga,* dans un autre cycle de l'Univers. Sous quelle forme ? Nous n'en savons rien.

Est-ce que les pièces d'un jeu d'échecs se plaignent quand on les capture, quand on les renverse pêle-mêle ? Nullement. Nous devons donc en faire autant.

Ce qui n'est facile qu'en apparence, car les pièces du jeu peuvent se remettre en place pour une autre partie, ce qui n'est pas de notre ressort (sauf en cas de réincarnation, et encore), et aussi parce que nous avons, en Inde comme chez nous, par moments en tout cas, une si haute opinion de nous-mêmes – de notre qualité humaine et pensante – qu'il nous est difficile d'être tout simplement mis au rebut, sans l'espérance d'une autre partie.

Nous conservons en toutes circonstances notre fierté, notre particularité et notre amour-propre. Nous jouons, mais nous n'aimons ni perdre ni être perdus. Tout jouets que nous sommes (jouets arrogants, mais jouets), nous pensons, nous raisonnons même, nous agissons et nous réagissons. Ou, tout au moins, nous croyons agir, pareils à la bicyclette abandonnée, qui s'imagine peut-être qu'elle roule encore.

Ce sentiment de l'irréalité du monde n'est pas propre à l'homme. Les ascètes chrétiens, déjà, ne voyaient cette vie que comme un vestibule trompeur, comme un masque cachant l'autre vie, la vraie vie, qui nous attend après la mort.

Dans d'autres cultures, cet étrange sentiment de « vivre ailleurs », de parler, de nous déplacer, de nous nourrir et de penser dans une autre dimension du vrai est tout aussi présent. Ibn Arabi en est sans doute l'exemple le plus célébré dans la tradition islamique, mais certains auteurs méticuleux, comme le Japonais Izutsu (qui a vécu et écrit au XXe siècle, et traduit le Coran en japonais), ont cherché, et trouvé, des rapports assez étroits, par exemple, entre le soufisme et le taoïsme, entre Ibn Arabi lui-même et Lao-Tseu, ou Chouang-Tseu.

Il s'agirait presque, à entendre Izutsu, d'un sentiment universel, que nous pourrions tous partager. Il s'était d'ailleurs installé en Iran, pour étudier de plus près le soufisme, mais la révolution de 1979 l'en a chassé, et il est mort peu après.

Selon la tradition hindouiste dominante, nous sommes pris, avant même notre naissance, dans l'immense filet de l'illusion – qui remplace là-bas notre péché originel – comme si tout ce qui allait se défaire et se disperser après notre mort (et s'oublier très vite) se trouvait déjà privé, de notre « vivant », de toute existence et réalité véritable.

Bon gré, mal gré, nous faisons comme si, nous participons à ce jeu, qui est universel. Notre sort est probablement joué d'avance, de la même manière que notre place dans la société des hommes est définie, avant même notre naissance.

Nous sommes des jouets entre les mains des dieux (ou, si nous préférons, du Destin), ignorant tout de notre sort. On nous avance, on nous déplace, on nous capture. Cela ne dépend pas de nous. Sommes-nous une pièce gagnante ? Perdante ? Un petit pion sans importance aucune, un de ceux qu'on « sacrifie » ? Ce n'est jamais dit.

Mais cela peut offrir aux anxieux, à tous ceux qui ont peur de mourir, une consolation inattendue, et surprenante. Ne craignez pas la mort, vous n'étiez pas vivants. Vous pensiez l'être, vous éprouviez toutes les sensations de la vie. Vous vous trompiez.

La vie n'est que l'illusion de vivre.

Quant à votre mort, elle n'est qu'un épisode fugitif, qu'un incident dans la grande partie qui se joue avec vous, ou sans vous, et qui est très loin d'être terminée.

Là aussi, laissez votre raison s'éloigner doucement dans la brume. Elle pourrait être prise d'inquiétude.

À cela vient s'ajouter le fait que l'Inde n'est pas à l'aise avec la ligne droite. Tout y est courbe, même la pensée. Tout ne va pas nécessairement d'un point à un autre, par le plus court chemin possible. Au contraire : nous y avons souvent l'impression que les discussions les plus longues et les plus sinueuses – surtout si elles ne mènent à rien – sont les meilleures.

Et que des phrases peuvent s'égarer en route.

Cette sensation d'inexistence, d'un flou catégorique et insistant, d'un ailleurs trop lointain pour être atteint, d'une matière incertaine et fuyante, des poètes l'ont exprimée, partout dans le monde, et pas seulement en Inde ou au Japon.

Je reprends notre Madame Guyon, toujours lucide :

Ce qu'on veut expliquer se dérobe à nos yeux
Sitôt qu'on prétend de le faire ;
Et pour moi, j'aime beaucoup mieux
Au lieu de m'énoncer, me taire.

Sagesse, donc, du silence, dangers permanents de l'explication, du commentaire.

Et en Inde, par voie d'inconséquence, discussions et bavardages interminables.

*

Cela dit – enfermés à triple tour dans notre logique occidentale –, nous avons quelque peine à comprendre pourquoi des foules incalculables d'hindouistes se réunissent, dans d'immenses concours de renoncement, prient, se flagellent, se percent la peau, se couvrent de cendres, voire d'excréments d'oiseaux ou de vaches, et plongent tout nus, à heure dite, par milliers, dans des fleuves sacrés afin – disent-ils – de se « purifier ». Il va de soi que, dans un monde incertain, où rien ne paraît fixé, la notion même de « purification » comme celle de « renonçant » nous resteront à jamais confuses, même en évoquant les couvents chrétiens (où on ne se baigne pas tout nu).

Il faut, disent les fervents hindouistes, renoncer à l'*artha*, à la jouissance des biens de ce monde, et se dépouiller de toutes choses, de tout attachement, avant de songer enfin à mourir.

Mais il faut d'abord connaître cet *artha,* qui est là pour nous, à notre disposition. Inutile – et absurde – d'y renoncer avant d'y avoir goûté.

Renoncer, atteindre la libération véritable, la *mokhsa*, c'est avant tout se libérer de l'illusion dans laquelle nous avons grandi et vécu, celle de la réalité du monde. Et il est nécessaire, après avoir traversé cette réalité, d'arriver libre et léger dans les autres mondes. Sinon, tout s'arrêtera là, une fois pour toutes, et nous resterons peut-être à la porte, dans les « ténèbres extérieures », comme disaient naguère les chrétiens.

Sans aucune possibilité de vivre encore, dans les univers qui se préparent.

Nous nous demandons alors, en Inde, nous touristes, sans jamais trouver de réponse : s'il n'y a pas de paradis dans une autre vie, pas d'enfer, pas même de purgatoire, si la seule menace qui nous attend après la mort – châtiment d'un *karma* négatif – est celle d'une réincarnation en limace ou en crapaud (encore n'est-ce pas certain), à quoi peuvent servir, à quoi peuvent nous préparer toutes les mortifications préalables ?

Les Indiens sont généralement très prolixes sur ce sujet paradoxal, et ils peuvent nous entretenir des nuits entières, le doigt levé et l'œil luisant, s'égarant dans mille digressions, sans parvenir à cette clarté que l'Occident appelle sans cesse de ses vœux.

Et pourtant le sens du vieillissement, de l'usure des êtres et des choses (et même des mondes), de l'écoulement incessant du réel, est très finement perçu chez eux, comme chez nous. Et, si la réponse nous semble banale, quelque peu stéréotypée, et finalement impénétrable, elle ne sert peut-être qu'à dissimuler – comme c'est souvent le cas – une angoisse tenace sous des paroles fugitives.

Comme si la pensée n'osait pas dire.

La pratique de la crémation, qui éclaircit dangereusement les forêts du sous-continent, semble confirmer cette évidence. Déjà, de notre vivant, nous ne sommes que cendres, cendres qui marchent, cendres qui parlent, cendres qui prient et même qui écrivent. D'autres cendres, peut-être, nous liront et nous oublieront. Délivrons-nous, dès que possible, de toute activité, de toute illusion d'efficacité, et préparons-nous, à l'occasion de notre mort, à devenir ce que nous sommes vraiment, ce que nous avons toujours été – une illusion parmi d'autres.

C'est une façon de voir les choses, mais elle n'est pas assurée. En Inde, rien n'est jamais assuré. Tout est courbe et tout est question. Telle chose peut être à la fois ceci et cela, hier et aujourd'hui, ici et là-bas, moi ou un autre. Je me demande quelquefois – à force de rencontres et de très longues discussions nocturnes – si l'idée même de « néant » est indienne. L'idée du « vide », oui, sans le moindre doute, elle est même fondamentale, comme dans le bouddhisme et dans la pensée chinoise. Elle est à l'origine de toutes les formes, de tous les « êtres ». Tout vient du vide.

Mais le « néant », ce rien, cet état indescriptible dont il est impossible de parler de l'extérieur comme de l'intérieur, ce sentiment inaccessible, qui n'a pas de description concevable (surtout dans une conception cyclique du Temps), cette disparition totale du corps, de la respiration, de la conscience, de la pensée et de toute mémoire, je n'en trouve, là-bas, que des échos très affaiblis, presque allusifs.

Le « secret du néant » ne serait-il pas indien ?

*

« Rien ne reste, rien ne revient », trouve-t-on dans une prière ancienne, disons plutôt dans un texte qui se récite auprès d'un mort – avec ce sentiment que notre vie n'est qu'une rencontre fugitive entre deux morceaux de bois « dans le vaste océan du Temps ». Deux objets qui flottent se heurtent et s'accolent sur la surface de cet océan, dérivent un moment ensemble et se séparent à jamais. Ainsi notre vie, qui ne compte guère, où toute richesse accumulée n'est qu'un mirage, trésor illusoire que l'océan, bientôt, emportera, dispersera, et que nous ne reverrons plus ; ainsi l'Univers, qui est cyclique et que sans doute nos lointains descendants retrouveront un jour, sous une forme ou sous une autre, croyant même en avoir oublié l'existence. Car nous sommes souvent persuadés que cet ensemble de phénomènes que nous appelons l'Univers existe, sous nos yeux d'aujourd'hui, pour la première et la dernière fois.

Ce qui, pour les hindouistes, est inexact. Les ères indiennes, les *yugas*, se succèdent et sont irrésistibles. Nous ne pouvons ni les prévoir avec certitude, ni les retarder, ni les dévier, ni les compter. En ce moment, depuis un peu plus de cinq mille ans (depuis la mort de Krishna sur la Terre, tué par un chasseur dans une forêt, par erreur), nous sommes entrés dans le *Kaliyuga*, qui est l'époque noire, l'ère de la destruction, menée par la déesse Kali. Inutile de lutter, nous n'y échapperons pas.

Tout ce qui est sera détruit. C'est comme ça, et c'est bien parti, dirait-on, en tout cas pour notre planète. Il semblerait que la seule présence de la matière, et plus encore de la vie, appelle une destruction prochaine.

Cela paraît une nécessité, et même une fatalité. Comme si la création n'avait pour but – pour idéal peut-être – que sa propre annihilation.

Comme si l'une n'allait pas sans l'autre. Et l'impermanence est ici fondamentale, puisque l'existence même est une illusion.

Cela dit, pour être détruit, encore faut-il exister. Sinon, notre destruction elle-même ne serait-elle qu'une illusion ?

*

Le Temps, Kala, reste le souverain de toute la pensée, et de toute la sensibilité indienne, quelles qu'en soient les nuances. Il est le maître absolu, imperturbable, indifférent, celui à qui rien ne résiste, plus fort même que le néant – lequel ne constitue sans doute qu'une interruption dans le Temps, ce « temps vieilli », que nous sommes devenus.

Plus fort que le néant, tout simplement parce que toutes choses reviendront, reprendront leur place et que le néant (notre néant occidental) n'a pas d'autre avenir que lui-même.

Dans la pensée indienne, quelque chose s'endort, évidemment, à l'instant de la mort de chaque individu. Cela se voit, là-bas comme ici. Cependant, même si, après crémation, nous ne sommes plus que cendres emportées par le Gange ou par la Yamouna, ou par un simple courant d'air, tout ne meurt pas. Il faut bien que quelque chose subsiste – il est assez difficile de dire quoi – pour réapparaître à la fin du cycle.

Quels sont ces souvenirs ? Quels sont ces germes, ces étincelles minuscules qui échappent au feu ? Quelles sont ces traces fuyantes, et où vont-elles ? Il est impossible de le préciser. On raconte volontiers que le dieu Brahma, le créateur, pendant ses très longues périodes de sommeil (plusieurs millions de nos années, peut-être), rêve aux beautés du monde « anéanti », ou, pour mieux dire, disparu. Et cela pour ne pas les oublier.

Ainsi pourra-t-il, le moment venu, les rappeler et les reconstituer.

Nous faisons sans doute partie de son rêve.

*

Ne plus être, ou n'être rien, n'apporte aucune mélancolie. Nous nous contentons de passer, pour un temps, dans une autre dimension du grand Maître. J'ai été souvent frappé par certaines formulations indiennes (« En ce moment, tu ne vois pas tes ancêtres, et tes ancêtres ne te voient pas ») et leur écho dans quelques passages de Proust, qui me semblent étrangement proches. Dans l'avant-dernière page de la *Recherche*, une phrase commence ainsi : « Car après la mort le Temps se retire du corps… »

Proust ne dit pas « la vie se retire », comme nous pourrions nous y attendre, il dit « le Temps se retire ». C'est le Temps qui nous abandonne, qui s'en va de nous, c'est le Temps qui est notre vie. Le Temps, et lui seul. Proust ajoute en effet, dans le paragraphe suivant, que ce temps « était ma vie, qu'il était moi-même […], que je ne pouvais me mouvoir sans le déplacer ».

Un temps qui était lui-même, un temps qui lui apparaît même dans l'espace, et même comme un morceau d'espace particulier, délimité, personnel, de telle sorte que l'un et l'autre semblent liés à jamais, dans l'impossibilité – au moins pendant le cours d'une vie – de se séparer.

Je passe de Proust en 1922 – allongé dans son lit, pâle, la respiration difficile, tentant d'écrire ses dernières pages dans un « espace-temps » qu'il devine, et qu'il s'efforce de prolonger – à un de ces hurluberlus que nous rencontrons en Inde, surtout dans le voisinage des lieux saints. Les cheveux torsadés et teints, le corps maigre et presque nu, barbus, les yeux bordés de noir pour rendre le regard farouche, le front barré de rouge, ils interpellent du matin au soir les passants, menaçants, terribles, comme pour nous mettre en garde contre un danger imminent, celui de tomber morts à l'instant même sans préparation adéquate.

Et ce danger, bien entendu, nous ne sommes pas prêts à l'affronter, surtout si nous sommes, et cela se voit d'un coup d'œil, des touristes.

Nous avons besoin d'une aide locale.

Je me rappelle précisément un de ces hommes – à Bénarès, un matin de bonne heure, sur les célèbres *ghats* –, auprès de qui je décidai de m'asseoir, car son apparence était formidable. Cela se passait, je crois, en 2011. Je suis resté près de lui, assis sur les escaliers qui mènent au Gange, pendant plus d'une heure. Encore jeune – trente-cinq, quarante ans ? –, il s'était recouvert de cendres et portait sur le front les lignes horizontales qui indiquent une vénération particulière pour le dieu Shiva, le sinueux, l'insaisissable, celui du passage obligé et de la destruction des mondes.

Un de ses bras, cassé sans doute, était maintenu à l'horizontale par une planchette et des ficelles.

Tout en agitant ses longs cheveux torsadés, incapable de rester immobile, il n'arrêtait pas de pointer son bon index vers moi et de me parler. Pour me dire quoi ? Je ne pouvais que le deviner. Je suis à peu près certain qu'il n'avait rien contre moi en particulier. Il avait trouvé l'interlocuteur idéal, celui qui ne pouvait pas comprendre ses paroles. Sans doute évoquait-il, avec une sorte de fureur incessante et rythmée, en un discours tout préparé à l'usage des visiteurs, l'éternel danger que nous courons à être vivants, menacés d'être désignés par la mort à chaque seconde.

D'où la nécessité d'être prêt.

Mais de quelle manière se préparer ? Et à quoi ? Cet ascète hurleur – qui accepta tout de même les roupies que je finis par lui offrir – ne me donnait en réalité aucun conseil, aucune recette. Sa présence n'avait rien de rassurant, tout au contraire. Il n'était qu'imprécations, gesticulations (il agitait même sa planchette) et bavardage furibard. Il n'était que menace. Je suppose qu'il me parlait, avec toute sa véhémence, de l'obligation de renoncer aux biens de ce monde – cet *artha*, déjà nommé, que la doctrine hindouiste classique recommande pourtant de connaître et d'apprécier avant de lui tourner le dos – mais sans me dire (à moins que j'aie mal compris) comment recevoir le néant, ni quel en est le vieux secret, si secret il y a.

Même à Bénarès, ma grande question restait sans réponse.

Et, de toute manière, pour le renoncement aux bassesses du monde, un ascète chrétien m'eût dit la même chose. Avec un autre maquillage.

*

On peut aussi rencontrer, en Inde – mais sur rendez-vous, en payant obole –, des *gurus* illustres, capables de réunir des foules uniquement pour se montrer à leurs fidèles, pour se montrer seulement, car la plupart du temps ils demeurent silencieux, ne regardent et ne disent rien. Assis dans un endroit précis, toujours le même, les yeux dans le vague de l'âme, ils lèvent une main molle de temps à autre, balancent doucement leur chasse-mouches, le torse nu mais couvert par endroits d'une poudre blanche, avec quelquefois un collier, une boucle d'oreille, une trace de maquillage ou un petit brassard autour du bras, d'où pendent quelques coquillages.

Plutôt coquets, indolents, ils ont les cheveux longs et là aussi souvent couverts de cendre. Des assistants s'affairent autour d'eux, et les vénèrent sans arrêt.

Par instants, mais d'une voix douce, sans hurler comme l'autre énergumène, celui-ci murmure quelques mots, en sanscrit, en projetant une pincée de graines pilées, ou d'encens, sur une petite braise, ce qui dégage une fumée légère. Et il garde un regard lointain, inexpressif, inattentif aux choses de ce monde.

Un peu comme s'il n'était pas là.

Les paroles qu'il prononce sont, paraît-il, insignifiantes.

Leurs disciples, qui les servent et prient autour d'eux, attestent que ces hommes-là jouissent de « pouvoirs » extraordinaires, qu'ils ont acquis par leur pratique et leur science, et qui leur permettent quelquefois de se payer une Rolls-Royce. Quels pouvoirs ? La réponse n'est jamais très claire, pour nous en tout cas. Il semble qu'ils lisent dans les pensées, qu'ils se soient délivrés des « chaînes de l'existence » (tout en restant vivants), qu'ils entretiennent des rapports personnels avec l'invisible, qu'ils exercent même une influence sur la matière (prestidigitation aidant) – mais là encore, quand on leur pose une question sur ce qui nous attend tous, sur le vide de l'après-mort, sur la disparition totale de notre être, de notre conscience, de notre mémoire, nous n'obtenons aucune réponse. Ils semblent même ne pas comprendre exactement de quoi nous parlons.

Et là aussi, je m'interroge. Ont-ils trouvé la formule magique qui leur a permis d'effacer leur appréhension du néant ? Ou n'est-ce qu'une comédie très subtilement mise en place ?

Ou quelque chose entre les deux ?

Certains de leurs adeptes, ou de leurs visiteurs, disent qu'ils éprouvent une sorte de « soulagement intérieur » en s'asseyant un moment auprès d'eux ; qu'ils respirent mieux, qu'ils vivent mieux. Que leur souffle s'apaise, que leurs muscles se détendent, que même leur tension artérielle baisse. Et pourquoi pas ? Tout tient sans doute à des croyances, à des habitudes de vie. Tout dépend sans doute de ce que les uns recherchent, et que les autres proposent. Peut-être certains d'entre eux, à force de nier la vie, ont-ils réussi à oublier qu'un jour elle s'achève ? Peut-être – certaines drogues et nourritures aidant – ont-ils réussi à s'installer confortablement, quand ils ne sont pas des margoulins, dans l'illusion de vivre qui nous serait commune ?

Dans ce cas-là, sont-ils enviables ? Souhaiterais-je vivre enveloppé de cendre, presque immobile, à la limite de l'effacement, respirant en permanence une odeur d'encens, constamment protégé du monde, de tous les charmes et de tous les dangers qu'il nous propose ? En ce qui me concerne, je réponds vigoureusement non, et je choisis les périls et peines (et plaisirs, aussi) de la vie.

J'en choisis aussi le spectacle, qui en constitue pour moi, sans doute, l'essentiel. Dans toutes ces rencontres, c'est la première chose que je regarde, et que souvent j'admire : la mise en images, le travail sur soi.

Il m'est impossible – je n'essaie même jamais – de séparer ce qu'on me dit de la manière de le dire.

Mais je vis ici, et non là-bas. Je ne peux parler que pour moi, ici, maintenant. Si nous partageons avec les Indiens les mêmes frayeurs, et souvent les mêmes questions, si leur attitude rappelle sans doute celle des ascètes chrétiens (que je n'ai malheureusement pas connus), c'est tout un monde de sensations, de croyances et de traditions qui nous sépare.

Personne ne peut répondre à leur place, puisque leur choix est fait, et depuis longtemps. Inutile de discuter, car leur pensée n'est pas la nôtre. Et c'est aussi vrai de leur néant, qui n'a peut-être que de lointains rapports avec le mien.

Hors de la tradition indienne, et loin de toute notion d'un jeu inventé par les dieux, nous rencontrons parfois d'étranges échos de cette illusion sans importance, de cette inutilité de vivre qui ne trouve d'apaisement que dans un certain hédonisme.

Ainsi, dans ce quatrain d'Omar Khayyam, un des grands poètes persans :

Le vaste monde : un grain de poussière dans l'espace
Toute la science des hommes : des mots
Les peuples, les bêtes et les fleurs des sept climats : des ombres
Le résultat de la méditation : rien

Khayyam, devant son impuissance face à l'infini, devant l'immense vide qu'il pressentait sans cesse autour de lui, se consolait, à ce qu'il disait, avec quelques plaisirs terrestres, avec le vin par exemple, qui était au moins « quelque chose ». Il disait, à l'occasion : « Prends ta part avant qu'on ne te prenne. »

Mais le vin n'apporte pas réponse à tout ; même excellent, même consacré, même divinisé, même jaillissant en permanence (pour les chrétiens) du flanc percé du Christ. Si nous ne faisons appel qu'au vin – et à ses substituts – nous retomberons dans l'ivresse. Dans une autre ivresse.

Et ainsi de suite, jusqu'au néant.

Il est vrai qu'aucun vin ne nous est promis dans une autre vie. « Les vignes du Seigneur » ne sont pas pour nous. Si nous voulons y goûter, avec le discernement et la modération qui conviennent aux prétendus sages, c'est ici-bas que nous devons vendanger, presser les grappes, ouvrir les bondes.

Et desserrer nos lèvres.

Ailleurs, demain ou après-demain, il sera trop tard. Tant de voix précieuses nous le conseillent ! Et depuis si longtemps ! Les roses de la vie, il faut les cueillir aujourd'hui même. Et de préférence de bonne heure. Tous les amateurs de roses vous le diront. Elles ne durent – Einstein ne l'aurait pas dit autrement – que l'« espace d'un matin ».

Les roses, ou l'espace-temps.

Il est peut-être là, le secret du néant, quelque part dans cette vallée où je m'avance avec prudence, et où j'aperçois, ici et là, quelques roses épanouies.

Le poème indien que je citais dit encore :

Ce que tu désires, tu l'as
Ce que tu ne désires pas, tu l'as
Personne ne comprend pourquoi.

Omar Khayyam lui-même, tout mathématicien qu'il fût, n'aurait sans doute pas pu répondre.

L'autre monde

Parler une fois de plus des religions : nous n'y échappons pas, puisqu'elles nous parlent de nous. Et aussi pour la raison, qui saute aux yeux, qu'elles ont trouvé la solution. Impossible d'y échapper. La manière la plus simple, et la plus efficace, de lutter contre le passage fatal et contre l'appréhension de l'après-mort, c'est évidemment d'affirmer et de répéter inlassablement, que, loin de nous « anéantir », nous entrons alors dans une autre vie. Et même, peut-être, si nous en croyons les chrétiens, dans la vraie vie.

Immense et durable trouvaille. La vie après la mort. La réconciliation des contraires, la mort pardonnée, et même assez souvent souhaitée.

Nous devons dans ce cas renverser la constatation traditionnelle. Ce n'est pas la vie qui est une illusion, c'est la mort. Nous ne pouvons pas mourir à jamais, c'est inconcevable, c'est inacceptable, parce que nous méritons beaucoup mieux que cet anéantissement. Les animaux et les plantes, peut-être, car ils ne sont pas à notre niveau, il s'en faut. Les hommes, non. Nous sommes au-dessus de la mort, c'est une évidence. Dieu ne peut pas nous avoir créés, derniers de la liste, son chef-d'œuvre, pour nous renvoyer au néant comme des moustiques ou des singes.

La mort, notre mort, ne peut être qu'un passage, ainsi l'avons-nous décidé, et depuis longtemps. Nous avons l'impression que tout s'arrête, alors que tout commence, ou recommence.

Cette consolation incomparable a été souhaitée, et souvent exprimée, par presque tous les peuples de la Terre. Depuis quand exactement ? Toute réponse est ici hasardeuse. Mais cela va des anciens Égyptiens, où Anubis nous guide vers Osiris, le roi du royaume des morts, aux Tibétains, qui ont même imaginé un *Livre des Morts,* comme si nous avions notre chemin tracé dans le labyrinthe de l'au-delà, avec obligation d'en suivre les détours.

C'est au point que certains se demandent s'il serait possible de vivre, sur cette Terre, sans religion, sans espérance en un au-delà, sans un ou plusieurs dieux.

Est-ce que notre vie serait soutenable sans l'assurance d'une prolongation ?

La religion gréco-romaine ainsi que les traditions monothéistes qui ont suivi (le christianisme est l'une d'elles) ont porté cette croyance au plus haut degré concevable, au point de faire de la mort un simple passage, et même, pour les chrétiens, le commencement de la « vraie vie », celle que nous avons décrétée un jour, unilatéralement, éternelle.

Ainsi, la mort n'est pas la mort. Elle est une entrée dans un autre Temps, dans un autre Espace, dans un autre Univers. Ce que nous appelons notre vie n'est que l'attente d'une autre vie.

*

À certains moments, quelque peu étourdi, et même dérouté, assommé, par le flot de croyances que nous avons semées, et auxquelles nous avons adhéré, les uns et les autres, tout au long de notre route, je me dis qu'une traînée de vraie folie a ensorcelé notre espèce.

Il faut être véritablement insensé, hors de toute raison (de laquelle nous avons fait, sans doute à tort, notre juge-arbitre irréprochable), pour croire, et cela depuis Socrate, que, contrairement à toutes les autres espèces vivantes sur la Terre, animales et végétales, nous sommes les seuls doués d'une « âme immortelle », laquelle est constituée d'une essence inconnue, indéfinissable, maintenue malgré elle, tout au long de notre existence, dans la « prison du corps », où elle souffre, et qui à notre mort, enfin libérée des chaînes lourdes et vulgaires qui l'étouffaient, s'échappe et s'envole vers une éternité blanche ou noire.

Oui, fous, pour nous placer ainsi, de notre propre décision, par notre seul orgueil, hors de tout ce qui nous entoure, de tout ce que nous voyons, observons et sentons, comme si nous relevions d'un autre réel, invisible et magique, comme si nous étions véritablement d'une autre nature, maîtres des choses, pareils aux dieux et distincts du cosmos.

Nous nous persuadons très facilement de la véracité de nos rêves et du bien-fondé de nos illusions. Il en est ainsi parce que nous le pensons. Nous avons une idée, elle ne peut être que juste.

Je l'ai rêvé, et Dieu l'a fait.

Pour mieux dire, Dieu m'a fait tel que je me suis rêvé.

La preuve, je suis à son image (ce n'est pas lui qui me le dit, mais nous le lui faisons dire, c'est tout comme). Il est inconcevable qu'une image de Dieu, même imparfaite, même déformée (la mienne), doive se contenter de quelques années d'une existence difficile et maigre. Autre chose m'attend, ailleurs, loin de cette Terre où je n'effectue qu'un passage souvent parsemé d'épines. Autre chose, pour la longue, la très longue suite des temps.

De toute manière, et pour le dire plus simplement, après tant d'autres, nous croyons – nous, membres de l'espèce humaine –, nous croyons, à en mourir, à la réalité de nos chimères. Tout en sachant qu'il s'agit de chimères.

Nous finissons par croire – il suffit quelquefois de deux ou trois générations – à la réalité indiscutable de ce que nous savons avoir inventé.

À l'âme, par exemple, qui est une invention de l'esprit.

Nous pouvons en effet rêver, tout au long de nos vies menacées de tant de dangers, que nous ne mourrons pas, que nous ne mourrons jamais, que nous ne méritons pas le néant, que notre « âme » à la fin s'envolera dans les espaces et que quelque chose de corporel, de charnel, de sensible, survivra jusqu'à la fin des mondes, susceptible d'endurer en hurlant les supplices infernaux (croyance quelque peu déclinante, à vrai dire, que le Vatican paraît délicatement écarter), nous permettant de contempler à jamais, paralysés de béatitude, au son des harpes célestes, la sublime lumière divine.

Pour les musulmans convaincus, nous trouverons même au paradis tous les plaisirs d'ici-bas, et même les plaisirs qui nous sont interdits : ivresse et stupre.

Toutes ces phrases, hymnes, litanies, incantations, invocations, des millions de fois répétées, n'ont aucun sens, nous le savons, aucune vraisemblance, aucune apparence, aucun effet, et pourtant un grand nombre d'entre nous continuent de s'y accrocher comme à une ultime bouée.

Raison souvent indiquée : comme nous ne connaissons pas de justice en ce monde, car les dieux s'en sont détournés (même le nôtre, que nous avons déçu assez vite), il faut bien que cette justice règne et s'exerce quelque part. La condition du monde ne peut pas être injuste – comme si les sauterelles et les chênes verts ne pouvaient pas survivre sans justice. Il n'est pas admissible que notre monde, en tout cas que notre espèce placée dans ce monde, puisse vivre et mourir impunément, sans cette « justice » qui est la nôtre.

Le monde est juste ou il n'est pas.

Les méchants, qui souvent meurent vieux et riches dans leur lit, doivent donc être jugés et châtiés selon leurs crimes. Sinon ici, du moins ailleurs.

C'est ainsi. Cela aussi, nous l'avons décidé, dans nos conciles oniriques. Que la justice, « dans ce monde ou dans l'autre », ne soit à l'évidence qu'une rêverie prolongée, qu'une hallucination hautaine et strictement humaine, peu importe. Aux yeux des dieux, ou de Dieu, à qui rien n'échappe, le crime ne peut pas demeurer éternellement impuni. Dieu n'est pas seulement le grand horloger, il est le grand juge.

Ainsi l'affirmons-nous. Un jour, ici ou là, la justice sera rendue. Tout est inscrit dans le grand livre.

Tout se sait, tout se pèse, et vient une heure où tout se paie.

Nous l'affirmons, et par conséquent nous le croyons. Et, si nous le croyons, c'est vrai.

Cette décision, jusqu'au moindre détail, est la nôtre. Puisque nous disons que la justice doit exister, ici ou ailleurs, elle existe. Nous avons placé notre intelligence, et ce que nous appelons aussi notre raison, au-dessus de toute expérience, comme de toute vraisemblance. Nous nous sommes « abêtis ». Il le fallait, peut-être, pour accepter la vie telle qu'elle est.

Il fallait faire taire notre lucidité critique.

Au demeurant, nous ne pouvons pas nous tromper. C'est inconcevable. Et ce tribunal omniscient, incorruptible, que nous chercherions en vain sur la Terre, nous voyons bien qu'il ne peut s'organiser qu'après notre mort. Sur Terre, n'y comptons pas (s'il existait, dans telle ou telle nation, cela se saurait, cela se verrait). Mais sachons que dans l'autre monde, celui où nous allons pénétrer de gré ou de force, des juges impartiaux et intransigeants nous attendent, entourés de registres immenses (sans doute utilisent-ils des ordinateurs d'avant-garde, aujourd'hui, des mécanismes célestes, vaporeux), pour proclamer des verdicts que nous redoutons, et contre lesquels nous ne pouvons rien.

Pas d'avocats, ici, pas de sursis. Pas de plaidoirie, surtout.

Ces juges sauront tout de nous, ils connaîtront chacun de nos gestes et même chacune de nos pensées, au jour le jour. Nous ne pourrons rien leur dissimuler de notre vie, de nos fourberies, de nos perversions mentales les plus enfouies. Nos plaintes et supplications ne nous aideront en rien – malgré les efforts de quelques intercesseurs, comme la Vierge Marie, désignée d'office par les catholiques, mais généralement peu efficace –, et la décision sera sans appel : grâce ou tourment.

Jusqu'à la fin des temps.

*

Une courte parenthèse pour rappeler, en ce qui concerne le christianisme, que ce choix entre deux éternités, l'une de bonheur extatique, l'autre de souffrances atroces, a paru si limité, et à la fin du compte si cruel (Dieu, qui est la bonté même – c'est du moins ce que nous avons écrit dans nos textes – condamnant à des tortures horribles et « sans fin » des mécréants ou de simples pécheurs d'occasion, se montrant ainsi inflexible) que des théologiens consciencieux, à partir du XIIe siècle, en s'inspirant de plusieurs idées anciennes, comme celles d'Origène, ont imaginé le « purgatoire », institution nouvelle de l'au-delà, une sorte de sas, de vestibule pénitentiaire, où les pécheurs souffrent, certes, et se purgent de leurs péchés dans la douleur, mais pour un temps limité, calculé en fonction de leurs fautes, assurés, tôt ou tard, de se retrouver au paradis.

Que des hommes et des femmes – quels que fussent les circonstances historiques et le niveau de leur éducation – aient pu croire ça – comme si le Temps, resté maître du terrain, continuait à compter les jours et les heures dans l'autre monde, réglé sur les mêmes horloges que le nôtre – et qu'ils aient acheté aux membres du clergé des « indulgences » pour « abréger » leur punition dans cette douloureuse salle d'attente de l'au-delà, j'avoue me trouver devant une question – une de plus – à laquelle je suis incapable de répondre.

Il serait évidemment ridicule de penser, et d'écrire, que nous sommes aujourd'hui plus intelligents qu'hier ; mieux informés, sans doute, dans quelques domaines en tout cas, plus ouverts peut-être à d'autres cultures, à d'autres visions du monde ; mais plus sages et plus tolérants, qui l'affirmerait ?

L'actualité nous montre chaque jour le contraire. Plus intolérants, plus fermés, peut-être.

Et plus fous chaque jour, aussi.

Nous sommes les mêmes, en fait. Ni plus ni moins. Les mêmes en beaucoup plus nombreux. Notre crédulité, apparemment, ne connaît aucune limite, et il en est de même de notre prétention (et de notre férocité). Elles font craquer de toutes parts notre approche tranquille, notre calme compréhension des choses, et même notre simple bon sens. Sans même parler du purgatoire, elles acceptent par endroits des concepts nuageux (la « Trinité unitaire », la « Transsubstantiation », la « Vierge Mère immaculée », l'« Opération du Saint-Esprit »), souvent mal traduits du latin, du grec ou du syriaque, auxquels nous ne comprenons rien, auxquels personne n'a jamais rien compris.

Notre crédulité et notre prétention nous imposent une vérité illisible. Elles confondent l'existence et la mort, l'être et le néant. Elles placent l'absurde au cœur même de la vie éternelle.

Mais c'est ainsi.

Nous avons édifié au fil des siècles, nous et d'autres, un au-delà fantasmagorique – parfois pittoresque, toujours anthropomorphique, où des peintres et poètes se sont amusés à inventer supplice après supplice, plainte après plainte –, et là se rassemblent toutes nos peurs, et quelques-unes de nos espérances. On y trouve aussi des jardins délicieux et des fontaines de jouvence, qui sont réservées, si je me rappelle bien, aux âmes pures que la mort a emportées prématurément, comme par erreur.

Car il arrive que la mort se trompe, comme la vie.

Quant aux fournaises, déchirements de tripes et écartèlements de membres au fer rouge – avec hurlements de l'âme –, nous nous y regardons comme dans un miroir indifférent, impitoyable, que nous avons fabriqué nous-mêmes et auquel nous essayons pourtant, jusqu'au dernier moment, de mentir.

Nous avons même cherché, et cela jusqu'au XVIIIe siècle, quelle place occuperait le paradis sur notre planète, et si le ventre ardent de la Terre serait assez vaste pour engloutir tous les damnés, qui vont proliférant (malgré la menace).

Oui, nous l'avons cherché, sans jamais le trouver, ce lieu où le Temps et l'Espace sont abolis, où nous ne sommes ni morts ni vivants, et où, bien que définitivement insensibles, nous souffrons encore. Comme le disait le cardinal de Bernis (était-ce lui, ou Fénelon ?) : « Je préfère le paradis pour le climat et l'enfer pour les fréquentations. »

Facile à dire.

Mais s'il fallait choisir ?

*

Il nous arrive à tous, souvent, de murmurer, après le décès d'un de nos proches : « Ah, où qu'il soit maintenant, il doit être content que nous le pleurions, et que toute la famille soit venue pour l'enterrement. » Ou bien, parlant d'un père mort à sa fille qui vient de réussir un examen difficile : « Ah, s'il te voit, comme il doit être fier de toi ! » Nous avons entendu ces phrases des milliers de fois, un peu partout sur la planète. Comme si les deux mondes ne parvenaient pas à se séparer, comme s'ils voulaient à tout prix conserver des contacts, des liens concrets, terrestres. Comme si le mort – ou la morte – se trouvait encore « quelque part », non loin de là, à portée de voix, et avait encore des yeux, des oreilles, une conscience, des sentiments, tout ce qui, précisément, vient d'être détruit.

Comme si les défunts étaient aux aguets, attentifs, jouissant pleinement de leurs yeux clos, de leurs oreilles éteintes, dans une vie mystérieusement prolongée, là, parmi nous – alors que des herbes folles poussent déjà tout autour de leurs tombes, et que les semaines, puis les saisons, passent.

Et que tout s'efface, dans l'indifférence, et s'oublie.

Cette négation de l'évidence peut apparaître surprenante, et même quelquefois cocasse. Il faut bien rire, même ici (certains diraient : surtout ici). Quelques-uns veulent reposer au soleil, d'autres à l'ombre. Quelques-uns recherchent le voisinage d'une femme ou d'un homme célèbre, ou bien veulent être tournés vers le lieu de leur naissance, ou vers La Mecque, ou vers Jérusalem. Ils manifestent aussi des exigences à propos du terrain dans lequel ils reposeront : pas trop humide, mais pas trop sec non plus, et si possible avec du sable, qui est plus léger que la roche.

Et ils demandent telle ou telle fleur, dans tel ou tel vase, en traçant parfois un croquis.

À Madagascar, dans certaines localités, tous les deux ou trois ans, les familles traditionnelles procèdent au « retournement des morts ». On ouvre les tombes, on retire ce qui reste du corps et on lui change son linceul, avant de le recoucher de l'autre côté. Mesure de propreté, de respect, presque de coquetterie.

Et ces exigences ne sont pas nouvelles. Dans *Le Mémorial des saints,* Farid ad-Din Attar, le poète persan qui me guide discrètement vers une certaine vallée, parle d'un certain Cheikh Daoud Taï, saint homme qui vécut au VIIIe siècle de notre ère et qui demanda que son corps, après sa mort, soit déposé derrière un mur « afin que personne ne passe devant mon visage ».

Orgueil posthume.

J'aurai besoin de tout mon soleil dans mon linceul. Qu'aucun mortel ne me fasse de l'ombre.

*

Ces exigences *ante mortem* sont de tous les temps et de tous les lieux. Un gardien de cimetière m'a raconté, en France, vers la fin du XXe siècle, qu'une dame très ordonnée vint elle-même choisir l'emplacement de sa sépulture, en insistant – contrairement au saint homme persan – pour être placée tout près de l'allée principale, « afin de voir passer les gens ».

Elle était prête à payer un supplément. Car elle craignait, disait-elle, de s'ennuyer.

Il est vrai que c'est long, la mort.

Une autre, au contraire, demanda à être enterrée dans un coin isolé, bien tranquille, afin, disait-elle, « de ne plus entendre les discussions de tous ces idiots ».

La paix, enfin.

À coup sûr, elle fut exaucée.

J'ai relevé quelques messages dans les cimetières mexicains, dans les années 1960 et 1970, ceux-ci par exemple, parlant d'une épouse décédée : « *Ahora estas con el señor. Señor, cuidado con la cartera* » (« Tu es maintenant avec le Seigneur. Seigneur, fais attention au portefeuille »).

Ou encore : « *Aqui descansa mi querida esposa. Señor, recibela con la misma alegria que yo te la mando* » (« Ici repose mon épouse chérie. Seigneur, reçois-la avec la même joie que je mets à te l'envoyer »).

On connut même, dans les années 1980 – et peut-être existe-t-elle encore – une agence californienne, Heavens Union, domiciliée à Granada Hills et dirigée par un certain Gabe Gabor, un entrepreneur d'origine hongroise, qui se chargeait d'envoyer des messages dans l'au-delà.

Selon la longueur du message, cela coûtait de soixante à cent vingt-cinq dollars. La plupart étaient rédigés en anglais, mais Heavens Union acceptait – moyennant un supplément raisonnable – des messages en espagnol et en portugais.

La plupart de ces messages, selon les déclarations du directeur de l'agence, transportaient vers le défunt des souhaits de bon anniversaire, et l'assuraient que tout allait bien ici-bas, parmi ses proches. Qu'il, ou elle, ne s'inquiète surtout pas. Les enfants grandissent, la boutique marche. Mais l'agence acceptait aussi des messages pour des étrangers, et même pour des stars de cinéma décédées depuis quelque temps, comme Rudolph Valentino. Le retour du courrier n'était pas garanti.

Ainsi va parfois le monde des morts, suivant sa vie propre.

Nous nous sommes attribué l'éternité. Il faut bien que quelqu'un en profite. Assure le va-et-vient.

Et compte les heures, inlassablement.

*

J'avoue, au passage, une tendresse particulière pour le « royaume des ombres » des anciens Romains. Et cela pour une raison que je ne peux pas préciser. Tous les vivants, d'hier et de demain, tous ceux qui ont vécu et ceux qui vivront, qui attendent encore de vivre – autrement dit, sinon l'humanité tout entière, ou tout au moins la partie la plus représentative de la société romaine –, sont rassemblés là, au-dessous de nous, dans un souterrain sans limites visibles, brumeux, silencieux, un peu froid.

Autrement dit, chacun existe déjà, mais sans rien connaître encore de sa vie.

Quant à ceux qui ont déjà vécu, ils sont parqués ailleurs, guettant leur sort, qui en ce moment se discute.

L'histoire n'est pas encore totalement écrite, mais les personnages sont là. Ceux d'avant, ceux d'après. Tout un peuple attendant de vivre, ou subissant déjà les peines de l'au-delà. Certains visages sont encore indistincts. Ils se précisent peu à peu.

On y croise, en tout cas, ceux qu'on entraîne vers l'enfer, comme Sisyphe et son rocher (Dante les y retrouvera, conduit par le même Virgile) et aussi les Danaïdes, qui assassinèrent leurs époux au soir de leurs noces, et qui doivent, pour l'éternité, remplir d'eau un tonneau largement crevé ; et d'autres damnés, venus d'un peu partout ; et d'autres encore, ceux, aussi, tous ceux qui ne sont pas encore nés mais dont la figure est déjà présente et visible, bien qu'encore un peu vague. Ils sont tous là, patients, fantomatiques, serrés les uns contre les autres, comme ceux que Virgile fait découvrir à Énée au chant VI de l'*Énéide*, attendant leur heure, ignorant leur destin, et même leur nom, leur appartenance.

Ils ne savent pas encore quel rôle, ignoble ou bienfaisant, ils joueront demain sur la Terre, laquelle s'agite comme d'habitude au-dessus de leurs têtes et dont ils ne perçoivent même pas les échos. Le Temps lui-même paraît aboli, en tout cas immobilisé, paralysé, puisque le futur de Rome est déjà là. Des assistants invisibles y mettent la dernière main dans les coulisses, retouchent les vêtements, les coiffures, pour la poursuite du spectacle.

Nous distinguons vaguement parmi eux, dans la brume de l'avant-vie, des canailles prometteuses, de futurs généraux couronnés de lauriers dorés, des proconsuls véreux, des sénateurs s'affirmant honnêtes, des vestales déjà tristes, mais aussi quelques anonymes et souvent des infortunés.

Apercevant Marcellus, le neveu de l'empereur Auguste, jeune homme très doué et apparemment épris de justice, sur qui l'Empire comptera beaucoup, à sa naissance, mais qui mourra de maladie à dix-huit ans, Virgile dit, en trois mots célèbres : « *Tu Marcellus eris* », « Tu seras Marcellus », paroles qui, rapportées devant les membres du Sénat et de la cour, plus tard, leur tireront des larmes de regret.

Ah, si Marcellus avait vécu…

Dans ce royaume des ombres, qui ne sont pas encore douées de vie, ni déjà mortes, un royaume qui nous reste obscur, imprécis, mal situé, « entre la vie et la mort », se tient une humanité qui rappelle, à distance, l'armée chinoise statufiée, montant la garde auprès de la tombe de l'empereur – à cette différence près que ces statues enfouies ne prendront jamais vie (sinon sous la forme d'effets spéciaux dans quelques films chinois de fantaisie, beaucoup plus tard).

En attendant, elles sont solides. Nous pouvons les casser, nous ne pouvons pas les tuer. Elles sont pierre, elles resteront pierre.

Les ombres romaines cesseront d'être des ombres et un jour verseront leur sang.

Nous sommes ici, avec Virgile, par le miracle de l'harmonie des mots, qui s'accordent pour une fois à notre pensée inquiète et vagabonde, dans une dimension indéfinissable (et nous savons combien nous aimons définir !), qui n'est ni dessus, ni dessous, ni dans le temps, ni dans l'espace, ni morte ni vivante, ni visible ni invisible, ni réelle ni imaginaire. En quelques pages, un poète a glissé dans ses vers un sentiment rare, juste, émouvant et véritablement précieux, comme si le Temps s'était mis à rêver. Il nous faut, bien sûr, comme pour tout sentiment, l'apprécier longtemps, aussi longtemps que nous garderons notre conscience.

Un jour, ici comme ailleurs, il sera trop tard. Les ombres de Virgile ne nous suivront pas dans notre linceul. Ni ses mots.

Je remarque aussi – puisque nous sommes pour le moment dans notre antiquité occidentale – que les morts grecs et romains, après leur décès, devaient traverser un ou deux fleuves

– ou même trois, avec le Léthé – avant de connaître leur dernier sort.

Et je me demande si le torrent du vieux Japonais n'est pas, déjà, le début du Styx ou de l'Achéron.

Dans ce cas-là, la question reste entière. Comment fait-il, ce vieil homme, pour résister aux flots furieux ? Et pour rester vivant ? Détient-il, sans le savoir, le secret de l'indifférence ?

Peut-il aller, autant de fois qu'il le voudra, sans trébucher, sans glisser, d'un bord du ruisseau à l'autre ?

Aller et revenir ?

Est-il assuré, comme cela semble être le cas, que des juges ne l'attendent pas sur l'autre rive ?

A-t-il payé une obole ? Et à qui ?

*

Parmi les millions d'histoires qui nous ont été contées depuis l'enfance sur l'autre vie, celle qui nous attend tout juste après que notre cœur s'arrêtera, en même temps que s'éteindra notre conscience (j'aime assez l'expression « rendre l'esprit », comme un bien qui nous aurait été prêté, gratuitement sans doute, mais pour un temps compté), les fantômes pullulent, toutes sortes de revenants, de *walking dead*, de messages de l'au-delà, que des « tables tournantes » transmettaient, grâce à des « spirites », vers la fin du XIXe siècle, mais qui semblent se raréfier – peut-être parce que la fin du monde approche, ou que les techniques d'ébénisterie ont changé.

S'y rencontrent aussi tous les signes que nous ne savons pas déceler, les coups sourds frappés dans les cheminées, et les apparitions blanchâtres, la nuit, au bord des lacs, et les plaintes, et les hululements, et les paroles chuchotées le soir dans les murailles épaisses de certains châteaux (là où des victimes innocentes, mais qui ne se résignent pas à ne plus être, ont été cachées autrefois), et les miroirs qui ne renvoient aucune image, et les animaux qui soudain nous parlent dans notre langue pour nous mettre en garde, et les tarots divinatoires, et le marc de café, et le dialogue des Mexicains, chaque année, avec leurs morts, auxquels la famille donne des nouvelles des vivants (elles apportent aussi au cimetière un peu de nourriture et de boisson, on ne sait jamais), et les visions, et les extases, et la lumière éclatante et divine – forcément divine – qui brille dans le couloir d'hôpital avant l'opération de la dernière chance, et que sais-je encore, le catalogue n'a pas de fin, car chaque génération le corrige et le renouvelle selon ses propres obsessions, tout nous montre, chaque jour, et chez tous les peuples, que le seul partenaire digne de la mort est bel et bien l'image que nous nous faisons d'elle.

Freud notait, dans un texte peu connu, *Die Unheimliche* (traduit par Marie Bonaparte et E. Marty sous le titre *L'Inquiétante Étrangeté*), à propos de la persistance de cette croyance :

> On annonce sur les colonnes d'affichage de nos grandes villes des conférences qui se proposent de faire connaître comment on peut se mettre en relation avec les âmes des défunts, et il est indéniable que plusieurs des meilleurs esprits et des plus subtils penseurs parmi les hommes de science, surtout vers la fin de leur vie, ont estimé que la possibilité de pareilles communications n'était pas exclue… Le mort est devenu l'ennemi du survivant, et il se propose de l'emmener afin qu'il soit son compagnon dans sa nouvelle existence.

Le folklore interminable de l'au-delà, cette attitude de « sauvages » (*dixit* Freud, un peu plus loin, voulant sans doute parler de « primitifs »), même s'il perd parfois des éléments au fil des siècles, comme pour les Assyriens, les Hittites, les Égyptiens, qui ont de moins en moins de prodiges fantomatiques à nous raconter (nous pouvons voir encore, cependant, quelques temples du feu très anciens, en Iran, vestiges du zoroastrisme, mais ils ne font plus de miracles, car c'est interdit par l'islam), s'enrichit chaque jour de toutes nos alarmes et nous nous plaisons à l'entretenir.

Il est porteur de milliers d'actions impossibles, que toute notre intelligence condamne, en tout cas d'événements « surnaturels », qui vont des pèlerins d'Emmaüs à Hamlet qu'interpelle, une nuit, le spectre de son père, naguère assassiné par l'amant de sa mère et criant vengeance sur les remparts.

Et cela va jusqu'au spectre de Banquo, ancien ami de Macbeth, que celui-ci fit assassiner par ambition et qui revient, un soir, s'inviter à sa table ; et jusqu'à la statue du Commandeur, qui reprend vie pour tendre une main fatale à Don Juan.

Comme si les morts, là où ils ne sont plus, gardaient mémoire, avaient encore faim, et même besoin de compagnie.

Comme si la vie et la mort ne pouvaient jamais s'oublier et se séparer.

C'est de surnaturel que nous avons envie, et même que nous avons besoin quand le quotidien nous déçoit, quand les mêmes insuffisances et les mêmes souffrances, chaque jour, nous accablent, sans espoir de sortir de la grisaille monotone de l'inquiétude et du chagrin, de la médiocrité incurable qui nous entoure – et ce surnaturel, cet au-delà des larmes et de toute espèce de tracas ou de frustration, nous ne pouvons l'atteindre qu'en quittant précisément la nature, c'est-à-dire en plongeant dans la mort.

Rien d'autre à espérer, dans la vie, que cette vie que nous menons et que nous pouvons difficilement modifier – tandis qu'avec la mort tout nous est permis. La vallée du Néant nous le murmure, il me semble, même si je n'y suis pas encore parvenu. Nous aurons enfin notre liberté, sans aucun frein, sans aucune peur, sans aucune obligation sociale ou familiale. Des territoires immenses s'ouvriront devant nous.

Pour toujours.

En outre, si nous commettons quelque impair (ignorants, forcément, ici-bas, des règlements de l'au-delà), personne ne se précipitera pour nous punir – même si, au Moyen Âge, en Europe, des hérétiques exécutés ont été parfois déterrés pour être, une seconde fois, pour plus de sûreté, jugés sous forme de cadavres, maudits, et rejetés ignominieusement dans un feu béni.

Ainsi, toute manifestation d'un autre monde, quelle qu'en soit l'apparence, serait comme le vice d'un pacte fondamental que notre espèce a signé (avec d'autres) il y a longtemps. Un pacte avec la vie, pour commencer, mais aussi – et du même coup – avec le néant et la mort.

C'est pour tenter de briser ce pacte que nous avons imaginé, génération après génération, des archanges, des goules, des vampires, des revenants, des sorcières, des fées grincheuses et des fantômes écossais.

Et aussi des histoires étranges, souvent divertissantes, où nous arrivons parfois à tromper la mort, à découvrir en elle quelque faiblesse et à lui proposer un jeu qu'elle accepte, et où nous trichons – ce qui lui est impossible.

« Trompe-la-Mort » était même, pendant longtemps, un surnom populaire, un de ceux de Vautrin, entre autres. Y aurait-il donc aussi des pirates dans l'au-delà ?

Un bagne aussi, peut-être ?

C'est la fin dernière qui est proprement inimaginable pour un grand nombre d'entre nous, la fin de nos sensations, la disparition définitive du petit monde qui nous entoure et où, vivants, nous avions pris nos habitudes, l'abolition de l'être même. C'est la simple normalité de la chose – quotidienne, universelle – qui devient ici irréelle, et par conséquent inacceptable.

Morts, nous n'aurons rien à regretter, rien à espérer, puisque nous ne penserons, nous ne sentirons plus.

Plaignons-nous maintenant.

Vivants, nous avons tout à craindre, à chaque instant, et la plus grande peine à imaginer le néant. Morts, nous n'aurons plus rien à imaginer.

Au fond, pourquoi ne pas nous raconter, de temps en temps, quelques histoires d'outre-tombe ?

Qu'avons-nous à redouter ? Quel mal inattendu pourrait nous en venir ?

Avons-nous meilleur réconfort, meilleur « divertissement », à proposer à ceux qui ont été vivants et qui attendent maintenant, peut-être, sentant venir la fin de leur existence, justice et bonheur dans une autre vie, faute de les avoir rencontrés ici-bas ?

Pourquoi ne pas dire, ici, maintenant, tout ce à quoi nous ne pourrons plus penser, quand nous aurons franchi les dernières barrières ?

Pourquoi le garder secret ? Pour quelle autre existence ?

La mort n'est pas la fin de l'histoire, mais elle est à coup sûr la fin des histoires – de ce flot intarissable qui nous accompagne depuis l'enfance et qui va maintenant, brusquement, se tarir.

Certains frissons nous apportent, outre la peur, la joie – la joie d'être encore vivants et de l'affirmer par notre parole. En prévision de ces très longs moments où nous n'aurons plus rien à écouter, plus rien à dire.

De toute manière, nous n'avons pas d'autres armes. Elles sont les dernières qui nous restent. Le néant n'est peuplé que par nos personnages.

Ne comptons sur personne d'autre.

N'est-ce pas, au fond, le rôle, sans cesse renouvelé de génération en génération : dire ce que bientôt nous ne pourrons plus dire ? Imagine-t-on un livre, ou même simplement un article, qui annoncerait : « Tout sur le néant ? »

Sur le sujet de la vie éternelle, je me souviens soudain d'un délicieux *koan* japonais :

Un jeune novice demande à un « homme éveillé » :

– Qu'arrive-t-il à l'homme après la mort ?

– Je n'en sais rien, répond l'autre.

– Mais n'êtes-vous pas un homme éveillé ?

– Si, mais je ne suis pas mort.

Une fin

Ma grand-mère, la mère de ma mère – celle dont le mari cessa de vivre en buvant enfin du champagne – mourut à quatre-vingt-onze ans. Nous la gardions depuis des mois chez ma tante, sœur de ma mère, dans une maison du Midi, et elle était entrée, depuis vingt-quatre heures, dans ce que nous appelons le râle.

Plus rien à faire, disaient les médecins, nous ne pouvons que la soulager. Elle se trouvait, comme nous avons pris l'habitude de dire, « entre la vie et la mort », comme entre deux portes. Probablement inconsciente, elle livrait son dernier combat, son *agon,* cette agonie que nous perdons toujours.

C'était la fin.

Je couchais dans une chambre qui se trouvait juste au-dessus de la sienne et j'entendais son râle, qui montait jusqu'à moi à travers le plancher.

L'approche de la mort emplissait la maison, comme un animal malheureux.

Je m'endormis, cette nuit-là, vers deux heures. Un peu plus tard je me réveillai sans raison et je fus surpris par le silence. Silence qui, probablement, m'avait réveillé.

Je me levai et je descendis jusque dans la chambre de ma grand-mère. Elle ne râlait plus, elle était morte, étendue dans son lit, la bouche entrouverte.

Avant de prévenir le reste de la famille, qui dormait, je m'assis auprès de ce corps désormais sans aucune vie, et je me mis à regarder une femme morte – que j'avais vue si souvent vivre. Impossible d'imaginer qu'une forme de conscience, ou simplement de sensibilité, y restait encore présente. Une longue vie venait de se terminer, après un râle qui me paraissait une sorte de dernier passage, très difficile et long.

Le calme et le silence, enfin.

Et une sorte de repos, pour une fois.

Je revoyais, malgré moi, tout ce que je savais de cette femme que j'avais aimée depuis ma naissance, depuis plus de quarante ans déjà – et qui me le rendait, j'en suis sûr. J'étais son unique descendant, elle était alors ma seule grand-mère (la première étant décédée depuis longtemps). Une paysanne, une femme haute, droite, belle, plutôt autoritaire. Dans sa jeunesse, paraît-il, on disait qu'elle était « la plus jolie fille du canton ». J'ai une photo d'elle, en ce temps-là, posant avec deux autres filles sur un pont : cheveux relevés en chignon, poitrine haute, corsage fleuri, taille très serrée, sourire.

Quand meurt un de nos proches, un parent, un ami, que nous avons longtemps connu, nous nous sentons abandonnés, presque trahis. Ma grand-mère et moi, par exemple, nous étions les seuls au monde à avoir partagé certains moments de vie, apparemment insignifiants – une cueillette miraculeuse de champignons (comme on en voit deux fois dans sa vie, disait-elle), un goûter préparé pour moi seul, une promenade avec des chèvres près d'un ruisseau, un jour où je l'avais aidée à porter du linge au lavoir – moments que désormais je me trouvais le seul à ne pas avoir oubliés – mais pour combien de temps encore ?

Il lui arrivait de me demander : « Tu te souviens du jour où ?... » Elle ne me le demandera plus, et j'oublierai moi-même, assez vite, ce que nous avions fait ensemble ce jour-là, et qui compte pour rien dans l'immense vie qui nous enveloppe.

Dans ses *Mémoires d'outre-tombe*, parlant de sa grand-mère et de ses amies qui, lorsqu'il était jeune, jouaient aux cartes tous les jours dans une pièce du château de Combourg,

Chateaubriand écrit qu'il est peut-être la seule personne au monde « qui se souvienne ou qui sache que ces personnes ont existé ». Cette phrase, qui m'a toujours touché, s'applique à chacun de nous.

Nous portons tous quelque chose que nous sommes le seul, ou la seule, à savoir. Et le monde est fait de cette multitude de souvenirs individuels qui disparaissent par larges brassées, à chaque décès, avant « cet oubli profond qui nous suit, cet invincible silence qui s'empare de notre cercueil, qui s'étend sur notre maison et sur notre tombe ». Je suis le seul, aujourd'hui, à pouvoir raconter comment j'entendis la mort de ma grand-mère, une nuit.

Et demain, personne.

Ainsi, toute une partie du monde s'efface à chaque instant, emportée par le flot qui n'arrête jamais. Quelques-uns tentent de retenir des épisodes menacés, qui leur avaient semblé inoubliables et qui sont maintenant là, sur des tréteaux, à la merci des acheteurs. Ils écrivent des souvenirs, des livres d'histoire, ils notent ce qu'ils ont fait, parfois au jour le jour, ils collent des photographies dans des albums, avec une date inscrite au-dessous. Quelques-uns même inscrivent leurs rêves, avant qu'ils ne s'effacent. Lutte minutieuse et désespérée contre le courant qui dégringole sans cesse de la montagne et emporte toutes les mémoires.

Qu'au moins quelque chose reste de moi. Quelque chose qui ressemble à la vie que je viens de perdre.

Il m'arrive quelquefois, dans un vide-grenier, dans une brocante du dimanche, de feuilleter un album de famille qui se trouve là, livré aux acheteurs de souvenirs, parmi d'autres objets en vrac. J'ouvre l'album, je vois, devant des maisons, des images d'hommes et de femmes, et aussi d'enfants, qui ont déjà, sans doute, toute une existence derrière eux, qui peut-être même sont déjà morts, et que je n'ai jamais connus.

Quelques pensées inévitablement mélancoliques m'effleurent – car cet album est comme un miroir où je me perds, pendant une dizaine de minutes, dans toute une vie d'étrangers, dont certains me regardent et me sourient, comme s'ils me connaissaient – et je m'en vais, un peu plus loin, car l'heure tourne et on m'appelle. J'oublie parfois de refermer l'album.

*

Rien de plus ordinaire, et pourtant rien de plus étrange, qu'un corps qui vient tout juste de mourir. Deux ou trois jours plus tôt, avant le début de son agonie, je pouvais encore lui parler, ma grand-mère me suivait des yeux, elle essayait de me sourire malgré sa dernière fatigue, de me faire un geste de la main, et maintenant elle ne bouge plus, elle ne pense plus, elle n'a jamais entendu parler de moi. Sa poitrine ne se soulève plus. L'un de ses bras est posé au-dessus du drap, les doigts légèrement recourbés, qui ne saisiront plus jamais rien. Quelques cheveux blancs sont en désordre sur son front, formant une boucle. Le temps de sa vie vient de se terminer, quelque chose s'est échappé d'elle et n'y retournera jamais.

Sa mort, d'un seul coup, me vieillit. Je suis déjà père de famille et un jour prochain, à mon tour, on m'appellera grand-père, sans aucun doute (si je vis assez longtemps, ce qui est le cas). Mes premiers cheveux gris apparaissent. Tout cela, comme on dit, va dans l'ordre des choses. Ensuite je vieillirai, je me courberai, je marcherai de plus en plus lentement et un jour, à mon tour, je mourrai.

On entendra alors des phrases chargées de la même banalité persistante : « Hier encore je l'ai vu, il avait l'air bien, on a bu un verre, il avait l'air plutôt en forme et aujourd'hui… »

Aujourd'hui, plus rien. Le néant. Et tout ce qu'il, ou elle, avait connu vient d'être effacé par cette mort. Ah, (comme nous aimons le dire), que nous sommes peu de chose !…

Impuissance. Résignation. À quatre-vingt-onze ans, l'âge de ma grand-mère, on ne peut pas parler d'une surprise.

Et pourtant.

Je suis resté près d'elle au moins une demi-heure, avant d'aller réveiller le reste de la famille. Tout était maintenant silencieux, immobile. Je la regardais, très attentif, mais avec tendresse, bien sûr, comme si elle allait se relever d'un seul coup et me voir là, assis à côté d'elle, sur une chaise. J'imaginais qu'elle me disait, en me voyant : « Qu'est-ce que tu fais là à cette heure-ci ? Tu ferais mieux d'aller te coucher ! »

J'imaginais qu'elle allait ouvrir un instant les yeux pour me dire le dernier secret, qu'elle devait à présent connaître. De temps en temps, je touchais doucement sa main, déjà froide. Je m'étonnais de la rapidité avec laquelle le froid de la mort s'installe dans une chair. J'imaginais son sang bloqué et tous ses organes immobiles. Je crois que je lui ai dit adieu à voix basse, en la remerciant pour toute une vie – et en sachant que je n'avais plus rien à lui demander, ni à lui souhaiter.

Elle n'était plus. Et cela dit tout.

Il m'est arrivé, souvent, de penser à une question-réponse qui se trouve, parmi d'autres, dans le Mahâbhârata. La question est : « Qui sont les plus nombreux, les vivants ou les morts ? »

Et la réponse, devant laquelle je me tais : « Les vivants, parce que les morts ne sont plus. »

Le savoir-mourir

Autre aspect de la même question (mais s'agit-il vraiment d'une question ?) : comment mourir ?

Nombreux sans doute sont ceux qui choisiraient, si le choix leur était offert, une mort soudaine, de préférence dans leur sommeil, afin de pénétrer dans le néant comme par effraction, sans prévenir leurs proches, sans s'en douter eux-mêmes. Une mort-surprise, rapide, une mort insensible, inattendue à ce moment-là. Montaigne semble être de ceux-là, lui qui souhaitait mourir dans son jardin, ses outils à la main, et recevoir la mort « insouciant d'elle et de mon jardin imparfait ».

De toute manière, quel que soit notre jardin, nous le laisserons imparfait. C'est le propre même d'un jardin.

Il n'empêche. Chaque fois que je vais tailler mes rosiers, Montaigne m'accompagne, avec son sécateur. On ne sait jamais. Pourtant, je me méfie parfois de cet homme. Je sais qu'il a dit aussi, ailleurs, qu'il préférerait mourir à cheval que dans son lit.

D'autres, au contraire, souhaitent mourir tranquillement au milieu de leur famille et de leurs amis, bien entourés, en toute conscience, et même en bavardant, comme ce fut le cas, paraît-il, pour Socrate condamné à boire la ciguë (mais Platon, qui l'a raconté, avoue qu'il était absent ce jour-là).

Dans ce cas, les médecins, avec l'accord des proches, ont renoncé à toute espèce de thérapie (« à quoi bon prolonger son malheur ? »), les affaires sont réglées, devant notaire, les héritiers sont là, autour du lit, quelques-uns attristés, la plupart impatients. Le souffle du mourant se fait de plus en plus court. Bientôt viendra le râle, comme pour ma grand-mère.

Les femmes pleurent et les enfants s'ennuient. D'ailleurs on leur interdit souvent d'entrer dans la chambre. On apporte à boire, à manger. Souvent, le temps passant avec lenteur, on parle d'autre chose.

Car quelquefois la mort se fait attendre.

*

Il faudrait peut-être parler ici d'un *ars moriendi,* de cet « art de mourir », pour lequel on composait et publiait naguère des manuels illustrés, comme si, le jour venu, j'ouvrais ce livre et je me demandais : « Voyons, je vais mourir aujourd'hui, comment m'y prendre ? »

Bien entendu, il s'agissait – en Occident en tout cas – d'une pratique résolument chrétienne, avec la présence d'un prêtre qui prononçait les dernières prières, administrait les derniers sacrements (l'« extrême-onction ») et préparait le mourant à comparaître, aspergé d'eau bénite et les mains jointes, devant ses juges, muni d'un « viatique », qui est un billet – un aller simple – pour l'au-delà. Car on partait pour l'autre monde comme on montait en diligence.

Des gravures montrent même, parfois, des anges qui écartent les rideaux du lit afin de permettre à l'âme de s'élever, enfin légère, enfin délivrée du corps, dans les airs, sans le moindre obstacle.

Quelques démons ricanant, aux aguets, se cachent tout de même sous le lit, ou derrière des rideaux. Ils sont les seuls à connaître certains secrets de famille. Et ils savent que la destination ne sera pas forcément celle que souhaitent les assistants et que paraissent préparer les enfants de chœur.

On voit aussi sur quelques-unes de ces images, mais plus rarement, la mort elle-même debout au pied du lit, le visage caché sous un voile noir rabattu, la faux plantée dans les os de sa main. Elle est là, elle ne dit rien, elle a le temps, elle attend patiemment sa proie, qui ne peut plus lui échapper. Malgré nos ruses, elle ne se trompe jamais d'heure, ni de victime.

Du néant, pas un mot. Nous ne sommes là que dans un passage entre deux mondes.

L'éclaircie que fut notre vie vient de s'obscurcir. Les lumières baissent, le dernier clignotement n'est pas loin. C'est à peine si notre conscience s'effacera, quelques instants, avant de s'éteindre.

À jamais ? Certainement pas. Que serait le charme du paradis, que seraient les tourments de l'enfer si nous n'en avions pas conscience ?

Tous les théologiens se sont affrontés à cette contradiction. Que penser quand on ne pense plus ? Que voir, et avec quoi voir, quand on ne voit plus ? Comment souffrir quand on n'a plus ni chair ni nerfs ? Quels sont les organes de l'âme ?

Comment se réjouir, ou se désespérer, quand nous sommes enfin informés de notre sort dernier ?

Aucun, à ma connaissance, ne l'a résolue, malgré des dissertations interminables. Les spécialistes, en bout de course, s'en sortent, généralement, avec la « sensibilité de l'âme », bienheureuse ou damnée, cette « âme » qui n'est qu'un mot, toujours indéfini à ce jour.

Cette forme de mort tranquille a ses partisans, même chez les athées. Luis Buñuel, par exemple (« athée grâce à Dieu »), rêvait de faire de sa mort – suicide exclu – « la dernière action de sa vie ». Rien ne lui semblait plus odieux, et même plus inhumain, que les soins acharnés, douloureux, inutiles, qui furent prodigués à Franco – qu'il détestait, pourtant – pendant la dernière année de son existence moribonde.

Et Buñuel, d'une certaine façon, en ce qui le concerne, fut exaucé. Il se trouvait à l'hôpital en 1985, très malade, presque à l'agonie, sa femme Jeanne (qui me l'a raconté) lui tenait le poignet, sentant battre son pouls, quand il poussa un long soupir et dit en espagnol : « *Ya me muero* » (« Maintenant je meurs »).

Son pouls cessa de battre à l'instant même.

La fin idéale, celle de laquelle il rêvait. Sa dernière action – consciente.

*

Bien sûr, on nous a raconté, tout au long de notre vie, et on nous raconte encore des morts héroïques ou étranges, celle du chevalier d'Assas (« À moi Auvergne, ce sont les ennemis ! »), celle du jeune Bara, en 1793, qui cria lui aussi afin de donner l'alarme et qui en mourut sur-le-champ ; celle de Regulus, déjà nommé, celle de Roland, sonnant du cor à Roncevaux jusqu'à son dernier souffle ; celle de la du Barry, qui demanda paraît-il, déjà sur l'échafaud, « encore un instant, monsieur le bourreau », pour jeter un dernier regard sur le monde qu'elle quittait ; celle de Mary Stuart, que les Français ne pardonneront jamais aux Anglais (pas plus que celle de Jeanne d'Arc) ; celle de Guy Môquet, jeune résistant français qui s'opposait à l'occupation allemande, et qui fut fusillé comme otage, avec tant d'autres ; celle du coureur de Marathon, qui tomba mort d'épuisement, à la fin d'une longue course, mais après avoir annoncé la victoire grecque sur l'armée perse ; celle, collective, du régiment de Sambre-et-Meuse, qui, comme le dit la chanson, « reçut la mort au cri de "Liberté !" ».

Et tant d'autres, partout, chez tous les peuples.

Les héros n'en finissent pas de mourir.

Nous connaissons aussi, en France, par ouï-dire, la fin du maréchal Ney, fusillé sous Louis XVIII pour trahison. On raconte que, le jour de sa mort, il se réveilla de lui-même, en bon militaire, à son heure habituelle – cinq heures du matin –, se rasa, se brossa, se prépara, marcha d'un bon pas jusqu'au poteau d'exécution et commanda aux soldats du peloton de viser au cœur.

Ce qu'ils firent.

L'acteur mexicain Pedro Armendariz, grande vedette des années 1950 et 1960, se trouvait gravement malade dans un hôpital de Los Angeles. Il se savait perdu. Un ami, venant de Mexico, lui demanda ce qui lui ferait plaisir. L'acteur demanda ses deux pistolets en argent massif, desquels il était fier. L'ami les lui apporta, et l'acteur s'en servit pour se tuer dans sa chambre.

Au mois de mars 2018, à Trèbes, dans le sud de la France, un officier de gendarmerie nommé Arnaud Beltrame prit la place d'une femme menacée par un terroriste, dans un supermarché, et fut abattu. Geste étonnant, très rare, qui valut au policier le titre (mérité) de héros, et des funérailles nationales.

Les récits de morts illustres, parfois étranges, souvent admirables, accompagnent toute l'histoire humaine. Ils lui font un cortège de légendes, une frise héroïque.

Nous pourrions allonger la liste indéfiniment, car la mort est une admirable propagandiste – d'autant plus que la victime n'est plus là, le cas échéant, pour rectifier telle ou telle attitude, ou phrase.

Ce que nous redoutons tous, il me semble, c'est une longue souffrance terminale, une tourmente quotidienne dont nous entendons dire – autour de nous, à voix basse et à tout moment (comme pour ma grand-mère) : « C'est sans espoir. »

Mourir, passe encore, mais finir grabataire et souffrir jour et nuit…

Et combien de fois avons-nous entendu murmurer, après une mort de ce genre : « Au moins, maintenant, il ne souffre plus. »

Ce qui est vrai, à n'en pas douter – même si le cadavre ne s'en trouve ni soulagé ni consolé, tout néant qu'il est maintenant.

Mais si la mort a tué la vie, elle a tué aussi la souffrance.

Je suis aussi toujours frappé quand je vois, dans des reportages filmés du XXe siècle, trois ou quatre hommes en chemise, les mains liées derrière le dos, agenouillés de force. D'autres arrivent, des soldats (sans doute ennemis), ils épaulent leurs fusils, visent rapidement et tirent. Les condamnés, frappés à la nuque, s'écroulent aussitôt dans la fosse prévue. S'ils bougent encore un peu, les soldats leur donnent le « coup de grâce ».

Cela s'appelle une « exécution ».

Je ne sais pas pourquoi ils ont été fusillés, ceux qui les tuent ne le savent pas davantage, mais je suis étonné par la brutalité et la rapidité de la chose. La mort, certains jours, n'a pas de temps à perdre. Elle a du travail qui l'attend.

Il faut aller vite.

Avec quelle facilité des hommes peuvent tuer d'autres hommes, simplement parce qu'ils sont d'« autres hommes »... Et avec quelle docilité des hommes peuvent se laisser tuer. Plus rien, dans ce domaine, ne nous étonne. Tuer fait partie du menu du jour.

*

Il reste la mort de Sénèque, une des plus célèbres de l'Antiquité, avec celle de Socrate et de Cléopâtre. Ancien précepteur du jeune Néron, Sénèque, homme riche et honoré, se trouva compromis, dans sa vieillesse, à tort ou à raison, dans une conjuration. Néron lui envoya l'ordre de se suicider le jour même, ce qu'il fit, avec sa femme, en s'ouvrant les veines dans son bain et, comme la mort ne venait pas assez vite, en prenant aussi du poison.

Il nous est difficile d'imaginer quelles furent ses dernières pensées (l'ordre de mort venait de son ancien élève, qu'il avait lui-même éduqué), car nous ne savons même pas s'il croyait en un autre monde. Il prononça quelques paroles de tristesse, sans doute, car la vie lui avait tout donné – richesses, honneurs, esclaves –, et tout son bien, d'un coup, lui était enlevé.

Tout son bien, et sa vie.

Et peut-être s'est-il souvenu qu'il avait écrit, des années plus tôt : « Mourir un jour, quand tu ne le voudrais pas, c'est ton obligation. Mourir dès que tu le voudras, voilà ton droit. »

Mais mourir en en recevant l'ordre de son élève devenu empereur ? Sénèque ne l'avait sans doute pas prévu.

*

Je rapproche quelquefois la mort de Sénèque d'une autre mort, celle-là romanesque, celle de Kirilov dans *Les Démons,* de Dostoïevski.

Petit rappel : dans ce livre, qu'il faut lire aujourd'hui plus encore qu'hier, se forme en Russie un groupe de jeunes anarchistes, décidés à lutter, par tous les moyens y compris l'attentat meurtrier, contre le pouvoir tsariste. Et ils se lient par un pacte. Si un jour ils sont suspectés, et arrêtés, un d'entre eux, qui sera tiré au sort, devra prendre le crime à sa charge, rédiger des aveux et se suicider aussitôt, innocentant ainsi ses camarades.

Ils prêtent serment.

Le sort tombe sur Kirilov, un jeune et brillant architecte ; très futuriste même, car il a, sur un des murs de sa chambre, une reproduction du premier pont de Brooklyn, nouvellement construit par les Américains.

Prévenu par le meneur du groupe, Kirilov doit écrire cette lettre – qui l'accuse – et se suicider le soir même. Impossible d'y échapper, sinon les autres le tueront, de toute manière, et il aura perdu l'honneur.

Désemparé, seul dans sa chambre, la tête égarée, il se lance alors dans l'écriture d'une lettre étonnante, que nous devrions tous avoir lue, et même plusieurs fois. Elle est un aveu, mais elle est aussi un dialogue avec la mort qui approche très vite, et qu'il va se donner lui-même.

Le jeune Kirilov tergiverse, griffonne des dessins, hésite, barre des phrases qu'il vient d'écrire, se lève, se rassied – un peu comme Mme du Barry demandant à son bourreau, sur l'échafaud, « encore un instant ». La vie, on a beau dire, ce n'est pas rien. Elle est ce qui précède le rien, ce qui y conduit. Elle est, en fait, tout ce que nous avons. Elle est « notre vie », elle est notre univers, elle est tout. Pourquoi, comment y renoncer ? Là, maintenant, en un instant ? Au nom de quoi ? Comment écarter l'inéluctable ?

Comment écrire ses « derniers mots ? »

On dirait que tout ce qui va se défaire et disparaître à jamais après notre mort était déjà privé – de notre vivant – de toute existence et réalité.

La mort démontre dans ce cas l'irréalité de toute vie.

L'écriture très difficile de cette lettre du jeune Kirilov – qui ne verra pas se lever le jour suivant – nous vaut quelques pages étranges, où le néant lui-même semble prendre la plume, avec l'ironie qu'on lui connaît, mais qui pourtant, ici, peine à nous faire rire.

On dirait que le romancier a eu autant de difficulté à trouver les mots que son personnage.

Pour finir, Kirilov, brusquement, se tire une balle dans la tête et il dit, dans ce dernier geste rapide, tout ce que sa dernière lettre n'arrivait pas à formuler – et que Dostoïevski ne pouvait même pas écrire.

*

Nous connaissons aujourd'hui, à la suite de « progrès » techniques dans le domaine des explosifs, une autre forme de mort volontaire, celle du type « kamikaze », qui consiste à nous donner la mort violemment, délibérément, si possible dans un lieu public et peuplé, pour tuer d'autres vivants, qui nous sont généralement inconnus.

Nous appelons ces volontaires, en général, des « djihadistes », nous essayons de comprendre leurs motivations (ils brandissent presque tous une bannière religieuse, celle de l'islam que nous appelons « radical »), et tout dialogue avec eux, à quelque moment que ce soit, paraît impossible. Ils ne reconnaissent pas nos lois, ils le proclament, ils s'en félicitent et ils restent liés, jusqu'à leur mort, à leurs croyances d'un autre temps.

Aussi parlons-nous le plus souvent de « fanatisme », puisqu'il nous faut bien trouver un mot.

Il ne s'agit plus, dans ce cas, de tuer d'autres hommes, ou d'autres femmes, pour s'approprier leurs richesses (ce qui s'est pratiqué de tout temps et qui paraît presque « normal »), mais d'une autre démarche, plus théorique, et même quelquefois carrément abstraite, qui s'attaque non pas à la réalité d'un bien, d'un territoire, d'un monceau d'or, mais à une autre croyance, c'est-à-dire à une autre brume, à une autre fumée.

Tu n'adores pas le même fantôme que moi, et pour cette raison-là je vais t'assassiner, toi et tes enfants. Si tu refuses de te convertir, de te prosterner devant mon nuage et de te battre à mes côtés, tu dois disparaître de ce monde avec tes erreurs, mensonges, illusions diverses et tromperies. Car tu es une peste, un rebut. Tu rejettes la vérité, tu fermes les yeux à la lumière que je t'apporte, et tu t'avances à pas pesants dans un cloaque. Tu es infâme, tu ne mérites pas de vivre parmi nous. Surtout si tu as le malheur de courber la tête devant cet autre fantôme et de rejeter le mien dans le trou fatal des déviances et des superstitions.

J'ai choisi de débarrasser enfin la Terre des « mécréants » et des nauséabonds. Voilà. J'ai trouvé ma voie, je me suis donné cette tâche au nom de mon dieu. Qui est le vrai et seul dieu, cela va sans dire. Dans l'incapacité de tuer lui-même tous les mécréants de la Terre, il m'a demandé de l'aider. J'ai dit oui.

J'ai blindé mon esprit à tout autre désir. Je ne veux que la mort, la seule vérité.

Le seul acte véritablement justifié.

Et j'en serai récompensé, dans le paradis qui m'attend, par les bonnes choses – du vin, des femmes – auxquelles je reprochais à mes victimes de goûter.

Et peu importe, en plus, qui je tue. Les mécréants se comptent par milliards.

Il suffit de frapper dans le tas.

*

La raison a toujours beaucoup de peine à admettre et à expliquer la déraison. Il en a toujours été ainsi. Rien n'est plus fou que la raison devenue folle, « la raison de la déraison qui par raison se fait », disait Calderon.

Et aujourd'hui encore les « spécialistes », c'est-à-dire tout simplement les observateurs, les commentateurs, ceux qui voudraient comprendre, se divisent âprement sur les fondements et les intentions du djihadisme contemporain. Que nous y trouvions des raisons économiques, sociales, culturelles, des souvenirs amers du colonialisme, de la rancœur, un esprit de revanche, une complainte de dépourvus, un rejet de la société occidentale dans son ensemble, une horreur prétendue de l'obscénité (ce qui n'empêche pas de commettre des viols, de pratiquer le mariage forcé, la pédophilie), qu'on y voie le goût du groupe serré, fermé, de l'organisme directeur, du donneur d'ordres, bref, un peu de tout, c'est une affaire entendue.

Mais on y devine autre chose, autour de quoi nous tournons comme des mouches autour d'un poison, un substrat aussi mystérieux qu'indiscutable que nous appelons, les uns et les autres, tout bonnement, la vérité. C'est la vérité que je connais, c'est la vérité qu'il faut imposer, c'est la vérité qui pousse au crime.

Si j'ai trouvé la vérité, tout m'est possible. Elle l'emportera sur tous mes doutes, toutes mes craintes. Et j'aurai la force de vaincre la mort.

Nous devons d'abord nous mettre d'accord, disent-ils. Oui, la vérité existe. Les sceptiques se trompent, comme les indifférents. Vérité et non-vérité se partagent, dans des proportions variables, le réel. Il y a le vrai, et il y a le faux. Il y a même une infinité de faux, et un seul vrai.

Et la vérité est une et immuable, elle ne peut pas être divisée, car elle est proclamée dans un livre au nom du vrai dieu, qui est le nôtre, et par conséquent elle doit s'imposer à toute force, quels que soient les sacrifices, en même temps, bien sûr, que mon pouvoir temporel, matériel, qu'elle affirme et abrite.

Et la vérité a besoin de moi. Elle est une, par définition, et pourtant chacun, à tour de rôle, génération après génération, affirme sa propre vérité. On voit naître des vérités nouvelles, inattendues. On voit même des hérétiques prêts à mourir en proclamant jusqu'à la fin l'« erreur » (les donatistes, par exemple, conduits au bûcher par saint Augustin en personne, ancien manichéen lui-même, mais qui avait su se corriger à temps).

Situation intenable. La vérité est une, évidemment. Pas de place, ici-bas, pour toutes ces voix divergentes. Rien ne peut être vrai et faux en même temps. Toute vérité est intransigeante. C'est pourquoi il faut faire place nette, une fois pour toutes, arracher toutes les « erreurs » de ce monde et – chimère sanglante – égorger tous ceux qui refusent de croire en mon fantôme et répugnent à l'adorer. En les privant, avec mon poignard, de cordes vocales, je leur arrache ainsi, pour toujours, toute possibilité de mentir, ou simplement de se tromper à haute voix.

Je dirai même quelquefois, en plongeant ma lame dans un cou innocent mais d'où pourrait encore jaillir l'erreur, que je fais un acte de charité, que j'oblige celui que je tue à mourir dans une vérité qu'il eût ignorée sans ce geste, qu'en un mot je le sauve (l'Inquisition a souvent utilisé cet argument, que certains interrogateurs estimaient très « charitable », car au moins la victime, débarrassée d'une existence fautive, serait admise, et pour l'éternité, auprès du vrai dieu).

Je mets cette fausse parole en doute, évidemment. Je la nie. Si j'égorge, c'est avant tout pour que se taise une voix discordante ; même si cette voix, comme ce fut le cas en Égypte au mois de novembre 2017, s'élève dans une mosquée, dans un lieu saint qui pourrait être le mien mais où s'entendent des accents soufis, c'est-à-dire mystiques, personnels, adoucis, tolérants et par là même intolérables.

J'égorge aussi par goût du sang, que je suis autorisé, pour une fois, à faire jaillir d'une chair vivante.

Qui m'y autorise ? Le livre qui dit la « vérité ».

*

Il est vrai que l'Église chrétienne n'avançait pas d'autres arguments que les « fanatiques » d'aujourd'hui et n'agissait pas autrement, jadis, en organisant de funestes croisades au nom du « vrai dieu », ne fût-ce, sans aller chercher très loin, que le sac de Béziers, au début du XIIIe siècle, et l'élimination systématique des cathares languedociens qui suivit.

Nous restons quelquefois stupéfaits, et pour certains terrorisés, en lisant ces récits d'autrefois où des hommes, qui sont nos ancêtres, qui nous ont transmis leur sang, leur langage, leurs goûts, massacraient d'autres hommes, et des femmes, et des enfants, parce qu'ils ne partageaient pas, à la lettre près, leurs croyances. C'était au moins la raison qu'ils donnaient.

La mort trouve souvent les mêmes raisons d'agir et de tuer. Béziers, Raqqa, Alep : même combat.

Or une croyance n'est pas une vérité, elle ne s'appuie sur aucune preuve. « Je crois » ne veut pas dire « je sais ». Il s'agit là, aujourd'hui comme hier, de larges massacres dans le brouillard, dans les nuages, comme si la fantaisie, pour ne pas dire la folie de la foi, n'était au fond que la satisfaction intime de tuer en toute légitimité, en brandissant un drapeau invisible.

Comme si je me donnais une bonne raison de tuer. Comme si tuer le corps tuait aussi l'idée que ce corps énonçait.

Massacres que nous enveloppons parfois d'un mot étrange, d'un mot bizarrement masqué et déguisé, la « spiritualité » ; un mot que toutes les religions tentent de récupérer, qu'elles opposent à « matérialité », ce qui va de soi, mais aussi, souvent, à « intelligence », à la « science » ou à « raison ».

Un mot qui ne se discute pas et qui, peut-être, comme tant d'autres mots, ne veut rien dire. Car c'est évidemment l'esprit qui est à l'origine de la déviance coupable, et c'est à cause de l'esprit que nous nous tuons les uns les autres ; un esprit qui réfléchit, pourtant, qui imagine, qui compare, qui interroge, qui voudrait même quelquefois comprendre (gare à lui).

Mais avant qu'il ne puisse s'exprimer, on a écrasé la chair où il cherchait refuge, cette caverne où il se croyait à l'abri d'autres esprits, cette fois mieux armés que lui.

Mort, il n'a plus rien à comprendre. L'esprit a tué l'esprit. La chair n'a plus rien à dire.

*

À propos de spiritualité, je me demande une dernière fois : qu'est-ce qu'un « esprit » ? Que veut dire ce mot ? Ayant laissé derrière nous, et pour toujours, notre masse de chair et d'os, déjà putréfiée et puante, deviendrons-nous un jour, comme dans les romans gothiques, de « purs esprits » ?

Peu de mots ont été plus galvaudés, plus invoqués, plus appelés à la rescousse que celui-là. Des dizaines de milliers de pages ont été écrites pour tenter – sans succès – de le distinguer du mot « âme » (« *animus versus anima* »), car l'esprit, produit du corps, n'a pas le privilège d'être immortel, sauf s'il lui est accordé – mais la chose est rare – de devenir un fantôme. Il est alors condamné à errer dans les bois sombres, ou dans les landes inhabitées, à la recherche d'on ne sait quel repos.

Nombreux ont été – et sont encore – les peuples qui ont senti autour d'eux, surtout la nuit, la présence d'« esprits », qui souvent gémissent et se plaignent, qui sortent des rochers, comme chez les Papous. Sans les apercevoir, car leur présence est translucide et fugitive, nous avons tenté de les apaiser (les sentant souvent en souffrance) et de les éloigner, par des exorcismes, des prières, des sacrifices et diverses cérémonies, surtout quand il s'agissait de « mauvais esprits ».

*

Il est très rare, paraît-il, quelle que soit la tradition, de rencontrer un esprit heureux et reconnaissant. Par définition, l'esprit se lamente. Il est insatisfait, il est même au désespoir. On dirait qu'il a oublié quelque chose sur la Terre, quelque chose d'indispensable, qu'il veut à toute force récupérer. Sinon, son éternité ne sera que manque et douleur.

Il traîne un peu partout à la recherche de cette chose, de ce secret qui seul pourrait le satisfaire, et mettre un terme à ses lamentations. Il est même, parfois, quand il erre depuis longtemps, incapable de dire ce qu'il voudrait trouver, ou réparer. Il a oublié. Peut-être cherche-t-il encore le corps qu'il a définitivement perdu, ou le geste précis qu'il doit accomplir, ou quelque souffle de passage.

Il n'est content ni de sa vie ni de sa mort. Il lui manque toujours quelque chose. Il n'est que reproches, il gémit, il tape dans les murs. Nous ne savons même pas comment le soulager. Il cherche, au moyen de certaines drogues, danses, de certains rituels, de certaines musiques, à prendre « possession » d'un corps encore vivant.

Et il souffre, aussi, de ne pas pouvoir nous mettre sur la voie, car – même s'il s'empare d'un autre corps, d'un corps présent ce soir-là, nous ne comprenons jamais ce qu'il voudrait nous dire, et pourquoi on l'a dérangé.

L'esprit, qui a besoin du corps, est cette partie de nous-même qui n'est que rarement satisfaite de l'attention que nous lui portons. Il est conscient de son importance, il en est même fier, il a toujours quelque chose à nous dire, quelque chose de vrai, de très important, mais par malchance il ne peut plus parler. Et s'il parlait, du temps de notre vie, lorsque nous étions liés, nous ne l'avons pas écouté. Pas assez longtemps, en tout cas.

Peut-être même ne l'avons-nous jamais rencontré. Il a besoin d'être un autre, de jouir d'un autre corps, d'une autre voix – au moins pour un soir.

L'esprit est notre remords nocturne, traînant dans tous les fossés de la nuit. Il est une partie de notre honte, de notre chagrin, ou de notre insatisfaction profonde, que le vent porte ici et là, selon les saisons. Il est cette partie de nous que nous avons oubliée en route, ou que nous avons mal dirigée, ou que même nous avons étouffée dès notre jeunesse, et poussée à se séparer de nous, à nous fuir. Il est notre voix persistante et indiscutable, notre présence ici-bas qui s'éteint. Il est aussi notre reproche.

Il est notre silence, ce que nous voudrions crier de tous les côtés et que pourtant nous étouffons dans notre gorge.

Même si nous sortons un jour de cette vallée que je cherche encore, quelque chose en nous se lamentera, et cela jusqu'à la fin des temps, jusqu'à la dissolution du néant, alors même que nous n'aurons plus ni conscience ni mémoire.

L'« esprit » est peut-être ce que nous aurions pu être, notre « surmoi », notre possible statue – à côté de laquelle nous sommes passés par mégarde, ou bien par simple distraction, car nous étions si occupés à vivre.

Pourquoi ce double, pourquoi notre secret s'attache-t-il encore à nous ? Pourquoi s'acharne-t-il, maintenant, après la fin de notre vie ? Pourquoi vient-il troubler notre dernier calme ? Que voudrait-il nous dire, que nous ne savons pas ? Et comment parvient-il à survivre, sous une forme évanescente, insaisissable ?

Sans doute parce que nous sommes, chacun ou chacune de nous, le seul, ou la seule, à le voir.

Je suis prêt à parier que le montagnard japonais n'a jamais vu d'esprit se risquer dans les tourbillons du torrent. Il n'y a perçu aucune plainte, aucun reproche. Les eaux de la cascade n'avaient rien à lui dire.

Intermède

Cependant les minutes passent, dans notre caveau, et même les heures, et même les jours sans doute, et nous ne sommes toujours que néant. Aucune lumière n'est venue nous éblouir, aucune trompette n'a sonné, aucune voix sévère ne nous a appelés pour un éventuel jugement, dont on nous menaçait pourtant. Personne n'a percé le moindre trou dans notre cercueil pour vérifier notre présence.

C'est ce que je me dis, tout en me promenant dans la vallée, les pieds toujours dans l'herbe.

Là, au-dessous, dans la terre et les pierres, nous n'intéressons plus personne, nous sommes seuls, tout à fait seuls, gagnés, jour après jour, par l'indifférence et l'oubli. Seuls pour toujours. Quelle déception, en fin de compte. La Terre tourne, sans doute, le monde va sans nous, comme c'est probable. Il va sûrement mal, il en a l'habitude, mais il va. Notre corps lentement se décompose, les vers nous dévorent (ils vivaient en nous, ils n'attendaient que ce moment-là), ou bien nos cendres se mêlent à la terre, à la mer, selon la mort que nous avons choisie.

Et rien. Toujours rien. Bientôt, il ne restera pas la moindre poussière de nous. Sauf quelques os, peut-être, qui sont les plus durables.

Impossible même de savoir si nos « dernières volontés », comme nous avons pris l'habitude de dire, ont été respectées. Elles ne le sont que rarement.

Mais que nous importe à présent ? Nous ne savons rien de tout cela. Nous n'avons plus d'yeux, plus d'oreilles, nous ne savons plus rien de rien.

Aucune décision ne peut plus être la nôtre. D'ailleurs, quelle décision pourrions-nous prendre ?

Quel choix nous reste-t-il ?

Il est évidemment impossible d'imaginer un esprit sans pensée, un corps sans mouvement, un cadavre qui se demanderait : « Mais que se passe-t-il ? Où suis-je ? M'aurait-on, par hasard, oublié, coincé dans ce trou, les bras bloqués ? Où sont les portes de cette éternité qui m'était si souvent annoncée ? Qu'attendent-elles pour s'ouvrir, même si je dois plonger, tête en avant, dans l'enfer que j'ai, comme je le crois, très probablement mérité ? »

Interrogations de pure fantaisie, proches du cauchemar, imaginées par des vivants. Aucune réponse dans les tombes.

Pas une voix ne vient à nous de l'au-delà. Personne n'y respire, personne n'y écoute et personne n'y voit.

Rien. Toujours rien.

En écrivant ces quelques mots, vivant encore, je marche, je m'arrête, je joue, je blague presque, je « fais le mort », comme si j'étais mort déjà. Mais je ne le suis pas, pas encore, et je peux le prouver en parlant de la mort, justement. En plus je respire, je marche, de temps en temps j'écris un peu, j'entends la pluie qui tombe sur les feuilles des arbres (un son que j'ai toujours aimé), lorsque je suis chez moi je caresse mon chat qui apprécie ma main, je réponds au téléphone et je pense au néant, d'où toute pensée est exclue.

Si personne n'a jamais su qu'il était mort (retour à Sénèque), et ne le saura jamais, nombreux sont ceux qui, en cours de route, ont oublié qu'ils étaient mortels, et qui sont, comme nous avons coutume de dire, « surpris par la mort ».

Une surprise qui peut me frapper, moi aussi, à chaque seconde de cette promenade, et m'empêcher de finir cette phrase (Lautréamont écrit quelque chose à ce sujet).

Ma vie se terminerait, comme beaucoup de vies, sur quelques points de suspension.

Je ne serais pas prévenu.

Je n'aurais même pas le temps d'être surpris, de me dire : « Ah bon ? C'était pour aujourd'hui ? »

*

Qu'aurais-je pu ajouter à cette vie ? Qu'aurais-je pu faire, que je n'ai pas fait ? Qui aurais-je pu aimer, ou combattre, ou venger, ou aider ? Quelle injustice, quel déshonneur aurais-je pu dénoncer, corriger ?

Personne ne viendra me le dire.

S'il me restait encore un jour à vivre, ou même une heure, qu'en ferais-je ?

Questions que j'aurais dû sans doute affronter plus tôt, quand j'étais vivant, et que je pouvais encore tenter d'y répondre.

Elles sont les seules questions intéressantes, que nous aurions dû nous poser à chaque moment de notre vie. Mais nous avions, alors, autre chose en tête.

Puisque le rien semble beaucoup plus puissant que le tout, et le silence plus chargé que le bruit, comment percer le mur du néant, ou l'escalader en douce pour jeter, ne serait-ce qu'un coup d'œil, de l'autre côté ?

Ils sont si nombreux, avec Virgile et Dante (et Orphée avant eux), ceux qui se le sont demandé ! Visions, miracles, illuminations, apparitions, ici de la Vierge Marie, ailleurs de Shiva ou de Kali la sombre, ou de quelque « esprit » là encore, de quelque messager mystérieux, anonyme, comètes aux trajectoires diversement interprétées, étoiles filantes, sylphides, zombis, chimères, tritons, monstres ressurgis de nos peurs anciennes (comme celui qui anéantit Hippolyte sur le chemin de Mycènes), tout est là pour nous mettre en garde, mais ce ne sont, évidemment, que clins d'œil facétieux, menteurs. Astuces littéraires.

Nous ne voyons, sur la Terre comme au ciel, comme d'habitude, que ce que nous voulons y voir.

Et nous ne pouvons écrire qu'avec nos mots.

Shakespeare, nous l'avons noté au passage, s'est fait l'écho de quelques-unes de ces peurs. Qu'elles l'aient traversé, et qu'il les ait chassées, nous l'espérons pour lui.

Il ne s'agit, de toute façon, que de fausses pistes.

*

Tant de philosophes se sont confrontés à cette question du réel, de l'être, et de la fin de l'être. Jean-Paul Sartre, aujourd'hui quelque peu oublié, mais qui fut, avec Albert Camus, le grand auteur français de notre jeunesse, la figure même – avec Merleau-Ponty – du « philosophe », avait intitulé son œuvre majeure *L'Être et le Néant,* sans nous donner plus de lumière sur l'obscur. Puisqu'il est admis, depuis près d'un siècle déjà, que l'existence précède l'essence, que nous existons avant d'être et que c'est par là qu'il faut commencer, comment parler de notre condition ? Le Néant est-il la fin d'un être, ou de l'Être ? L'« Être » proprement dit, relégué au second plan, pourrait-il connaître une fin ? Et se confondre enfin avec son apparence ?

La vieille notion d'« Être », ou d'« essence », a-t-elle encore, sinon une réalité, au moins un sens ?

Je me souviens de discussions minutieuses et sans fin, dans les cafés du quartier Latin, au cours des années 1950, devant une maigre limonade, ou une menthe à l'eau. Le détail de ces échanges m'a depuis longtemps échappé, mais je me rappelle comment, de ces hautes questions héritées de Platon et de Hegel, que nous n'hésitions pas à appeler « métaphysiques », nous passions vite à l'antisémitisme (pas mort), à l'anticommunisme (timide), un peu plus tard à la guerre d'Algérie (injustifiable), au colonialisme (odieux), au capitalisme (abject), au stalinisme (criminel), au racisme (absurde), et ainsi de suite.

Nous vivions jeunes. Nous pensions avoir toute une vie devant nous pour régler tout ça. Nous venions de connaître la guerre, l'atrocité, les camps d'extermination, la tentative d'effacement de plusieurs peuples, juifs et gitans, la barbarie la plus sombre.

Nous ne pouvions rien imaginer de pire.

Nous allions régler tout cela, une fois pour toutes. C'était à notre tour d'agir, de changer l'homme. Nous apercevions toute une vie devant nous pour laver le sang et les larmes, et pour qu'apparaisse, grâce à nos efforts, un monde clair et acceptable.

Seul le meilleur nous attendait. Nous sortions de l'orage puant et de la folie des médiocres. Grâce à nous, ces temps-là ne reviendraient plus.

Aujourd'hui, nous le constatons chaque matin, nous ne sommes guère plus avancés. Toute une vie s'est déroulée – la nôtre –, et d'autres horreurs ont surgi, ici et là ; d'autres horreurs et d'autres illusions. Le meilleur, entendons-nous dire, est peut être derrière nous. Et de la mort, de notre mort, il n'est toujours pas question. Elle n'a pas changé de statut.

Je glisse ici – mais j'aurais pu le faire ailleurs – quelques questions de Chateaubriand, qui se promène le soir dans une antique basilique, à Rome, parmi des tombes oubliées :

> Tout est-il vide et absence dans la région des sépulcres ? N'y a-t-il rien dans ce rien ? N'est-il point d'existence de néant, de pensées de poussière ? Ces ossements n'ont-ils pas des modes de vie qu'on ignore ? Qui sait les passions, les plaisirs, les embrassements de ces morts ?... Dans votre éternel silence, ô tombeaux, si vous êtes des tombeaux, n'entend-on qu'un rire moqueur et éternel ?

Poser la question, c'est évidemment y répondre. Non, il n'y a rien dans ce rien, dirait Freud. La poussière ne pense plus. Elle n'est que poussière. Les tombes de la basilique romaine sont silencieuses et insensibles. Même en tendant l'oreille, Chateaubriand – qui, pour parler des athées radicaux, a inventé le mot « néantistes » – n'entendra rien.

Les morts ne rient pas, ni ne pleurent.

Pas d'« existence de néant ».

Le seul à éprouver quelque émotion – pour un moment, en tout cas – est celui qui marche lentement entre les tombeaux, sans même essayer de lire les noms de ceux qui gisent là.

C'est la vie qui passe prudemment entre les caissons de la mort, sur la pointe des pieds, en s'efforçant de ne déranger personne.

Craignant peut-être d'apercevoir son nom sur une des pierres.

Et la beauté ?

Est-ce qu'un bon livre peut nous aider à bien mourir ? Autrement dit, pouvons-nous faire confiance à ce que nous appelons la « Culture », ou les « Beaux-Arts », pour mieux clôturer notre existence ?

Meurt-on plus facilement si on a lu Sénèque, Eschyle et Chateaubriand ? et le *Phédon* ? et la scène du suicide de Kirilov dans *Les Démons* ? Si on a visité Kyoto et les catacombes de Rome ? Si on connaît, même vaguement, la mécanique quantique ? Si on parle couramment plusieurs langues ?

Ou, au contraire, est-il plus simple de partir sans bagages ? De voyager léger ?

De rencontrer la mort sans la connaître ?

De ne pas nous casser la tête à apprendre ce que, de toute façon, un jour, bientôt, nous ne saurons plus ?

Rien n'est ici garanti, faute, évidemment, de témoignages posthumes. Mais la question a été posée depuis longtemps et a reçu des réponses diverses. Elles sont la plupart du temps littéraires, harmonieuses, très soigneusement astiquées. L'amour de l'art, il est vrai, disent certains, peut sans doute nous aider à mieux traverser notre vie (en tout cas) et à mieux recevoir la mort (moins sûr).

Si nous avons apprécié les œuvres de nos semblables, d'hier ou d'aujourd'hui, et si nous avons frôlé la beauté, au moins nous ne serons pas venus pour rien. Frayeurs, mais délices. Toutes les grandes œuvres ont été traversées par la mort, dont la gloire, en effet, comme promis, a été « sans pareille ». Et, à la fin de chaque livre, à coup sûr, nous sommes encore vivants, quelle que fût la traversée. Vivants et rassurés.

Madame Bovary est morte, comme Kirilov, et je suis encore vivant.

Nous avons connu des frissons, et même parfois des épouvantes, mais cela en valait la peine. Dans le néant, c'est sûr, nous n'aurons plus peur, nous ne tremblerons plus et nous ne verrons plus de beautés. Nous ne verrons rien.

Et l'art sans la mort, de toute façon, ne se conçoit pas. Certains disent même que nos premières œuvres d'art ont été des tombes, ou en tout cas des sarcophages.

Les dernières seront des ruines.

Même si, pour notre part, nous n'avons pas contribué à l'exercice de l'intelligence, de l'imagination, de ce que nous appelons, divinement, la « création », au moins en avons-nous joui. Nous étions invités au spectacle. Tant pis pour nous si nous l'avons raté. Il n'y aura pas de reprise.

Je comprends, par exemple, qu'un très riche milliardaire rassemble une collection de peintures magnifique, auprès de laquelle il vit aussi souvent que possible, qu'il admire et aime sincèrement, et qu'il lègue, avant de mourir, à quelque organisme public (malgré les cris et les menaces de ses héritiers déshérités). Il peut mourir satisfait, avec un dernier regard d'amour à ses plus belles pièces, avec même le sentiment de laisser une œuvre, la sienne, derrière lui.

Au moins a-t-il pris de la joie à apprendre, à vivre, à regarder et même à acheter.

Et sa collection porte un nom, le sien, qu'elle gardera. Il en a sans doute sauvé une partie. Elle a peut-être aidé à faire connaître un grand artiste. Elle sera même sa dernière pensée. Tout ce qui restera de lui.

Les milliardaires de cette trempe sont rares et, comme la plupart des humains, par simple besoin de vivre, ils ont autre chose à faire que de lire des livres et de visiter des musées. Là aussi, nous sommes toujours dans le Temps, pressés par lui, et nous n'en sortons pas. Pour la plupart d'entre nous, mille questions matérielles se posent chaque jour, à chaque instant, qui détournent nos regards de l'admiration et nous obligent au souci.

Et si je reviens, ne serait-ce que pour quelques secondes, à notre montagnard japonais, il me semble que sa culture artistique – que je ne méprise pas, qui est réelle, sans le moindre doute – ne l'aide en rien dans son activité.

Cela dit, je peux me tromper. Chacun vit selon son goût, et selon son niveau de culture. Aucun barreau, dans l'échelle humaine, n'est au-dessus de l'autre. Il est possible – cela a dû se voir – de mourir désespéré, et hurlant de rage, parmi des chefs-d'œuvre étalés tout autour du lit. Et nous connaissons encore, sur cette même planète, des peuples que nous appelons primitifs, qui se nourrissent de fruits sauvages et d'insectes, et qui savent accueillir la mort aussi simplement, aussi « naturellement », que nous devrions apprendre à le faire.

Certains disent – et ils ont de bons arguments – que c'est peut-être dans la reconnaissance et la fréquentation de la beauté qu'il est le plus facile d'échapper à la hantise récurrente du néant. Certes, à écouter les religieux, on nous a mis au monde pour souffrir et mourir – ce que nous pouvons considérer comme impardonnable, ou insupportable, ou injuste, ou parfaitement arbitraire –, mais tout de même, que de splendeurs autour de nous, que d'harmonies, que de beautés dans les déserts et les forêts, dans les animaux, dans les nuages mais aussi – et même assez souvent – dans la présence des visages, des corps, et dans les travaux des mains humaines.

La beauté du spectacle, au moment même où nous la saisissons, est la négation du néant.

La seule, peut-être.

Et cela nous fait dire, quelquefois, que toutes ces merveilles sont réelles, sans aucun doute, qu'elles auraient existé même sans nous, même si nous n'étions pas nés – qu'elles fussent l'œuvre des mains humaines ou des hasards de la nature. Nous serions restés devant la porte, quelque part dans le vide immense, sans aucun accès au trésor du monde.

Mais non. Nous l'avons vu, et même quelquefois de près. Nous l'avons caressé, au moins des yeux. Devant des œuvres humaines, nous nous sommes dit que d'autres mortels ont fait ceci, ont composé cela. Comme s'ils avaient pensé à nous. Comme pour nous laisser quelque héritage, nous disant par exemple : « Nous ne sommes pas différents, vous et moi. Nous sommes les mêmes. Voici comment nous avons répondu au commun souci. Essayez donc d'en faire autant. »

Même si les renards, les herbes et les chauves-souris restent insensibles à ces beautés, au moins nous ont-elles reliés, un instant, les uns aux autres.

Ils sont nombreux, paraît-il, ceux qui choisissent à l'avance telle œuvre musicale pour accompagner leur agonie. Bach aiderait-il à mourir ? Ou Ravel et sa *Pavane* ?

De tout cela nous ne garderons, dans notre tombe, paraît-il, aucun souvenir. Quelle importance ? C'était le moment de notre rencontre avec la beauté qui comptait. Ce moment-là, fugitif comme tous les moments. Nous devrions en être satisfaits, même si la rencontre était brève. Quelques secondes à peine, parfois.

Mourons joyeux, c'est préférable.

Et taisons-nous.

Avons-nous cessé de vieillir pendant la lecture d'un bon livre ? Quelque chose d'inexplicable s'est-il passé dans notre sang, à l'écoute de ce concerto ? Dans le secret, si bien gardé, de nos cellules ?

La beauté exercerait-elle une influence physique ? Palpable ? Mesurable ?

C'est bien possible. Peut-être même, sans nous le dire, prolonge-t-elle notre vie. Et nous laisse-t-elle un peu plus de temps pour jouir d'elle.

Question voisine pour un film, pour une pièce de théâtre que nous avons beaucoup aimée. Sommes-nous plus vieux en sortant ? Ou plus jeunes ?

La question n'est pas absurde. Le vieillissement n'est sans doute, pour une partie de notre totalité, que le sentiment de vieillir. Toutes les cellules qui nous composent changent, et pourtant nous sommes toujours le même homme, la même femme. Anciens et nouveaux. Inquiets et influençables.

En fait nous ne sommes qu'un point, hors de l'espace et peut-être même hors du temps. Et nous prenons ce point pour le centre du monde.

Mais peut-être, après tout, subissons-nous sans le savoir quelque influence ? Aristote l'affirmait déjà : le théâtre peut « purger nos passions », apaiser notre violence cachée. À condition, bien entendu, que cette catharsis s'exerce à un certain niveau de conscience, à tous les sens du mot.

Car le contraire est vrai. Le théâtre – au sens large, pensons aux parades nazies – peut aussi nous pousser au pire.

*

De toute façon, si la beauté ne nous aide pas à mourir, au moins nous aide-t-elle à vivre. Qu'elle fût naturelle ou artificielle, qu'elle ne plaise pas à tout le monde, qu'elle dérange, qu'elle étonne, tous les peuples l'ont appréciée, l'ont recherchée – selon leurs critères et leurs traditions. Depuis les grottes de la préhistoire, nous n'avons pas pu vivre sans elle. Elle est une aspiration que nous recevons à notre naissance, une partie du souffle qui nous porte en avant.

Elle est même, dans la foulée d'Aristote, l'argument majeur de ceux qui nous encouragent à vivre. Bien sûr, nous devrons mourir un jour ou l'autre, c'est une affaire entendue. Mais, avant d'en arriver là – le plus tard possible, s'il vous plaît –, nous aurons pu goûter à toutes les beautés de cette planète, que nous savons, de ce point de vue, au moins dans notre système solaire, incomparable. Et demain le spectacle sera encore plus beau.

Grâce à nous, peut-être.

« Voir Venise et mourir », disent les Italiens (et ils ne sont pas les seuls). Et nous pourrions remplacer Venise par Paris, par Prague et Cracovie, par Tolède, par New York, Ispahan et Kyoto, par tant et tant d'autres villes, car tous les peuples ont aimé, partout, mettre, autour de chaque jour et de chaque instant de leur vie, le plus de beauté possible.

Cette beauté qui nous est indispensable, qui nous aide à vivre, sinon à mourir.

Je revoyais récemment, à la télévision, des images de l'« Arabie Heureuse », cette partie du Yémen (que j'ai eu la chance de connaître, au temps où le pays vivait encore en paix), où les montagnes et les habitations humaines semblent participer de la même matière, de la même vision et aussi de la même harmonie, des mêmes teintes, comme si les hommes avaient bâti leurs montagnes sur le modèle de leurs demeures, composant ensemble, sans une faille, un des plus beaux paysages du monde.

Et je me disais que j'aurais pu mourir sans voir ça ; et même que j'aurais pu ne pas naître, rester à jamais dans l'ignorance, qui est la marque même du néant.

Car je suis ignorant du monde, du monde presque tout entier. Si je me réjouis d'avoir connu le spectacle que nous propose le Yémen, combien d'autres images, dans les milliards de planètes qui se déplacent dans l'infini, aurai-je manqué de voir ?

Eût-il mieux valu ne rien me montrer ?

Quand il s'agit d'évoquer le voisinage de la mort, on me parle aussi, quelquefois, de « sagesse ». C'est un mot que je fuis, car il a quelque chose de mollasson, de résigné, et même de secrètement satisfait, presque vaniteux. Il indique un refus plus qu'une adhésion, une crainte plus qu'un accueil, une clôture en fer plutôt que des bras ouverts.

Je m'assieds dans un coin, je respire calmement, je regarde avec indulgence passer le monde. Je suis libéré de mes émotions et je suis un sage, me dis-je.

En réalité, je m'en fous. C'est ma seule réputation qui compte, et à laquelle je travaille.

Je joue au sage sous le regard des autres.

*

La beauté n'est pas la sagesse. L'indifférence non plus. Elles en sont même, peut-être, le contraire. Loin de tout fatalisme, de toute abdication, la beauté exige de l'ardeur et de l'enthousiasme, de l'audace, quelquefois même du scandale, du remue-ménage, de la bagarre et du parti pris. Elle nous pique les reins, elle est bruyante, elle excite plus qu'elle ne calme.

Elle ne laisse pas « indifférent ».

Nous pouvons quelquefois en mourir.

J'ai toujours trouvé très étrange ce poème de Baudelaire – lui qui se voulait si « moderne » – où il présente la Beauté, avec une majuscule, comme un « rêve de pierre ». Il lui fait dire qu'elle « trône dans l'azur comme un sphinx incompris », et même qu'elle hait « le mouvement qui déplace les lignes ».

On dirait qu'il parle de quelque modèle hellénistique, hiératique, aux dimensions calculées, inamovibles, fixées depuis longtemps par un dieu géomètre.

Paroles surprenantes chez un poète qui, précisément, bouleversait les lignes ordinaires de l'esthétique, qui semblait tourmenté, anxieux, et consacrait tout un poème à une charogne, objet en décomposition qui déplace non seulement les lignes, mais toutes les cellules, toute la matière d'un corps naguère vivant.

Comme disait avec plus de justesse (il me semble) André Breton, un siècle plus tard – mais il parlait encore au futur : « La beauté sera convulsive ou ne sera pas. »

Je rappelle à ce propos, au passage, ce bref dialogue oriental – japonais, lui aussi, il me semble.

Quelqu'un demande :

– Comment un être humain peut-il savoir qu'il a atteint la sagesse suprême ?

– Quand il cesse de se poser cette question.

Immortels ?

Tous en rêvent, presque tous, et nombreux sont ceux qui y travaillent. C'est-à-dire : qui travaillent à leur propre métamorphose, qui précédera leur disparition. Dans les laboratoires, dans les journaux, dans les salons spécialisés, on ne parle que d'elle, de l'immortalité promise et annoncée. De celle des humains, en tout cas, qui se profile à l'horizon – dans cinquante, soixante, cent ans peut-être ?

Elle est le cri du jour – avec, bien entendu, l'intelligence artificielle.

Nombreux les mortels qui s'y attellent, tout en sachant que ce ne sera pas pour eux, que certes leur vie s'allongera, de plus en plus, mais qu'ils resteront mortels jusqu'au terme, que cette existence les abandonnera de toute façon, et qu'ils travaillent, dans le meilleur des cas, pour leurs arrière-petits-enfants.

Pour quelques-uns d'entre eux, en tout cas.

Il s'agit de changer peu à peu les pièces principales de notre anatomie, ce qui est déjà en cours (je jouis moi-même d'un genou de synthèse, depuis quelques années déjà, et de cristallins correctifs, qui ont changé ma vue et ma vie), et, plus profondément, plus dangereusement peut-être, en allant jusque dans les secrets les mieux gardés de notre matière, de nos cellules, de détruire, ou de remplacer, tout ce qui nous pousse à mourir.

Y compris mon désir d'en finir, si bien caché soit-il.

*

Cette offensive internationale en faveur de « la mort de la mort », comme l'écrivent quelques plumes hâtives, n'hésitant pas à parler d'un *Homo Deus,* n'est peut-être qu'une illusion, qu'un rêve – mais tôt ou tard nous réalisons nos rêves, même s'il faut attendre des siècles et n'y parvenir qu'avec maladresse et désastre, parfois. Nous pouvons sans doute l'affirmer, ce mouvement technologique, qui est bien lancé, ne s'arrêtera pas de sitôt, même si nous ne savons pas précisément, en ce moment, les méthodes qu'il utilise (plusieurs méthodes, apparemment, dont certaines sont tenues secrètes).

Cette déclaration de guerre à notre plus tenace adversaire, qui nous terrasse tous à tour de rôle, depuis nos origines les plus lointaines (les dinosaures, déjà, mouraient), changerait d'abord notre vocabulaire. Nous ne serions plus des « mortels », pour commencer. Nous appellerions-nous les « immortels » ? Cela ferait un peu vieux jeu, retour à l'Olympe.

Nous assimiler à des divinités mises au placard depuis longtemps ? Des immortels artificiels ? Non, nous valons mieux que ça, pensons-nous.

Un mot à trouver.

Ou bien dirons-nous voilà, c'est fait, nous sommes enfin des êtres humains ? Tout simplement. Des êtres humains accomplis, bâtis pour durer. Dieu nous avait plus ou moins ratés, il avait bâclé son travail (fatigué, en fin de semaine), il était grand temps de prendre en main notre existence, après tant d'approximations, et de la prolonger, peut-être à l'infini – qui sait ? – tout en gardant la mort comme une option possible.

L'*Homo habilis,* l'*Homo erectus,* l'*Homo faber* et même l'*Homo sapiens* sont loin, très loin déjà. Nous en perdrons bientôt le souvenir, et les vestiges.

Homo Deus, oxymore apparent, est une des nouvelles expressions à la mode, qu'il faut cependant aborder, pour le moment, avec discrétion et prudence, car les dieux nous résisteront, c'est sûr et certain.

Ils n'ont pas l'habitude de se laisser jeter sans réagir.

Dans les années 1960, nous entendions crier un peu partout « Dieu est mort ! », et nous savons qu'il n'en était rien. Même en Russie, il a refait surface.

Méfiance, donc – surtout si nous entendons crier : « L'homme est mort ! »

*

Là comme ailleurs, il n'est pas question que tous les mortels en profitent. La chose est impensable, et d'abord parce que cela coûterait infiniment trop cher. Et aussi parce que tous les mortels ne sont pas dignes de vivre pour toujours, les tueurs en série, par exemple, ou les terroristes, ou les pillards, tous les malfaisants que nous connaissons.

Il faudra bien leur faire une fin, les exclure, d'une manière ou d'une autre, du bref cortège des privilégiés.

Il faudra décider d'un tamis, d'un crible.

C'est une première difficulté. Elle est de taille.

Sans parler des infirmes, des handicapés, des drogués, des malades mentaux, des individus de « basse nature », ou de « sale race », que les eugénistes convaincus, naguère – les médecins nazis par exemple – rejetaient carrément de l'espèce humaine et interdisaient de reproduction.

Pas d'immortalité pour les éliminés de naissance, ni pour les monstres ni pour les pauvres – ni, sans doute, pour les opposants politiques les plus forcenés. Il faudra les stériliser, mais qui osera légiférer en ce sens ? Qui osera dire : à quoi bon prolonger une vie de malheur ? Ou la transmettre ? Et une vie de malfaisance ? De rébellion ? De mauvais esprit ?

Où s'arrête, où s'autodétruit le sens même du mot « vie » ?

Comment reconnaître, dès le départ, une vie qui n'en vaut pas la peine ? C'est-à-dire : une vie qui, à coup sûr, ne serait faite que de souffrance et ne provoquerait qu'ennuis à tout un chacun ?

Il faudra choisir. À part moi, qui ?

Ces vieilles et atroces questions reviendraient à l'assaut. Inlassablement.

Sans même parler des raz-de-marée, des ouragans et des tremblements de terre, qui s'abattent toujours sur les plus démunis (« il pleut toujours sur les mouillés »), nous allons donc vers une discrimination nouvelle, inédite, un choix qui mettra, une fois de plus, à coup sûr, les riches d'un côté et les infortunés de l'autre ; ceux qui passeront comme d'habitude, plus ou moins tard, dans un autre monde, comme nous l'avons toujours fait – naissance, vie et mort –, et ceux qui resteront longtemps sur cette Terre bien-aimée, solidement protégés dans quelques réserves de luxe – peut-être même embarqués sur des satellites privés, très confortables, tournant sans repos dans l'espace, et ne voyant plus « le temps passer ».

Bref, nous ne serons pas tous immortels, il s'en faudra même de beaucoup. D'où l'émergence, probable, de nouvelles mythologies, de nouveaux paradis – pas seulement fiscaux – et de nouveaux enfers, cette fois précisément localisés sur la Terre, et qui d'ailleurs, comme nous le savons, fonctionnent déjà. Il ne s'agit plus d'enfers financiers (au fait, est-ce que ça existe ?), mais de l'enfer proprement dit, avec la misère au bras du chagrin.

Mais qui sera choisi ? Et par qui ? Selon quels critères ? Sous quel contrôle ? Et si, par hasard ou par choix, notre mauvais côté l'emportait ? Notre face sombre ? Si nous ne pouvions transmettre que nos tares, notre violence incontrôlée, notre férocité, notre haine – que nous voyons se manifester tous les jours, quel qu'en soit l'objet –, notre goût de la mort et du sang ?

S'il existait plusieurs recettes, plusieurs techniques ? Plusieurs secrets ?

Si – nouveaux beaux quartiers de demain – deux ou trois nouvelles tours de Babel s'érigeaient, artificiellement alimentées, pompant toutes les richesses restantes, militairement inexpugnables et réservées aux riches de ce monde ?

Sans aller jusque-là, si des gangs s'emparaient de la formule d'immortalité pour en faire commerce ?

Qui peut se porter garant du contraire ?

Qui peut dire : « Nous, et nous seuls ? »

*

Si nous devenons immortels – ou presque – en conservant sans doute les habitudes et les défauts qui sont les nôtres aujourd'hui, et qui vont s'aggravant avec l'âge (ce qui est souvent le cas), vers quel nouveau monde nous dirigeons-nous ? Sans aller jusqu'au commerce illégal de la vie, jusqu'à une mafia des immortels (mais qui sait ?), plusieurs futurologues se demandent déjà non seulement si nos tendances querelleuses, jalouses et criminelles persisteront (on peut répondre assez vite), mais si nous connaîtrons davantage d'assassinats, de vols, de viols, de massacres et de suicides, si nos appétits divers se multiplieront, se durciront, au même rythme que nos drogues, quels seront le nouveau rôle et le nouvel aspect de l'argent si celui-ci s'accumule toujours dans les mêmes poches, que deviendra notre sensibilité – dont nous sommes si fiers – par rapport aux religions, aux rituels, aux beaux-arts, aux modes de vie, à la police, aux nouveaux malheurs du monde – et comment nous serons reliés à toutes nos habitudes de pensée, et plus particulièrement à l'histoire, que chacun raconte à sa façon.

Cela fait beaucoup de questions.

Comme des lois nouvelles seront indispensables (tout code juridique reposant avant tout sur les notions de vie et de mort), qui les votera ? À l'intention de qui ? dans quelles conditions ? sous quel contrôle ?

Ces lois seront-elles les mêmes pour tous ? L'assassinat d'un immortel sera-t-il plus gravement puni que celui d'un individu ordinaire, qui n'aura pas pu trouver les moyens de prolonger son existence ?

Les avocats seront-ils, au moins certains d'entre eux, immortels ? Et la peine capitale ? Pourra-t-on condamner à mort un immortel ?

Ou le condamner à la prison à vie ?

*

Que nous le voulions ou non, nous sommes tous nés à Hollywood. En tout cas, depuis le début du XXe siècle, nous y revenons sans cesse, nous y prenons la plupart de nos racines, de nos modèles, de nos aspirations superficielles et profondes. L'« immortel » d'aujourd'hui, qui peut-être ne sera pas le même demain, est la version californienne du surhomme qui court depuis des milliers d'années dans nos rêveries de Terriens. D'Ogier le Danois à Tarzan, de Samson à Batman, d'Athéna à Superwoman, une mythologie en remplace une autre : simple changement d'imagerie. Pour distancer les héros antiques, ou médiévaux, qui ne sont plus dans la course, nous avons inventé, au XXe siècle, les « super-héros », en leur donnant les « pouvoirs » que nous rêvons, depuis l'origine des temps, d'exercer nous-mêmes.

Dans le Mahâbhârata indien, un personnage nommé Arjuna – premier guerrier du monde – est emmené dans les étoiles par une machine qui ressemble fort à une fusée (tirée, dit le texte, par « des chevaux invisibles entourés de vapeurs »), et l'arme dévastatrice, capable d'anéantir toute vie dans l'Univers, et qui s'appelle Pasupata, est déjà prête. Si on en connaît la formule, elle fonctionne.

Et quand elle risque d'être lancée, sur le champ de bataille, « même les herbes tremblent ».

Car c'est la vie même, toute la vie, qui est en jeu.

En ce sens, rien de vraiment nouveau chez nos immortels. L'intelligence artificielle fait évidemment partie de leurs attributs, comme le fil baveux de l'homme-araignée, les glissades du surfeur céleste, la force colossale de Hulk (quand il se laisse aller) ou les procédés magiques de Mandrake, dans les années 1920. Ni plus ni moins. Depuis très longtemps, nous nous sommes rêvés plus forts, plus résistants, plus perspicaces, capables de changer de forme, de dimension spatiale, de nous transporter instantanément en tout lieu et de lire dans la pensée des autres – de ceux qui pensent, en tout cas.

Nous avons tous imaginé notre surhomme : nous-mêmes en mieux. Cette image est en nous. Elle est née avec nous, elle ne nous lâche jamais, elle nous ressemble à s'y méprendre, jusqu'à la caricature parfois.

Et notre rêve continue avec la terminologie d'aujourd'hui, qui sera dépassée dans dix ans – ou même avant, peut-être.

Tout le travail scientifique sérieux qui est accompli pour améliorer notre condition, pour venir à bout de nos maladies incurables, tout est aveuglé par Hollywood, qui nous parle chaque jour d'un homme enfin devenu dieu.

Un homme autocréé, dira-t-on bientôt. Le très célèbre *self-made man.*

Pourra-t-on aussi parler d'un *self-made god ?*

*

Toute rêverie mise à part, tout n'est pas simple et rose dans cet avenir annoncé, d'autant plus que certains voudront acquérir à tout prix la prolongation *sine die*, que d'autres tenteront sans doute de la monnayer, de la tripatouiller, que des « certificats d'immortalité » pourront être falsifiés, volés, négociés, comme le sont les vrais et les faux passeports aujourd'hui, que plusieurs types d'immortalité seront probablement disponibles selon l'âge, la qualité et les moyens des demandeurs (nous pouvons même prévoir des « immortalités limitées » ou « conditionnelles »), toutes prédictions qui laissent entrevoir, en fond d'écran, mille possibilités de combines et de conflits. Peut-être vendra-t-on, sous le manteau, des brochures qui nous expliqueront comment nous débarrasser – et pour toujours, cette fois – d'un immortel gênant.

Nous pourrions aussi évoquer notre vie sexuelle dans ce futur-là. Et d'abord, avec ou sans sexe ? Les immortels auront-ils le droit de se reproduire ? De se cloner ? Qui décidera, dans ce domaine comme dans les autres, des lois auxquelles ils devront obéir ?

Et comment serons-nous assurés qu'ils les respecteront ?

Inventeront-ils des positions nouvelles ? Des plaisirs, des désirs inédits ? Leurs amours seront-elles éphémères, comme les nôtres, ou interminables ?

Jouiront-ils des deux sexes à la fois ?

Et leurs descendants hériteront-ils de cette immortalité, qui sera certainement modulable, et perfectible ? Se révolteront-ils contre leurs « vieux », qui n'en finiront plus de mourir ? Qu'en sera-t-il des héritages, des successions des immortels ?

De leurs dettes ?

Quelle sera, surtout, la réaction de la mort elle-même, qui se sentira bafouée ? Réagira-t-elle ? De quelle façon ?

Nous entrons dans une jungle de questions où nous allons vite nous perdre.

Être vivant et immortel, c'est – en principe – jouir chaque jour de la suite du feuilleton, c'est ne plus se préoccuper de son propre déclin, pas plus que des partages et des disputes qui auraient pu déchirer la famille, autrefois. C'est vivre au présent, c'est être propriétaire, et patron, à jamais. C'est oublier les cimetières, les fleurs sur les tombes au début du mois de novembre, les autres vies, les calendriers, les deuils, les commémorations, les prières et sacrifices pour le salut du défunt, et toutes les sectes du monde, peut-être même toutes les morales.

En tout cas, c'est la fin de toutes les religions, à coup sûr, car celles-ci ne vivent que de la mort. Et de ce qui vient après la mort, qu'elles décrivent souvent avec minutie et qu'elles nous incitent à redouter. Le néant, « point d'appui de la divinité » : répétons-le avec Cioran.

Sans le néant, pas de dieu.

*

En cas d'immortalité gagnée par les hommes et les femmes – ce que Dieu n'avait pu réaliser –, plus de jugement dans l'au-delà, et même plus d'au-delà, tout simplement. Effacé, l'autre monde. Évanoui. Tout se passe désormais ici même, et ici seulement, le crime comme le châtiment. La notion même de Temps, privée de sa référence habituelle, se modifie, peut-être jusqu'à choisir de disparaître, au moins à notre échelle, dans nos nouvelles perspectives. Oubliés non seulement les dieux, les anciens juges à gros registres, les anges et les enfers brûlants, mais aussi les processions, retraites et pèlerinages, et les messes « pour le repos de l'âme » de tel ou tel disparu (nous supposions dans ce cas que son âme était fatiguée, nous en connaissons des exemples).

Tout est ici, sur cette Terre, entre nos mains. Pour un moment. L'histoire, par moments, hésite et s'arrête.

La notion même de lendemain est en danger.

Préparer ouvertement l'immortalité, c'est aussi l'affirmation (follement hasardeuse) que notre espèce est parvenue à un tel point de perfection que nous n'avons plus besoin de l'évolution naturelle, à laquelle nous sommes soumis, bon gré mal gré, depuis plusieurs millions d'années. Forts de notre science, et de notre technologie, nous mettons un point final aux mouvements anciens, intimes, imperceptibles, de notre petite personne, liés à l'ensemble de l'Univers.

Nous ne bougeons plus. Voilà. Nous sommes très bien comme nous sommes. Bipèdes très satisfaits d'eux-mêmes, enfin. Sans doute pourrons-nous, ici ou là, améliorer quelques points de détail (car nous sommes incorrigibles), sans doute reste-t-il la possibilité d'un accident grave, d'un crime passionnel ou crapuleux (comment empêcher ces choses-là ?) ou même d'un suicide occasionnel, mais l'essentiel est fait.

Notre trajet s'arrête ici.

Nous n'étions qu'essais, qu'approximations. Nous nous sommes « réalisés ».

Nous sommes enfin ceux que, depuis l'origine, nous rêvions d'être.

Et pourtant, tandis que nous nous réjouissons déjà, nous entendons parler, de tous côtés, de l'« intelligence artificielle ». Il ne manquait plus qu'elle. Une intelligence hors de l'humain. Elle nous guette, elle est déjà sur le chemin. Que sera-t-elle ? Comment l'utiliserons-nous, chez nos immortels ? En suivant quelles règles ? Nous ne les avons pas encore fixées. Pour cela, nous devons d'abord nous mettre d'accord sur le sens du mot « intelligence ». Et ce n'est pas simple. Et sur le sens du mot « artificielle ». Pas simple non plus.

Si cette intelligence nouvelle, de laquelle personne ne peut encore fixer les limites et envisager le fonctionnement, conquiert réellement son autonomie, comme certains s'empressent de l'imaginer, si elle se montre capable de s'organiser elle-même, voudra-t-elle encore de nous ?

Ou choisira-t-elle l'indépendance, peut-être même la solitude ?

Ou bien même supprimera-t-elle toute possibilité d'immortalité, comme trop gênante ?

En tout cas, comme en toutes choses nous devons examiner les deux (ou trois) revers de la médaille, il ne faut certainement pas négliger les progrès de la « stupidité artificielle ». Ils sont constants, réguliers et par moments assez remarquables. Cette stupidité, ancestrale et tenace, est l'ombre portée de l'intelligence. Elles avancent du même pas, siècle après siècle.

Ce qui se communique aujourd'hui sur les réseaux sociaux, le big data, les *fake news*, les *like*, le chaos médiocre de Facebook (chacun espionnant enfin son voisin, chacun radotant, chacun s'accrochant à sa vérité révélée) et des informations souvent improbables transmises par émojis, la disparition progressive, et programmée, de l'individu, la déraison incontrôlable, l'instabilité souhaitée du réel, tout peut inquiéter, à chaque instant.

Car nous n'avons plus aucune garantie. Il serait temps de nous en rendre compte. Le bobard séduisant l'emporte, partout. La malveillance systématique qui règne, par exemple, en politique – dès qu'un responsable dit quelque chose, ses adversaires affirment vertement le contraire – nous laisse indécis, dans une zone étrange, qui est peut-être aussi, déjà, une étape dans la vallée du Néant, et cela d'autant plus que l'actuel président des États-Unis, le pays qui donne le ton au reste du monde, ment effrontément, plusieurs fois par jour, devant un public qui l'approuve.

Non seulement nous ne savons plus que penser, mais nous ne savons pas à quoi penser. Que s'est-il vraiment passé ? Les uns disent bleu, les autres voient rouge, l'*a priori* est devenu la règle – ce qui élimine, en fin de compte, toute vérification, et par conséquent toute vraie recherche.

Qu'est-ce qui est « vrai » ? Qui pourrait même définir avec précision le sens de ce mot ?

Nous ne sommes pas plus bêtes qu'avant, nous pouvons même nous affirmer plus savants, et même plus « intelligents », grâce à l'artifice.

Et nous ne nous en privons pas. Sans réfléchir, nous tombons dans le pot la tête la première. Chaque jour un éclat, une déclaration publique, des criailleries, une polémique vite « envenimée » (toujours le serpent de la Genèse), toute voix veut parler sans écouter les autres, et la grande vague d'Hokusai pourrait vite nous recouvrir, et nous aveugler, d'une large écume imbécile. Aussi devons-nous rester vigilants – comme un gardien de phare, comme un soldat, la nuit, en terre dangereuse –, garder un intervalle de sécurité, et surtout ne pas tomber dans le travers commun qui consiste à donner son avis quand nous n'en avons pas.

Et nous devons aussi garder la plus précieuse de nos facultés, qui est de pouvoir nous tromper – et ainsi de nous corriger, d'avancer un peu dans la direction que nous croyons juste, de cesser d'aboyer avec les premiers loups venus.

Ou contre eux.

*

Être immortel, supprimer la mort – y a-t-on pensé ? –, c'est aussi supprimer la naissance. C'est interdire de faire des enfants, partout, sur toute la surface de la Terre, ce qui ne sera pas une mince affaire. Il faut en effet supposer que tous les chefs d'État (les premiers à s'immortaliser, sauf attentats), tous les dignitaires religieux, tous les chefs de parti et de tribu, toutes les autorités concevables sur notre planète (en y incluant les autorités médicales, qui s'auto-immortaliseront) se mettent d'accord, en un concile unique, fabuleux, mondialement reconnu comme souverain, pour interdire désormais toute naissance, car il nous sera rapidement impossible, si la mort ne fait plus son œuvre, de vivre tous sur notre petite Terre, que nous épuisons déjà.

Il sera désormais interdit de donner la vie – sauf exceptions légales et contrôlées. Et bien entendu sauf prérogatives, officielles ou dissimulées. Car nous verrons s'établir, assez vite, un marché noir de l'immortalité. C'est l'évidence.

De toute manière, nous l'avons dit au passage, il nous faudra des lois nouvelles. Sont-elles déjà à l'étude ? Seront-elles votées dès maintenant, par des mortels en fin de course et cruellement désaccordés ? Ou par les premiers immortels, qui de toute façon pourront les ajuster, plus tard, à leurs nécessités ?

Que de congrès, que de disputes à prévoir ! Que d'escarmouches de couloir ! Que de réseaux en furie ! Et que de guerres, grandes et petites ! Et que de procès ! Nous voici revenus au temps des conciles interminables. Heureusement, nous aurons des robots, pour la partie civile comme pour la défense.

Tous formés aux mêmes écoles. Tous possesseurs du même big data.

Tous capables de lire dans les pensées des autres.

Adieu donc aux joies de la venue au monde et de l'enfance, à la vie familiale, aux premiers pas, aux premiers mots, à la croissance mesurée, à l'éducation progressive, à tout ce qui a fait notre vie – souriante ou embarrassée – depuis que nous entendons parler d'elle. Il nous faudra oublier tout ce lourd passé, tout ce que nous avons lu, toutes les tragédies, toutes les histoires criminelles – et ce ne sera pas facile.

Peut-être même sera-t-il interdit de lire. Peut-être établira-t-on un nouvel index, mondial cette fois.

Gare aux contrevenants.

Nous pouvons déjà deviner les privilèges de quelques-uns, les passe-droits, les tentatives de corruption, les naissances clandestines, les jalousies, les dénonciations, les emprisonnements de mères indisciplinées, une police spécialisée (immortelle elle aussi ?), les castrations et stérilisations multiples, prévues, naturellement, par les lois nouvelles.

Et les dissimulations, et les truquages.

Et à quel châtiment condamner les désobéissants, les contrevenants ? Il nous faudra aussi, avec les lois, une articulation nouvelle de la justice, qui sera neuve.

Une justice immortelle ? Un code ? Qui en décidera ? Des juges immortels ? Nommés par qui ?

Le bébé clandestin sera forcément traqué, caché, dénoncé. Des familles fuiront, des sociétés sauvages se formeront pour quelque temps, loin des juges. Ces nouvelles hordes seront pourchassées, elles se défendront. Elles construiront à leur manière des tours de Babel, ici et là.

Des milliers de romans et de films s'annoncent.

Si les immortels lisent encore, car l'écriture traditionnelle est dangereusement menacée.

Et si le cinéma n'a pas, simplement, disparu.

Il faudra aussi penser au travail. Je sais bien que, lorsque nous aurons inventé et installé l'immortalité parmi nous et les nôtres, nous serons déjà surchargés de robots, de clones, d'avatars, d'assistants intelligents de toute nature qui feront à peu près tout à notre place (sauf la reproduction sexuelle, peut-être, mais comme nous ne nous reproduirons plus...), cependant il se peut qu'un travail soit indispensable, ne serait-ce que comme passe-temps, aux « humains immortels » qui nous succéderont.

Quel travail ? Sujets pour jeunes romanciers, scénaristes, paroliers : inventer les métiers que pratiqueront les immortels. Que leur donner à faire ? Comment ? Sous les ordres de qui ? Jusqu'à quel âge ? Seront-ils rétribués ? Syndiqués ? Auront-ils le droit de se mettre en grève ? De réclamer des points de retraite ? Seront-ils capables de s'adapter aux nouveaux procédés de fabrication ? Ou bien se contenteront-ils d'être tous immortels, historiens immortels, pour raconter, documents à l'appui, cet étrange passé, encore tout frais, où les oiseaux que nous sommes, égarés dans telle ou telle vallée, cherchaient vainement leur vrai roi, où les mortels ne savaient parler que de la mort ?

Cette mort, faudra-t-il la leur expliquer ? Les entraîner, en promenade, une fois par an, dans les cimetières, dans les cavités souterraines, comme Chateaubriand dans les cryptes de Rome ? Leur expliquer comment les hommes mouraient, naguère, et pourquoi ? Disséquer un accidenté devant eux ?

Leur montrer prudemment des images de morts ? D'assassinats, d'exécutions ?

La mort leur sera-t-elle devenue, après un siècle ou deux, non seulement inconnue, mais incompréhensible ? L'immortalité se passera-t-elle un jour de l'histoire ? Il y a presque de quoi frémir devant le taillis de questions qui se dressent et s'enchevêtrent, tandis qu'elle s'approche, plus précise d'année en année, et s'impose – au moins dans les esprits.

Parviendra-t-on à faire de l'oisiveté une occupation ?

Un oisif permanent, perpétuellement inactif, vide, amadoué, tranquille, sans désirs ni besoins : n'est-ce pas, à tout prendre, une autre image du néant ?

D'un néant vivant ? Souriant ? Limpide et répétitif ? Mais d'un néant quand même ?

C'est peut-être ça, le secret ?

Immortels, oui. Peut-être. Mais combien seront-ils, alors, qui se plaindront de leur condition nouvelle ? Qui interrogeront le passé, qui sera déjà le passé de leurs parents ? Qui liront avec passion ce que raconteront les historiens, si on ne les censure pas ? Combien seront-ils ceux qui diront, comme nous le disons souvent, que « c'était mieux avant », peut-être, et qui feront tout pour y revenir ? Qui rechercheront des meubles et des vêtements d'autrefois ? Qui se déguiseront en ancêtres ? Qui reconstitueront des batailles du Moyen Âge, qui s'interrogeront devant une salière ?

Combien seront-ils à regretter la mort et toutes les craintes qu'elle faisait naître, et tous les poèmes qu'elle inspirait, et tous les rituels qui l'entouraient ?

Et puisqu'il a été dit – souvent – que la mort est le sel, l'épice de la vie, qu'elle en fait le charme et la joie, comment imaginer une existence sans déclin, sans épilogue, sans un lourd rideau qui tombe à la fin ?

Pourquoi nous priver de nos alarmes, de notre « crainte de la mort » et du bonheur, chaque matin, de nous réveiller vivants ?

À l'inverse de la jeune déesse indienne qui refusait de devenir la première mort, de jouer ce rôle implacable, verra-t-on, là aussi, des manifestations, quelquefois violentes, réclamant le retour de la mort ?

Combien de romanciers, de scénaristes, privés de leur moteur principal (le plus ancien, le plus solide), chercheront des moteurs de rechange ? Et qu'inventeront-ils, que nous n'avons jamais encore imaginé ?

Parmi eux, combien renonceront ?

Et, parmi leurs lecteurs, ou spectateurs, ou personnages, combien seront-ils, par goût, par curiosité, par ennui, à choisir la mort pour eux-mêmes ?

Quel est l'avenir social du suicide ?

Combien d'immortels choisiront de mourir ?

À regarder autour d'eux, après trois ou quatre décennies, ces nouveaux venus « privés de mort » ne verront autour d'eux que des adultes et des vieillards. Mille questions supplémentaires se pressent.

Combien seront-ils à demander : qu'est-ce que la jeunesse ?

Et même : qu'est-ce qu'un enfant ?

Des milliers, des millions voudront avoir une réponse. Et nous ne savons pas qui la leur donnera.

Et cela sans même évoquer le mystérieux tumulte de nos sentiments, de nos idées, de nos aversions, de nos haines. Tout ce qui s'agite sans cesse en nous, tout ce qui se contredit, qui se bat. Notre « imprévisibilité », nos coups de folies, nos dérapages, nos extravagances, nos paris stupides, tout ce chaos qui nous chahute, et qui nous fait agir au mépris du danger, tout ce qui fait l'incohérence et la beauté de notre vie, qu'en sera-t-il ?

Supposons ce désordre ordonné, et calmé. Supposons que tout baigne.

Ai-je envie de finir en qualité de machine parfaite, bien huilée, au comportement impeccable ? Une machine où tout serait prévu, même mes erreurs et mes hésitations ? Où un « revenu universel » me serait assuré, même sans que j'exerce un métier (les robots seront là pour ça) ? Capable, comme on le dit déjà, de transmettre des sentiments, et mes désirs, sans avoir à les exprimer, par ma seule pensée ? Ai-je vraiment envie d'« être », moi-même, comme un robot ? Ne voit-on pas que, dans certains cas, nous préférerions les alarmes de l'existence et même le bras de la mort ?

Nous en venons presque à nous dire – moi, en tout cas –, devant cette avalanche de situations nouvelles, que le flot, par bonheur, emportera tout ça ; que toute l'hypothèse de l'immortalité humaine, élaborée, et peut-être mise en œuvre, pendant un siècle ou deux (disons quelques instants à peine, dans l'histoire sans fin du monde), disparaîtra comme toutes choses dans la toute-puissance du torrent invisible.

Et que nous serions nombreux à souhaiter le retour de la mort – laquelle, de toute façon, un instant congédiée, attendait derrière la porte.

Nous avons imaginé l'immortalité ?

Cela n'a duré qu'un moment.

*

Et si quelqu'un – mais qui, un ange ? – venait me dire soudain : « Oubliez tout ce que vous venez de dire et d'écrire. Vous avez été choisi. Oui, vous. Et vous ne mourrez pas. Ou alors dans un siècle ou deux. Quand vous voudrez. »

Quelle serait ma réaction ?

Probablement d'étonnement, d'abord (comment se fait-il que j'aie mérité ce privilège, si c'en est un ? Et qui me l'octroie ? En échange, quelles obligations me seront imposées ?), avec sans doute un rien de fierté et même de joie (chouette, je vais vivre encore longtemps), mais aussi, très vite, en voyant tous les autres, et même mes amis, mes enfants, vieillir et mourir autour de moi, me laissant dans une solitude singulière, sans doute me sentirai-je triste, par moments, vite mélancolique, solitaire, perdu, et sans doute déciderai-je d'en finir – pour ne pas achever ma vie comme une curiosité biologique, un phénomène à visiter (entrée gratuite, en plus).

L'immortalité demeure, même dans ce cas de désignation arbitraire, un événement relatif, hasardeux de toute évidence, assez vite oublié, banalisé, une attraction de foire, au fond. Elle a pris la place longtemps occupée par l'éternité. Elle deviendrait assez vite, il me semble, un cadeau véritablement empoisonné, à jeter au loin.

L'immortalité ? Surtout pas ! Être le seul élément inchangé dans un monde en perpétuelle mouvance ! Insupportable. Que la mort vienne. Vite.

Vite, non. Aussi lentement que possible. Comme si elle arrivait de très loin.

D'ailleurs, dans d'autres laboratoires, et toujours à grand renfort d'algorithmes, d'autres scientifiques émérites, à l'opposé de l'immortalité, s'appliquent à calculer, pour chacun de nous, la date exacte de notre mort. Les paramètres sont nombreux, et les chances d'erreur seraient minimes, nous laissant ainsi le temps de nous préparer.

Recherche étrange du dernier horoscope, que je serais le premier à rejeter (avec beaucoup d'autres humains, j'imagine), et qui semble s'opposer à l'immortalité promise.

J'ai envie de dire : nous verrons bien.

Mais non. Nous ne verrons pas. Nous ne verrons plus.

*

Il y a même autre chose, plus étonnant encore, qui se prépare près de nous, dans la pénombre des laboratoires du monde entier, et même ailleurs. Il s'agit d'une autre forme de vie, ou même de plusieurs formes, qui ne devraient rien à notre ADN, ou à notre ARN. Elles proviendraient – elles proviennent déjà, car des expériences l'ont attesté – d'autres sources, d'autres cellules et microbes, d'un autre « matériel », de tout ce qu'on appelle la « xénobiologie », « xéno » au sens d'« étranger », d'« intrus ».

Toute vie, parmi celles que nous connaissons sur la Terre, humaine, animale, végétale, nous paraît plus ou moins semblable à elle-même, reposant sur des processus que nous connaissons, sur des phénomènes biochimiques comparables, contrôlables, comme le cycle du carbone. Cependant, dans l'infini qui nous enveloppe, et surtout dans l'infiniment petit (chacun de nous est porteur de cent milliards de bactéries, de cent milliards de neurones, et le reste à l'avenant), se développent d'autres formes de vie, qui peuvent théoriquement se dissocier, et s'associer.

Il est en effet déjà possible de faire apparaître des « êtres », des êtres vivants, à partir d'éléments qui n'ont plus rien à voir avec notre matière traditionnelle. Des êtres sans traditions, sans ancêtres, sans culture, sans aucune habitude de ce que nous appelons la vie. Et il est impossible de dire, évidemment, quels seraient l'aspect et le comportement de cette nouvelle population, qui peut proliférer à très grande vitesse et qui nous serait radicalement étrangère.

Coopération ? Hostilités ?

Indifférence ?

Une nouvelle forme de conception et d'hérédité serait-elle concevable ? Pourrions-nous imaginer des alliances, des pourparlers, des agressions, des négociations ?

En tout cas, des miniorganes de cerveaux humains ont été insérés, avec succès, dans des cerveaux de rats, pour essayer de leur donner une sorte de conscience humaine. Nos descendants décideront de la conscience des rats. Nombreux, déjà, sont les biochimistes qui travaillent à ces mélanges, plus ou moins ouvertement, et aussi, un peu partout dans le monde, des amateurs – au point que l'on entend parler, de plus en plus, d'une « biologie de garage ».

La vie s'imagine et se fabrique un peu partout, parfois savamment, parfois elle se bricole à l'aveuglette.

Une question se pose aussitôt. Pourrions-nous, tout simplement, créer, ou plutôt recréer la vie, une autre vie, à partir d'éléments qui nous sont étrangers, peut-être même *ex nihilo* ?

Quels seraient les avantages (possibles) et aussi les dangers (certains) de cette création nouvelle ?

Déjà dit : soixante-quinze pour cent des espèces vivant sur notre planète disparaissent, en ce moment, sous nos yeux. Nous n'y prêtons aucune attention, sans paraître même nous douter que nous faisons précisément partie des espèces en danger de mort.

Ces créatures qui disparaissent à jamais (nous n'avons même pas eu le temps de les étudier), nous pouvons tranquillement imaginer – et c'est le point nouveau – de les remplacer. De les remplacer par d'autres espèces, améliorées, plus résistantes – grâce aux techniques déjà citées, déjà éprouvées.

Par de nouveaux insectes, par exemple, chargés de faire la police chez les insectes.

Naturellement, les discussions seront chaudes, elles conduiront sans doute à d'autres conflits. Mais toutes les portes, en ce moment en tout cas, sont ouvertes.

Notre imagination pourra bientôt se lancer, à ses risques et périls, dans de nouvelles aventures, romans ou épopées. Hollywood suivra, soyons-en sûrs. Y trouverons-nous un Achille, un Arjuna, un Lancelot, une Jeanne d'Arc ?

Des dragons rougeâtres, des chimères classiques, des chevaux volants, des pieuvres parachutistes ?

Et tout un peuple invisible autour d'eux ?

Nous allions chercher des personnages singuliers dans des galaxies inaccessibles. Et ils sont là, tout près de nous.

Peut-être.

Serait-ce enfin la venue du « grand remplacement », dont on parle, ailleurs, en toute ignorance de cause ?

Devant Sardanapale

Je suis arrêté, sans l'avoir cherché, un mardi matin, au musée du Louvre, dans l'aile Denon, devant une grande toile de Delacroix, *La Mort de Sardanapale.* Jour de fermeture.

Nous ne sommes que quelques-uns dans la galerie romantique, où un film se tourne.

Je reste là un peu plus d'une heure, en compagnie de ma plus jeune fille, qui va avoir quinze ans. Nous sommes des figurants dans le film, fait par un ami.

Le despote assyrien, qui apparaît, tout en haut du cadre, plutôt en bonne forme, costaud, en robe blanche, barbe et cheveux noirs, sans aucune trace de maladie grave ni de vieillesse, est à demi couché dans son lit, dont les pieds sont des têtes d'éléphants. Il semble calme. Tout autour, ses esclaves mettent à mort, à coups de poignard, ses concubines, les plus belles du monde connu.

Sans une seule goutte de sang.

Les troupes ennemies ne sont pas loin, ils le savent, tout est presque perdu, il faut s'en aller, vite, hors de ce monde. On emporte aussi quelques objets précieux, des armes.

La scène est inspirée d'un poème de Byron, et les bonnes âmes bourgeoises, bien entendu, se scandalisèrent devant cette scène, tandis que Baudelaire s'en déclarait bouleversé.

Ce fut, pendant longtemps, l'objet d'une croyance tenace, en Égypte, en Chine et ailleurs. Parvenus à un certain degré de puissance, nous pouvions passer de la vie à la mort avec armes et bagages, emmener avec nous notre vaisselle, notre cavalerie et notre domesticité, sans oublier, quand nous en avions un, notre harem.

Car l'autre monde serait, forcément, à l'image du nôtre. Logique du pouvoir, lequel est un cadeau symétrique des dieux. Rois ici, riches et redoutés, nous le serions aussi là-bas. De l'autre côté du fleuve, même autorité, même luxe.

Mêmes privilèges.

Quand on est roi, comme Sardanapale, c'est pour toujours. Et c'est aussi pour tous les mondes. Même si notre royaume ici-bas s'écroule sous les coups répétés des barbares.

Quand on est esclave aussi, c'est pour toujours. Naissance oblige.

Pourquoi ? Parce que c'est ainsi, dans l'ordre rigoureux des choses. C'est ainsi – comme pour toutes choses – parce que nous l'avons décidé. Un dieu – le nôtre, évidemment – nous a hissés, d'emblée, à la haute place que nous occupons. Il ne peut pas nous en déloger sous le prétexte que notre ville est assiégée et que nous devons bientôt mourir. Rois nous sommes, rois nous serons. Nous sommes même plus que des rois, nous sommes nous-mêmes des dieux – cela aussi, nous l'avons décidé – et nous jouirons d'une autre vie, assez comparable à celle-ci.

Un sentiment infondé mais persistant de supériorité, et aussi de hiérarchie, nous oblige à nous mentir sans cesse, à refuser de voir que cet autre monde – miroir déformant du nôtre –, nous l'avons, un jour ou l'autre, inventé.

La vallée du Néant ? Ce n'est pas pour nous.

*

Que de force et d'autoséduction il a fallu, pendant des millénaires, à toutes les religions, mythologies et simples croyances, pour nous empêcher d'ouvrir les yeux, pour nous interdire de constater que ce long tapis de légendes, nous l'avons nous-mêmes tissé ! Nous passons près d'un cheval mort : il va se redresser et se cabrer dans un autre monde. Nous voyons une de nos femmes égorgée, morte, mais nous sommes sûrs qu'elle est vivante et qu'elle nous attend ailleurs, déjà, pour être aimée, encore et encore.

Ma puissance et ma gloire ne sont pas périssables. Quelque part, dans un autre monde, je porterai encore ma couronne et on me baisera les pieds.

Nous n'en sommes plus là, je crois. Le Temps a, par endroits, balayé le chemin. Pourtant, jusqu'à une date récente, ils étaient encore nombreux ceux qui, sans aller jusqu'à exiger des pyramides gigantesques et le sacrifice de leurs amantes, attachaient une extrême importance à leur domicile dans l'au-delà, nanti de tentures, de tapis, de cascades et de tout un luxe *post mortem*. À Buenos Aires, un des cimetières de la ville se visite aujourd'hui comme une sorte de curiosité, de bourgade proche du morbide. C'est à qui montrera, sur son caveau, le plus de balustrades, de clochetons, de fleurs sculptées dans le marbre et dans le cristal. Même mort, même enterré, regardez-moi, je suis bien installé dans mon hôtel particulier, où j'affirme que j'étais riche – et parfois que j'étais puissant.

J'ai un caveau avec chambre de bonne.

Nous avons connu en Europe, un peu partout, et encore au XXe siècle, des propriétaires fortunés qui se faisaient enterrer dans leurs champs ou leurs vignes, entre quatre cyprès, pour montrer qu'ils étaient encore chez eux, que cette terre, où ils ne vivaient plus, leur appartenait encore.

Le facteur Cheval lui-même, icône de l'art naïf, après la construction de son Palais idéal à Hauterives, dans la Drôme, s'est édifié une tombe, dans un coin du cimetière. Comme pour son palais, il transportait tout le nécessaire, chaque jour, dans une brouette.

Et j'ai connu quelques riches Américaines, jusque dans les années 1980, à New York, qui affirmaient (très sérieusement) qu'il était préférable de se présenter riches devant Dieu. Ainsi, nous montrons, disaient-elles, que nous avons utilisé au mieux notre passage sur cette Terre, la vie que Dieu nous a donnée. Nous avons su nous en montrer dignes.

Mourir pauvre leur semblait une honte. Presque un péché. Dans l'au-delà, elles ne manqueraient de rien.

*

Nous n'en sommes plus là, je crois, j'espère. En ce qui me concerne, en tout cas. Ma dalle est prête, dans mon village, elle porte le nom de ma famille, elle est très simple, taillée dans la pierre de la montagne, et elle m'attend, auprès de celle d'un ami de toujours. Quand viendra mon dernier moment, si je le sens venir, je ne demanderai pas à ma femme de m'apporter des chaussures de rechange, mon dentifrice habituel, un livre à lire, encore moins de partir avec moi.

Je lui demanderai de vivre encore, aussi longtemps qu'elle pourra, et de son mieux.

*

Cependant, la scène peinte par Delacroix, d'un orientalisme mouvementé, coloré, exacerbé (avec une superbe paire de fesses romantiques au beau milieu, qui existaient dès les premières esquisses), nous offre une autre dimension, si nous la regardons sous un angle légèrement différent.

Elle nous dit, peut-être, si nous tendons l'œil et l'oreille : puisque je meurs, eh bien, que tout meure avec moi. Si je passe aujourd'hui dans le néant, où peut-être je n'aurai même plus le souvenir de l'exercice de mon immensité, que tout ce que j'ai connu, que tout ce que j'ai conquis, possédé, dominé, embrassé, que tout ce que j'ai aimé y disparaisse en même temps que moi. J'étais à moi seul porteur d'un monde. J'étais ce monde, j'étais même peut-être l'illusion de ce monde. Qu'il s'efface maintenant avec moi, car de toutes ces choses il ne restera rien si je ne suis plus là pour les contempler et pour en jouir.

Seul au monde, vivant ou mort.

Et le monde seul avec moi.

Nous rencontrons ce sentiment, en cherchant bien, un peu partout, par exemple dans *Timon d'Athènes*, de Shakespeare (à qui on peut toujours faire appel, en cas de besoin).

Je l'ai déjà évoqué à propos de Magda Goebbels. Nous le retrouvons chez Timon. Lorsque ce personnage fantasque, irréfléchi et furibard (naïf au point de s'étonner de l'ingratitude de ses concitoyens), arrive aux portes de la mort, il lance ses dernières malédictions :

Que toute infirmité trouve sa guérison
Dans la peste et dans le poison.
Que l'homme ait le tombeau comme unique chantier
Et la mort comme seul salaire.
Soleil, que tes rayons se cachent de la terre,
Timon a fini de régner.

Plus fort même que Sardanapale.

C'est le Soleil lui-même qui doit disparaître à la mort d'un homme.

Vivant, oui, Timon régnait, non pas comme règnent les rois, même absolus, mais comme règne chacun d'entre nous, qui porte le monde à lui seul, ou croit le porter. Il a perdu son or, puis il l'a retrouvé. Ses « amis », jusque-là généreusement rétribués, le croyant fauché, l'avaient aussitôt abandonné. Ils reviennent, au bruit de pièces précieuses qu'il a trouvées par hasard dans la terre, en creusant pour chercher des racines.

Peu importe. Au fond, ce n'était pas son or qui comptait, cet or révélateur qui lui ramène, en foule, courtisans, putains et flatteurs. Maintenant, tout meurt avec lui, c'est pourquoi peut-être il n'emporte rien, il donne sa dernière fortune aux corrompus, aux destructeurs et il reste furieux sur la terre nue, près de la mer qui se chargera de son corps. Il ne se creuse même pas de tombe. Il a « fini de régner », lui qui n'était pas roi, sinon de sa vie propre, qu'il a mal comprise et mal accueillie. Mort, il ne considère même pas le Soleil comme digne de lui survivre.

L'Univers n'existait que parce qu'il était vivant. Lui, Timon. Le trop riche Timon. Riche jusqu'à l'aveuglement, jusqu'à la folie.

Loin de se montrer sanglant, comme Sardanapale, et de vouloir emporter sa besace avec lui, il est tout simplement possédé de colère, et amer, et déçu au-delà des mots. Déçu par la noirceur des hommes, comme il est courant, déçu par l'or (dont il avait fait un « dieu visible », un texte dont Marx se servira, cet or qui passe avec indifférence d'une main à l'autre) et par l'Univers tout entier.

Nous devrions sans cesse nous demander quelle part de Sardanapale, ou de Timon, se dissimule en chacun de nous, cette zone peu claire que nous pourrions peut-être tenter d'éliminer avant que la mort ne s'en charge ; quelles concubines nous aimerions égorger pour leur faire encore l'amour dans le néant, quelles caisses de vins choisir, et quelles cavales dompter.

Procéder à un examen de conscience tant que nous avons encore une conscience.

*

Car il y a un peu de cela en chaque individu. Soyons francs. Il y a le monde et nous, oui certes, mais quoi d'autre ? Si je disparais, corps et esprit, le monde n'a plus aucune raison d'être là. Que fera-t-il sans moi ? Sans la conscience que j'ai de lui ? Où ira-t-il se distraire et se perdre ? Et que m'importe ce qu'il deviendra ? Toute la science et toute la mémoire de l'Univers s'effacent en un instant, le Soleil obscurci se cache, comme tous les autres soleils (ceux que j'ai vus, ceux que je ne verrai jamais), mes atomes se disperseront sans attendre, et le néant absorbera jusqu'à la dernière goutte de l'étrange matière qui me composait.

C'est ce que j'entends dire, dans la vallée vers laquelle je marche, mais qui tarde à s'ouvrir devant moi.

Tant de philosophes, et aussi tant de scientifiques, nous ont répété, et depuis longtemps, que la réalité n'existe que si nous sommes à même d'en vérifier nous-mêmes la présence (« être, c'est être perçu »), que nous pouvons légitimement nous demander si ce que nous avons pris, justement, pour la « réalité » – le sentiment du spectacle de notre vie et de tout ce qui l'a, partout, longtemps, accompagnée – ne serait pas une longue illusion qui disparaîtrait à notre mort, au moment, justement, où nous cessons de percevoir ce soi-disant monde.

Nous en revenons presque à l'illusion indienne, au jeu de la *lila*, auquel nous devons tous jouer sans même en connaître les règles.

Qui a gagné ? Qui a perdu ?

Nous n'en saurons jamais rien. C'était un jeu virtuel.

Ainsi s'expliqueraient les préparatifs de Sardanapale, qui choisit de ne pas partir seul, au cas où ses femmes, ses esclaves et ses chevaux ne seraient que des projections de son esprit, pendant le temps qu'il appelait sa vie.

C'est à vérifier, là, maintenant.

Cruel, certes, en apparence, mais précautionneux, au même titre que ceux qui se font installer une sonnette d'alarme, ou même un téléphone, dans leur cercueil – « au cas où il se passerait quelque chose, on ne sait jamais », aurait dit récemment un de ces prudents.

L'Américain Graham Bell était de ceux-là. Ils s'étaient juré, son frère et lui, de faire tout leur possible, après la mort de l'un des deux, pour entrer en contact l'un avec l'autre. Peut-être est-ce une des raisons (on en discute) qui incitèrent le survivant à inventer le téléphone.

Il est vraiment difficile d'être mort avant de mourir, et plus encore d'accepter de l'être, de se détacher définitivement de cette Terre, des événements (même malheureux, même infamants) de la vie dans ce lieu où nous avons été jetés – qui sait quand ? – par on ne sait quel amalgame secret d'associations de bactéries. Difficile, car le fleuve continuera sans nous, s'il est véritablement un fleuve, comme tant de voix nous le disent, depuis si longtemps. Sinon, il s'évanouira à l'instant même de notre dernier soupir. Et, dans ce cas, pourrions-nous dire que nous avons vécu ?

Et le Temps, qui n'était lui aussi qu'une illusion commune, disparaîtrait comme brume au matin.

Sans le savoir, sans même en avoir le soupçon, nous en étions le maître. Du Temps et du monde. Que vont-ils devenir sans moi ?

J'en arrive à être jaloux de mes atomes, qui au moins sont assurés de me survivre.

Mais qui ne le savent pas.

Sentiments, sensations qui se trouvent à l'exact opposé, je le pressens, de ce qui garde calme et sûr l'esprit du Japonais, dans son torrent tombant de la montagne. Si nous lui parlions du légendaire Sardanapale et de ses favorites égorgées, il prendrait ce personnage, très probablement, pour un fou.

Mais Sardanapale n'est pas fou. Il a simplement une conscience de lui, et de sa place dans les deux mondes, qui n'est pas celle du montagnard japonais. Il se sait vaincu, les murailles de sa ville s'écroulent, il va mourir, et le monde, croit-il, va mourir avec lui. Aussi en emporte-t-il les meilleurs morceaux.

Le Japonais, lui, sait que la cascade lui survivra, qu'il ne peut ni l'arrêter ni la ralentir, et qu'elle l'a déjà oublié.

Il n'en emporte pas une seule goutte.

*

Dans la même salle du Louvre, sur le mur opposé, nous pouvons encore voir (mais pour combien de temps ?). *Le Radeau de la Méduse*, de Géricault. Des rescapés, affamés et perdus en mer après un naufrage, au large de l'Afrique, appellent au secours. Certains sont déjà morts, ou mourants. Leurs jambes livides traînent dans la mer.

On croit apercevoir une voile, au loin.

Le tableau, pour lequel le peintre utilisa une peinture bitumineuse qui ne résiste pas au temps, quoi qu'on fasse, s'obscurcit lentement, d'année en année. On dirait que l'ombre de la mort tombe peu à peu sur la mer. Il fera bientôt nuit. Dans quelques mois, les survivants n'auront plus la moindre chance d'être repérés, et secourus.

Le chef-d'œuvre est entré en agonie. Regardons-le mourir insensiblement. Il nous ressemble.

Comme lui, un jour nous serons des ancêtres. Des rescapés. Les souvenirs confus d'une approximation, à un moment donné. Des illisibles. D'autres étudieront longuement notre structure, notre aspect physique, ils nous localiseront sur la longue chaîne proto-humaine, ils discuteront même des insuffisances – heureusement corrigées, dira-t-on – de notre corps comme de notre esprit. Certains voudront savoir pourquoi nous tenions tant à vivre, étant donné ce que nous étions.

Nous n'aurons pas tout à fait disparu. Nos atomes, qui ne meurent pas, seront ailleurs, quelque part, et ils nous auront, sans le moindre doute, oubliés.

Même si la tempête nous disloque, nous laisserons quelques débris dans notre dernière vallée.

Rares seront ceux qui les remarqueront. Quatre ou cinq coups de balai suffiront à nous effacer pour toujours.

Tres de Mayo

Autre tableau, cette fois au musée du Prado, à Madrid, le *Tres de Mayo*, de Goya.

Nous le connaissons tous. Arrêtons-nous quand même un moment.

Œuvre des plus illustres, qui montre l'exécution nocturne des « rebelles » madrilènes par des soldats français. Goya, plutôt *afrancesado,* touché et intéressé, avant 1789, par les idées françaises qui pénétraient en Espagne dans les sacoches des contrebandiers, a été probablement secoué au moment de l'invasion de l'Espagne par les troupes françaises (à la suite d'une décision parfaitement absurde de Napoléon), et il en a dénoncé, violemment, les abus, dans son album *Les Désastres de la guerre.*

Ce tableau, le *Tres de Mayo*, dont l'action se situe précisément le 3 mai 1808, ne sera peint qu'en 1814, après la fuite de Joseph, l'éphémère roi d'Espagne – frère de Napoléon, placé par celui-ci à la tête d'un pays dont il ne connaissait même pas la langue. Une combinaison de népotisme et de dictature imbécile, comme l'histoire nous en donne quelques exemples. Joseph, surnommé jusqu'aujourd'hui Pepe Botellas, et connu dans toute l'Hispanité sous ce surnom, finira tranquillement ses jours aux États-Unis, à Philadelphie, au milieu de la collection de tableaux qu'il avait pris soin de voler et d'emporter avec lui.

La scène du *Tres de Mayo*, très dense, magnifiquement composée et peinte, se divise en deux. D'un côté (à droite) ceux qui tuent, de l'autre ceux qui sont tués. Au milieu, à même le sol, le peintre a disposé une lanterne probablement plus forte que nature (on dirait un projecteur de cinéma), afin d'éclairer à son gré ce moment terrible.

Tous les vrais peintres ont procédé de cette manière, au point qu'il est intéressant – cela m'est arrivé assez souvent – de demander à un photographe, ou à un chef opérateur, de disposer des lumières artificielles, des projecteurs, comme dans un tableau de Goya, de Rembrandt ou d'un autre. Cela permet de constater, et d'apprécier, l'extrême liberté qu'ont toujours prise les grands peintres avec la lumière.

Ils éclairent, en fait, ce qu'ils veulent montrer.

Ce qui peut nous arrêter un moment, ici, est l'arrivée brutale de la mort, et les trois dernières étapes.

En effet, le groupe des victimes se divise en trois. Sur le sol, à gauche, au premier plan, ceux qui ont déjà été tués. Peu nombreux pour le moment, ils forment une masse informe, sanglante, presque une bouillie, où il est difficile de déceler la moindre trace de vie, ou de survie.

Ils pourraient être de la boue, des lapins morts, un tas de loques, n'importe quoi.

Ils ne sont plus.

Au-dessus des morts, encore debout (un d'eux est un moine), ceux qui sont en train de mourir. L'instant même de la mort, où les balles jaillissent des fusils, le dernier cri, la dernière prière, le dernier souffle – et parmi eux le plus visible, l'homme à la chemise blanche, au centre de l'œuvre, avec son regard halluciné (il voit véritablement « la mort en face »), qui lève ses deux bras vers le ciel, mains ouvertes.

Son dernier regard, son dernier geste, son dernier cri de vivant.

Derrière, dans le fond, ceux qui vont mourir dans trois ou quatre minutes et qui montent lentement, la tête basse, vers le lieu de l'exécution en série. L'un d'eux se cache le visage derrière ses mains – de grosses mains de paysan –, comme s'il ne voulait pas voir ça – sa propre fin dans la fin des autres : dans un instant, mon corps sera percé de balles, et mon sang coulera sur le sol. Dans un instant, je serai comme ça. Dans un instant, je ne serai plus rien.

Avant, pendant, après.

Du côté droit, le sac au dos, le visage presque entièrement caché par leurs uniformes ou leurs shakos, les exécuteurs, des soldats français. Ils ont reçu l'ordre de tuer.

Ils obéissent. Ils visent. Ils tirent. Une heure plus tard, retirés sous leurs tentes, ils dormiront tranquilles.

Cela se passe le soir ou la nuit, sur la colline dite du Principe Pio. Dans le fond, obscurcie par l'heure tardive, Madrid.

Tueurs entraînés, obéissants. Des hommes tuent d'autres hommes. Ce n'est ni la première ni la dernière fois. Les uns, comme les autres, ont une famille, peut-être des enfants. Tout cela n'a plus d'importance. La mort est là. Que vous la donniez, ou que vous la receviez, vous n'y échapperez pas, un jour ou l'autre. Et tous les tueurs mourront.

Passage rapide, et bien ordonné, de la vie au néant. Il suffit de quelques balles bien placées dans un corps humain, et voici la mort, d'un seul coup ou presque. Combien de fois avons-nous pu voir ces scènes « en vrai », dans des documents filmés du XXe siècle !

Rapidité, efficacité. Voilà au moins des rebelles, des ennemis en moins. Bon débarras. Plusieurs milliers d'exécutés, a-t-on dit, sur ordre de Napoléon. Ils se sont dressés contre nous ? Tant pis pour eux. Ils nous traitaient d'envahisseurs ? Ils nous ont résisté ? Ils rejetaient nos principes, nos lois républicaines, englouties par l'Empire ? Ils ne voulaient pas de notre souveraineté, de notre présence, de notre empereur, de son frère ? Eh bien, qu'ils périssent, qu'ils s'en aillent loin d'ici. Nous n'entendrons plus parler d'eux.

C'est du moins ce que pensent, sur le moment, les exécuteurs, oubliant la mémoire des témoins et l'œil des peintres, plus tardivement, ou des caméras.

Un grand peintre dit tout en une seule image – qui sera connue dans le monde entier (sans pourtant réussir à devenir banale), et de laquelle Manet s'inspirera, plus tard (mais sans approcher la force de son modèle), lorsqu'il peindra l'exécution de Maximilien, l'éphémère empereur du Mexique – stupidement placé sur un trône étranger, lui aussi, par un autre Napoléon, que nous appelons le troisième, et qui fut heureusement le dernier.

La dernière nuit, la montée vers la mort, la dernière respiration, des yeux qui ne verront plus le Soleil, des plaintes, des pleurs, des bruits de pas montant sur la colline, les grincements des fusils qu'on recharge, l'éclat des salves.

Quelques cris de femmes, peut-être, au loin.

Des vies humaines sans importance. Qui remarquera leur absence ?

Et des cadavres disposés pour longtemps dans un grand musée. Des cadavres devant lesquels passent et repassent des vivants. Des femmes et des hommes qui respirent, qui voient, qui ont payé pour regarder ça, qui se font expliquer l'anecdote, qui analysent le travail du peintre, la composition, les lumières, en oubliant souvent de quoi, au fond, il est question.

Et qui passent vite au tableau suivant, car il faut respecter le rythme – et le sens – de la visite.

J'imagine le montagnard japonais pris par hasard dans une rafle et placé en face de la mort, en qualité d'ennemi, ou d'otage. Protesterait-il ? Se débattrait-il ? Serait-il capable de conserver la même souplesse, la même indifférence, au moment même où le torrent familier, enfin, va définitivement l'emporter ?

Questions sans réponse.

La terrasse chinoise

J'ai lu quelque part (mais où ?) que, selon une ancienne tradition chinoise, ceux qui vont mourir sont conduits, pour un moment, sur une terrasse. De là, au-dessous d'eux, sur un chemin, ils voient défiler leur vie, comme un cortège. Cela ne dure pas très longtemps, mais ils voient passer sous leurs yeux tout ce qu'ils ont été, ce qu'ils ont fait de plus marquant, ce qu'on retiendra de leur vie.

Ils voient également passer leurs parents, leurs enfants, les amis qu'ils ont connus, et dont certains sont déjà morts.

C'est comme une dernière parade, avec toute la troupe. Comme un générique de fin. Avec musique ? Ce n'est pas dit.

Quand le défilé, qui ne dure que quelques minutes, est terminé, le spectateur quitte la terrasse, on le reconduit à l'intérieur, et il meurt aussitôt.

Cela peut arriver à n'importe quel moment, au milieu de la journée, alors que vous êtes en plein travail, avec votre secrétaire, et des clients. Quelqu'un entre et vous dit : « Monsieur, on vous attend sur la terrasse. » Peut-être avez-vous oublié ce que cela signifie, et vous serez surpris. Peut-être demanderez-vous de qui il s'agit, et pourquoi on vous attend sur la terrasse, ce qui est inhabituel. Sur quelle terrasse, d'ailleurs ?

Quand vous aurez compris de quoi il est question, en voyant passer le cortège, vous demanderez sans doute un délai, un sursis, ne serait-ce que de quelques heures, pour en finir, au moins, avec votre rendez-vous, pour envoyer quelques derniers messages, ranger trois ou quatre dossiers.

Vous voudriez aussi appeler votre femme, la prévenir, lui dire deux ou trois choses.

Ce délai, on ne vous l'accordera pas.

Votre secrétaire vous dira : « Non, non, c'est maintenant, monsieur, c'est tout de suite. »

Et c'est comme ça. Pas de discussion. Quand c'est l'heure, c'est l'heure.

Ce n'est pas seulement la journée qui est finie. C'est aussi la vie.

Si au contraire vous êtes au courant, si vous vous attendiez à cette invitation, un de ces jours, vous vous lèverez calmement, vous direz adieu à vos visiteurs (en les priant de vous excuser pour ce contretemps, d'autres finiront le travail aussi bien que vous), vous rangerez rapidement vos papiers, vous fermerez votre ordinateur et vous passerez sur la terrasse, où vous vous doutez de ce qui vous attend.

De là-haut, vous regarderez une dernière fois votre passé, en silence, tous les moments particuliers de votre existence, et ceux ou celles qui furent vos parents, vos amis, vos enfants peut-être.

Vos yeux suivront ce que vous avez fait, qui vous avez été. Les surprises, les moments forts, les lâchetés.

Quelques rencontres aussi. Vos gestes. Vos amours, vos regrets.

La dernière vallée, où vous reconnaissez les autres. Un précipité de vie juste avant la mort.

Il y a certes du chagrin à mourir, non pas dans le fait lui-même (qui, la plupart du temps, passe probablement inaperçu), mais dans l'approche de ce moment-là, dans les regards qu'on jette tous les jours, de son bureau, vers la terrasse, lorsque nous sentons que notre vie tout entière est déjà « entrée dans le passé », que certes nous sommes vivants, mais que déjà, depuis quelque temps, nous ne vivons plus au temps présent.

Cela se remarque à certains indices. On vient par exemple vous demander : « Vous avez connu cette époque-là ? », ou, pire encore : « C'était comment de votre temps ? »

Ou tout simplement : « Et cette santé, au fait, ça va mieux ? »

C'est très simple, nous ne sommes plus là. Nous respirons, nous mangeons encore un peu, nos proches nous parlent gentiment, mais « notre temps » s'est retiré, et c'est à peine si nous le remarquons. Déjà des choses, des objets, et même des personnages qui nous paraissaient contemporains, importants, et même indispensables, s'éloignent dans une sorte de brume et s'effacent. Nous les voyons pour la dernière fois. Comme un disque qui s'enraye, comme un tableau qu'on retirerait lentement hors du cadre, pour le remplacer.

Le monde s'en va de nous. Nous pouvons, à chaque seconde, cesser de vivre.

Nous nous accrochons à telle ou telle période, qui fut la plus brillante, ou au contraire la plus infortunée, de notre existence, nous refusons d'en bouger, si peu que ce soit, d'en changer les habitudes, les vêtements, la musique ordinaire (ils sont nombreux, ceux qui écoutent jusqu'à la fin le même disque), comme pour nier l'avancée du Temps, comme pour arrêter le flot que rien n'arrête.

Si nous nous observons nous-mêmes, avec une sincérité ordinaire, sans forcer, nous y verrons clairement cette attitude. Nous ne sommes plus dans le coup, voilà. Toute notre vie nous resterons fidèles à cette chanson qui accompagna notre premier amour, et qui fut un tube à l'époque (mais qui s'en souvient aujourd'hui ?). Nous resterons obstinément fermés aux nouveautés, qui surgissent dans notre dos et courent aussitôt sur les lèvres des nouveaux jeunes – lesquels à leur tour, plus tard, voudront retenir les musiques de leur adolescence, aussi vainement que nous l'avons fait.

Et nous serons très étonnés, un jour, d'être appelés sur la terrasse.

Nous dirons : « Déjà ? »

Nous n'avions pas vu passer le Temps. C'est souvent le cas.

Sur la terrasse, une dernière fois, nous aurons la possibilité de vérifier que c'est bien d'un cours qu'il s'agit, du cours d'une vie, de notre vie, d'un mouvement qui toujours va, nous accordant à la fin, généreusement – en Chine en tout cas –, un lent dernier coup d'œil sur ce qui fut notre passage.

Ce cortège que nous suivons des yeux, c'est notre vie, à coup sûr, sans la moindre erreur possible, mais c'est aussi ce qui fut une fois, ce qui ne pourra plus se reproduire à l'avenir, c'est la parade du jamais plus, le défilé de notre oubli.

À pas lents, très fatigués soudain, nous reviendrons vers notre bureau.

En rire ?

Deux femmes, qui ne se sont pas vues depuis quelque temps, se rencontrent. L'une demande à l'autre :

– Et votre mari ?

– Toujours mort.

Rire de la mort, rire à en mourir de rire. De toutes les formes de résistance, elle est sans doute ma préférée, et je dois dire qu'elle est largement partagée, car le rire, propre de l'homme (c'est l'homme qui le dit, mais bon, on lui pardonne), est une faculté inespérée et quelquefois très singulière. Je me demande quelquefois si les premiers hommes riaient de leurs maladresses. Ou bien ont-ils appris à rire, peu à peu ?

Est-ce que le rire est un fruit de l'histoire ?

Je ne pense pas qu'il existe une réponse à ces questions-là. En tout état de cause, je ne la connais pas.

Nous ne trouvons pas de textes vraiment « drôles » dans les premiers récits mythologiques (peut-être l'astuce d'Ulysse sur « Personne », dans *L'Odyssée*, pour tromper le cyclope Polyphème ?), et le rire a été longtemps tenu – par les religieux, en tout cas – pour un exercice satanique, peu respectueux de ce qui doit l'être (rappelons-nous *Le Nom de la rose*).

Mais qui devrions-nous « respecter » ? Qui en a décidé ainsi ? Et si nous croyons en un dieu, devons-nous l'adorer et lui obéir parce qu'il nous a faits fragiles, maladroits, risibles, cruels et finalement condamnés à mort ?

Ces questions se sont évidemment posées au cours des siècles, au prix de ces interminables conciles qui se heurtaient – il faut bien le reconnaître – à une énigme majeure. Si Dieu nous a créés à son image (comme il est dit), pourquoi lui, l'Éternel en titre, le Tout-Puissant, nous a-t-il faits démunis et mortels ? Et fragiles, et tremblants, et parfois misérables ? Pourquoi a-t-il ainsi dévié son image ?

Et si ce même dieu est la bonté même, comme on ne cesse de nous le répéter, pourquoi nous a-t-il faits – certains d'entre nous en tout cas – avides et méchants ?

Pourquoi nous punir avant de naître ?

Pourquoi a-t-il disposé tant d'obstacles sur notre chemin vers l'au-delà ?

Cela dit, si, une fois pour toutes, nous balançons par-dessus bord ces questions (qui, s'il n'y a pas de dieu, sont simplement absurdes) et si nous parvenons à rire de notre condition et même – cela s'est vu – à rire de la mort, de notre mort inéluctable, quelle revanche ! Je ne vois pas de plus belle, de plus noble et de plus fière attitude. Si on me demandait comment je voudrais mourir, je répondrais : « De rire. Je voudrais mourir de rire. »

Car rien n'est plus drôle, plus surprenant, plus cocasse que cette condition humaine, si vivement souhaitée, tenue par quelques-uns pour le chef-d'œuvre de l'Univers, applaudie, respectée, redoutée et qui s'achève, pour les rebelles de Madrid, mais aussi pour Sardanapale et sa suite, au fond d'un trou creusé dans la terre, et hâtivement recouvert.

Le peintre Clovis Trouille, aujourd'hui quelque peu méconnu (c'est grand dommage), a peint une image du Christ, éclatant de rire. L'air de se demander : De qui se moque-t-on ? Croyez-vous vraiment que Dieu fait homme va mourir ?

Ou bien êtes-vous assez crédules pour croire que je ne suis qu'un homme ?

Ou assez sots pour me prendre pour un dieu ?

Plus près de nous, entre l'image d'un Goebbels paradant à la tribune d'un rassemblement nazi, grisé, enveloppé de milliers de saluts, et son visage mort parmi des ruines, seul, de profil, la bouche béante, après son suicide en famille, quelle invraisemblable tragi-comédie, en quelques années à peine, s'est développée sous nos yeux ! Nous verrions ce spectacle sur une scène, ou dans un film, nous aurions du mal à le croire. Et beaucoup de peine à en rire.

Mais la mort est fertile, inattendue, sournoise même quelquefois. Il est vrai, comme les dieux indiens le lui disaient dès l'origine, que sa gloire a été, et reste encore, sans pareille. Omniprésente, elle a permis, par les larmes et le sang, mais aussi souvent par le rire, de nous éclairer, de presque tout nous dire. Mille gestes, que très souvent nous ne remarquons pas, nous rappellent cette gloire universelle. Ainsi cet homme très pauvre, qui allait mourir et qui le savait. Sa femme fit venir un médecin. Celui-ci examina le malade qui haletait sur un grabat, à la seule lueur d'une pauvre bougie.

Aucun espoir de vivre ne lui restait. L'homme le comprit en regardant le visage du médecin, qui parlait à voix basse à sa femme, le visage grave.

Alors le malade se tourna vers la bougie et dit :

– Inutile de gaspiller ça...

Il souffla la bougie. Ce fut son dernier souffle.

Pour atténuer la tristesse de cette histoire ancienne (elle date du temps des bougies), nous pouvons appeler à la rescousse le très célèbre et très secourable Nasr Eddin Hodja, mon ami de toujours, incarnation de tous les défauts humains et d'une malice naturelle sans exemple, personnage célèbre, sous divers noms, du Maroc à la Turquie, à l'Iran et à l'Inde.

Au cours d'une période de paresse qu'il traversait (elles étaient fréquentes), un de ses amis lui demanda :

– Mais qu'est-ce que tu fais du matin au soir ? À quoi tu t'occupes ?

Nasr Eddin lui répondit :

– Je cherche un moyen pour ne pas mourir.

– Et ça marche ?

– Pour le moment, oui.

*

On a tout dit, tout raconté, tout inventé à propos de la mort, notre fin commune, notre partage. Des tribus d'Asie centrale ont même prétendu connaître « des paroles qui effrayaient la mort », et la poussaient à fuir. Il est vrai aussi – comme c'était le cas pour l'image de Goebbels mort – que le rire est souvent glacé par la mort, par le spectacle même que nous offre la mort. Aucune mort, même celle de ce bourreau, ne donne envie de rire, et l'« humour noir », ou « macabre », ou « morbide », a dû attendre les temps modernes pour s'infiltrer, puis s'imposer.

Comment rire devant le tableau de Goya ? Et de quoi rire ? Ou devant les images les cadavres juifs entassés, décharnés, que nous découvrîmes quelques années après la fin de la Seconde Guerre mondiale, et qui nous frappèrent d'horreur, pour la vie ?

Nous avions seize ou dix-sept ans. Nous découvrions, là, sous nos yeux, le pire de l'homme.

Inoubliable.

Cependant, lorsque Franco, après des années de soins intensifs, mourut enfin, en 1975, je me souviens d'un journal satirique français (était-ce *Hara-Kiri* ?) qui titrait : « Franco va mieux. Il est allé au cimetière à pied. »

Phrase inconcevable cent ans plus tôt. Preuve que la mort fait quelques progrès.

Elle s'habitue aux temps modernes.

Dans mon enfance, on nous disait souvent qu'il y a des choses dont il ne faut pas rire. Et la mort, comme toute maladie grave, ou infirmité, en faisait partie. En grandissant, j'ai appris, peu à peu, que nous pouvions également rire de la mort – et même aussi souvent que possible, peut-être par un réflexe de protection, d'autodéfense – et que Verlaine avait écrit : « Je ne sais rien de gai comme un enterrement. »

Sauf le sien, sans doute.

Dans mon enfance, aussi, peut-être pour nous y habituer le plus tôt possible, on nous emmenait voir, pour la dernière fois, le corps désormais sans vie d'un parent, d'un voisin – étendu sur son lit, les paupières abaissées, en chaussures noires et cravate (il fallait, pour partir, s'habiller « en dimanche », et c'était le travail des femmes), une petite branche de buis, sur la table de nuit, trempant dans une soucoupe d'eau bénite (pour en asperger le corps), quelquefois même un chapelet entre les doigts déjà blancs et noués, comme un signe de reconnaissance pour l'au-delà.

– Regarde-le bien, disait-on aux enfants, tu ne le verras plus.

Pourquoi ne bouge-t-il plus ? Ne parle-t-il plus ? Pourquoi son visage est-il si pâle ? Si nous le demandions, on nous répondait à voix basse :

– Parce qu'il est mort.

Si nous savons regarder en face ce que les moralistes appellent « la vanité des choses », hausser les épaules devant « les coups du sort » et accueillir la mort, lorsqu'elle vient à nous sans souffrance, comme une visiteuse longtemps attendue (mais nous souhaitions tout de même que la diligence ait pris du retard), alors oui, il y a de quoi rire devant ce déploiement d'étoffes noires (naguère parsemées de grosses larmes d'argent), de musiques funèbres, de corbillards qui grincent, de grandes ou de petites orgues, de « pompes » lugubres et de toutes ces voix, à commencer par celle des prêtres, qui nous répètent les éternels clichés : « Il est allé rejoindre son Dieu, parmi les bienheureux, dans l'éclatante lumière éternelle », ou bien : « Oui, cela ne fait pas de doute, il est mieux là où il est », ou encore, s'il y a du monde ce jour-là entre les tombes : « Il doit être content de nous voir tous ici. »

Vieilles bêtises qu'entendent tous les cimetières, et dont nous n'arrivons pas à nous débarrasser.

Je préfère le télégramme que je reçus – ainsi que quelques autres – au lendemain de la mort de l'humoriste Pierre Desproges, reprenant une formule qu'il aimait : « Pierre Desproges est mort d'un cancer. Étonnant, non ? »

De même pour Pierre Étaix, avec qui j'ai travaillé, imaginé et ri pendant si longtemps (plus de soixante ans). Lors de notre première rencontre, en 1957, j'attendais avec impatience, pour mon premier livre publié, un article promis qui devait paraître dans *Les Lettres françaises,* alors le plus « important » des magazines culturels (il fut dirigé un temps par Aragon).

L'article parut au jour dit, il se montrait élogieux, avec même une photo, mais le titre disait, en assez grosses lettres : « JEAN-PAUL RIVIÈRE ».

Première entrée trébuchante dans la renommée. Première leçon de modestie.

De ce jour, Pierre ne m'appela plus que « monsieur Rivière ». Comme, de mon côté, je l'appelais « monsieur Taxi » (« P. Étaix » donne, en anagramme, « Ep taxi »), nous ne nous sommes presque jamais appelés par nos vrais noms.

Cela devint une blague, avec mille variantes, qui dura toute notre vie, et qui surprenait parfois nos amis.

Lorsqu'il mourut, en 2016, je me rendis très tristement à l'église Saint-Roch, à Paris, où se déroulait un service funèbre. Son cercueil était là, ainsi que sa famille, avec de nombreux amis. Je devais, à un moment donné, lire un texte de Henry Miller, tiré du *Sourire au pied de l'échelle.*

Quand mon tour arriva, alors que j'étais affligé, comme toutes les personnes présentes (très affligé, même), un prêtre s'avança et dit à l'assistance :

– Et maintenant, un texte va nous être lu par monsieur Jean-Marc Carrière.

Je me levai, réussissant à ne pas rire. Mais je suis presque sûr que Pierre a sursauté, dans sa boîte, en entendant ça.

*

De quoi le Japonais, dans le torrent, pourrait-il rire ? Et de quelle manière ?

Pourrait-il se moquer de quelqu'un ? Des promeneurs qui hésitent à traverser, et qu'il observe en douce ? De celui qui glisse, trop sûr de lui, et tombe à l'eau ?

Je ne pense pas. Il me semble plutôt qu'il les aiderait, qu'il leur montrerait le chemin.

Sans doute a-t-il déjà dépassé la résistance par le rire. Peut-être même n'y a-t-il jamais songé. Il sait bien, au fond, sans même avoir à y penser, que rire de la mort ou du néant, inventer des astuces et des blagues, c'est leur donner un surcroît d'attention, et par là même d'importance. Ce serait, une fois de plus, ne penser qu'à ce que nous voudrions justement oublier. Ce serait faire de notre mort la vedette de notre vie.

Cette mort, ce néant tout proche, que je cherche en vain de mon vivant (me serais-je trompé de vallée ?), il faudrait pouvoir les oublier profondément, totalement, les considérer comme des épisodes sans importance, ne commençant et ne concluant rien. Il faudrait ne s'occuper que du torrent qui dévale, de la force inconnue qui l'anime, du bruit qui l'accompagne, et de cette eau qui n'en finit pas de s'écouler, qui s'éloignera, qui nous survivra.

Je ne dois pas oublier de dire que les oiseaux d'Attar, à la fin de leur dur voyage, quand ils se trouvent enfin, après mille souffrances et rebuffades, devant le roi de lumière, leur vrai roi, vers lequel ils se sont élancés, ne voient devant eux qu'un miroir. Et, dans ce miroir, eux, eux seuls. Une voix anonyme leur dit : « Seriez-vous trente ou quarante oiseaux, vous verriez trente ou quarante oiseaux dans le miroir. »

Ils ne verront rien d'autre. Et les dernières paroles qu'ils entendront – que nous entendrons tous – seront : « Vous avez fait un long voyage pour arriver au voyageur. »

Alors ?

Oui, alors ?

Faut-il oublier la mort ? N'y jamais penser ? Vivre comme si nous étions déjà immortels ?

Ou au contraire devons-nous chaque jour revenir à notre condition, nous agenouiller tristement au bord d'une fosse, nous frapper la poitrine, répéter à voix basse que nous sommes mortels et même que nous ne sommes que mortels ? Que dans une heure nous serons morts, peut-être ?

Un équilibre entre ces deux attitudes est-il possible ? Certains l'ont-ils atteint ?

Je n'ai évidemment aucune qualification pour répondre à cette haute, insistante et antique question. Je n'ai que ma vie pour expérience – et quelques autres vies que j'ai vues se dérouler et puis s'éteindre auprès de moi.

Et qui pourrait, d'ailleurs, y répondre une fois pour toutes ? Si un secret se cache dans la vallée du Néant – à supposer que j'y parvienne enfin –, qui sera là pour me le révéler ?

En imaginant même qu'un mort puisse reprendre la parole, qui pourrait se mettre à ma place ? Ou me céder, même pour un moment, la sienne ? Qui pourrait me laisser mourir, ne serait-ce que cinq minutes, avant de nous ramener tous les deux à la vie ? Personne n'a fait le voyage en aller-retour. Les explorateurs de la mort n'en reviennent pas. Ils ne racontent rien.

Ce sont les vivants qui parlent, même si, souvent, c'est pour ne rien dire.

Il est sûr que nous ne pouvons vivre ni avec la mort ni sans la mort. Un équilibre entre les deux soucis est nécessaire.

Il est sûr, aussi, que nous ne pouvons pas vivre et mourir en même temps.

Nous avons parfois cette appréhension – cela m'est arrivé plusieurs fois – au moment où des infirmiers nous placent sur un chariot, dans un hôpital, pour nous conduire à la salle d'opération. Nous voyons défiler le plafond verdâtre, peut-être pour la dernière fois, nous sentons les virages, mais l'anesthésie qu'on nous administre en chemin nous protège vite de toute crainte. Pour un moment, qui peut durer des heures, nous nous éteignons en douceur. Même plus de rêves. Fini. Nous ne sommes nulle part.

C'est le moment du réveil qui est étrange, ce lent retour de la mémoire à la conscience et à la lumière, où nous pourrions nous croire morts et bientôt livrés à nos juges, étendus dans une salle dite de réanimation, à côté d'autres corps immobiles comme le nôtre – et guettant eux aussi, peut-être, leur sentence.

Tous dans la vallée du Néant, attendant une autorisation pour aller plus loin.

Il fallait en passer par là.

L'oubli, même temporaire, de notre condition mortelle a l'avantage de nous obliger à vivre. Mais vivre sans la mort, sans une pensée pour la mort, sans quelque crainte obscure de la mort – même si nous ne craignons aucun jugement dans un autre monde –, est-ce souhaitable ? Et possible ?

Comme je l'ai déjà dit, je ne crois pas. Je suis dans la situation de celui qui n'attend rien de l'autre côté du miroir, ni fouet ni médaille. Je n'ai et je n'aurai jamais qu'une vie, j'en suis sûr, celle qui se déroule en ce moment sur notre planète, et qui s'achèvera bientôt.

Je ne suis invité que pour une seule représentation. Je sais que le néant me recevra, comme toutes choses. J'espère seulement qu'il sera patient.

Je sais aussi que le monde me survivra, tant bien que mal. Je n'ai aucun doute là-dessus.

Et je crois, de plus en plus fermement, que nous ne trouverons aucun secret dans cette vallée.

En suis-je déçu ? Même pas.

Mais peut-être le secret se dissimule-t-il dans les paroles du miroir ?

Peut-être, comme les oiseaux, n'ai-je marché que vers moi-même ?

Que deviendra ce monde, quand je l'aurai quitté ? Il m'arrive évidemment d'y penser, car j'ai des enfants, des petits-enfants, une femme aimée, des amis qui me survivront.

Mais qu'y puis-je ? J'y pense, oui, et alors ? Où s'arrête l'action des hommes ? L'action d'un homme, et sa pensée ? Jusqu'ici, contrairement à nos aspirations d'adolescents, tout ce à quoi je me suis appliqué n'a servi à rien, les choses sont toujours ce qu'elles sont, les humains s'entre-tuent, les étoiles s'en foutent, et la Terre, très malmenée, tourne encore autour du Soleil.

Certains disent que nous allons vers le meilleur, d'autres, vers le pire. Qui croire ? Et que rectifier encore à présent ?

Je me dis quelquefois : à quelque âge que nous prenions conscience de notre place, de notre tâche, il est trop tard. Toujours trop tard.

Je pense à cette autre question indienne :

– Quelle est la plus grande merveille ?

– Chaque jour la mort frappe autour de nous, et nous vivons comme des vivants immortels. Voilà la plus grande merveille.

La vie, la mort : les deux merveilles n'en font qu'une.

Comme je ne crains pas les fourches et les bols de feu de l'au-delà (est-il encore quelqu'un pour les craindre ?), et comme je ne suis, par nature, comme la plupart des gens, ni trop ambitieux, ni trop cruel, ni trop cupide, ni trop rigide, il m'a fallu trouver ma manière de vivre, et maintenant penser à mon art de mourir.

Autant y penser tout de suite. Lorsque je serai mort, il sera trop tard pour m'y préparer.

Nous vivons, souvent, comme si après notre mort nous pouvions encore nous dire : « Ah, si j'avais su, évidemment… » Mais non : nous ne nous dirons rien, il n'y aura plus rien à dire, nous serons sourds et muets pour l'éternité.

Muets, aveugles, immobiles, sourds et froids, enfin passagers du néant, totalement dépourvus d'existence et de conscience.

Mais j'aurai vécu. Une fois, une seule fois. D'autres naîtront, d'autres mourront, mais je n'aurai eu qu'une vie, comme tout le monde. Une seule vie parmi des milliards. Les souvenirs que je laisserai derrière moi (si j'en laisse), j'espère qu'ils ne seront pas jugés exécrables. Je n'en saurai rien, de toute façon, et donc je n'en souffrirai pas – ce que tous les tyrans et assassins doivent se dire.

La vie. Et rien d'autre. On l'a souvent dit, parce que c'est facile à dire.

« Le vierge, le vivace et le bel aujourd'hui », que chantait Mallarmé.

Il est à moi, cet aujourd'hui. De cela au moins, je suis sûr. Serait-il le secret que cache la vallée ? C'est possible. Il n'est pas « bel » pour tout le monde, l'aujourd'hui, loin de là, mais il est. Aucun doute là-dessus. Et il est « vierge » chaque matin.

Il semble n'attendre que moi, quand j'ouvre les yeux.

« Vivace » ? C'est moins sûr. Cela dépend aussi de ma manière d'accueillir et de traiter ce jour qui vient d'apparaître, et qui me trouve, par bonheur, encore vivant. Saurai-je le rendre plaisant ? Utile, au moins aux autres ? M'apportera-t-il une surprise ? Une déception ? Une souffrance ?

Un coup de fouet ? Une énergie inattendue ?

Saurai-je lui donner le sentiment, ce soir, qu'il a servi à quelque chose, à quelqu'un ? Que je n'ai pas vécu un jour pour rien ?

Je vais m'y astreindre, même si la tâche devient de plus en plus dure avec les années.

Mais je n'ai pas d'autre solution. Avec ce jour et tous les autres jours.

Le secret de demain, c'est aujourd'hui. « Il n'est de bonheur qu'humain », écrivait Clément Rosset, dans son dernier livre.

Le montagnard japonais doit se dire la même chose. Mais peut-être ne se pose-t-il pas la question.

Dans ce cas-là, il a de la chance.

Je me suis efforcé, en tout cas depuis que je suis adulte (ou que je crois l'être), de trouver et de maintenir une balance entre la vie qui est la mienne, que je n'ai pas réclamée, ni même demandée, mais à laquelle il me semble que je dois respect, travail et si possible prospérité (je n'ose pas parler de bonheur, mais quand même), une vie, en tout cas, que j'ai acceptée jusqu'à maintenant, et la vie des autres, que j'ai partagée, de ceux qui, dans la longue traînée du Temps, se trouvaient sur la Terre au même moment que moi, et auxquels je me suis efforcé de nuire aussi peu que possible.

Car nous pouvons tomber d'un excès dans l'autre, dans une charité compulsive ou dans un égoïsme odieux. Nous connaissons des exemples dans les deux cas, moins dans le premier, à vrai dire (la dissipation de nos biens, à l'exemple de Timon), que dans le second. Il est juste et bon de penser à soi (qui dirait le contraire ?), mais il est indispensable, au moins par moments, de penser aux autres, avec lesquels nous connaissons les mêmes joies, les mêmes peines, les mêmes interrogations, avant de partager un jour, en tout cas, le même néant.

Il est vrai qu'ils ne pourront plus nous faire de reproches, à moins que leurs fantômes, la nuit, n'aillent saccager nos tombeaux.

Le mot de la fin (du monde ?)

La promenade m'a un peu fatigué. C'est normal : mes jambes sont vieilles et affaiblies. Je pourrais marcher encore, je crois, mais je préfère m'asseoir un moment dans l'herbe.

Ce néant que je cherche – en espérant ne pas le trouver peut-être –, où est-il ? Dans la vallée qui porte son nom ? Dans l'eau de ce fleuve que j'aperçois, dans ce grand lac à l'horizon, ou simplement dans l'air que je respire encore ?

Je n'en sais rien.

Un coup de vent agite quelques feuilles devant moi. J'écoute ce bruit, qui s'éloigne, s'éteint.

En ce qui concerne la fluidité universelle, j'y reviens en fin de course, les bouddhistes sont formels. Rien n'existe séparément, et l'impermanence est la règle – ce que nous dit aussi, d'une autre manière, la science contemporaine. Vieux sentiment, que nos poètes galants appelaient jadis l'inconstance.

Les choses, disons-nous, en raison de toutes les influences qu'elles reçoivent, apparaissent, semblent exister un moment et disparaissent. Incessamment. Mouvance, fluidité et changement partout, dans les faits, dans les choses, dans les cœurs et dans les idées. En un flot plus ou moins brutal mais continu, comme la cascade japonaise (ou toute autre cascade).

Or il se trouve que notre esprit est ainsi fait qu'il a besoin de séparer, de classifier et de nommer, sinon il a l'impression de ne servir à rien. Pour toutes ces opérations, il lui faut s'arrêter et réfléchir un instant.

Quand il revient à lui, il est souvent trop tard. Tout, même la pensée, a changé. Tout s'est enfui. Et le vide l'emporte, une fois de plus. Le vide fertile et innocent. Nous y revenons sans cesse. Que toutes les formes se développent dans le vide, pour les bouddhistes, est une évidence.

Le vide sans la forme n'a pas de sens. Et *vice versa*. Ce vide serait-il le secret du néant ? Le rien dans le rien ?

Certains physiciens, on me l'a dit, se situent tout près de cette constatation. Ils affirment que la connaissance de l'état du vide nous est indispensable, un vide où se côtoient toutes les virtualités concevables. Ils ajoutent même que, sans le vide, nous ne serions pas.

Rien n'existe vraiment, disait de son côté Milarépa, seul dans ses montagnes. Tout est façon de dire. Dans ce cas, pourquoi ne pas devenir tous pillards et brigands ? Pourquoi ne pas nous laisser aller, dans notre seule et courte vie, à la violence désordonnée de l'avidité et de la violence ? Pourquoi ne pas « jouir sans entraves », jour après jour ? Puisque je ne suis contrôlé par aucune autorité supérieure, puisque je n'ai rien à redouter des tortures d'un autre monde, pourquoi ne pas me déchaîner, pourquoi ne pas m'abandonner à mes instincts les plus saccageurs, les plus brutaux ?

La réponse est en nous, et en nous seulement. En tenant compte, évidemment, des lois qui nous connaissent bien, que nous avons patiemment rédigées et qui ont prévu, un peu partout, freins et châtiments.

Gare, tout de même.

Et gare aussi aux autres hors-la-loi.

À l'opposé, ce que les bouddhistes ne mettent pas en doute est aussi le fait que nous avons en nous une qualité cachée qui ne demande qu'à être révélée. Cette qualité s'appelle la *prajna*. Elle nous permet, si nous le désirons, de chasser toute contamination, et même toute crainte, à tout moment, de notre esprit. Nous pouvons tout nier, sauf cette possibilité que nous avons d'être meilleurs.

Il ne nous reste, tant qu'il est temps, qu'à la mettre en œuvre. Or, dans le néant où nous nous trouvons maintenant, même la *prajna* est introuvable.

Il fallait y penser plus tôt.

*

Au fond, nous n'avons rencontré, dans notre promenade, que quatre solutions à ce que nous pensions être un problème, ou tout au moins une inquiétude. La première, la religieuse, est la proclamation de l'immortalité de l'âme après la mort – une âme bienheureuse ou éternellement torturée, selon les cas, après le jugement des dieux – ou d'un dieu unique, ce qui revient au même. C'est un prix de consolation, évidemment, mais je ne vois aucune raison d'aller désespérer les croyants qui sont persuadés – contre toute évidence – que justice leur sera rendue quand ils n'existeront plus et qu'ils resteront vivants pour l'éternité.

Qu'ils aillent en paix. Qu'ils continuent à se rassembler pour prier dans les églises, dans les mosquées, dans tous les temples de la Terre. Même s'ils ont perdu beaucoup de temps en route – et même un peu d'argent –, leur croyance les a peut-être aidés à vivre plus commodément dans ce monde, sans une alarme vigilante. Croire en Dieu, c'est ne plus redouter la solitude. C'est voir de l'eau dans un mirage. Quand ils mourront, même s'ils se sentent encore fautifs – je veux dire « pécheurs » ou « impurs » –, ceux-là jouiront, comme nous tous, d'un néant tranquille.

La deuxième attitude est la simple négation de la mort, celle des pharaons, des empereurs chinois et de Sardanapale. Si notre pouvoir est établi, et si tout est accompli correctement, selon les rites d'ici-bas, nous ne mourons ni dans cette vie ni dans une autre. C'est la solution élitiste, princière. La mort en première classe. Les autres mourront, presque tous, mais quelques-uns en seront préservés.

Là aussi, il s'agit d'une consolation anticipée, particulièrement simpliste, mais elle n'est plus guère partagée, de nos jours. Elle retourne doucement au folklore. Les Égyptiens, malgré des siècles d'expérience, n'avaient pas réussi à mettre leur technique tout à fait au point, et de toute manière elle restait très largement inégalitaire. Les embaumeurs du pharaon mouraient aussi, quand venait leur tour.

Et que dire des esclaves ? des femmes ? des pauvres ? Que le néant n'était là que pour eux ?

*

Il reste une troisième solution, plus lointaine, plus asiatique, celle de la réincarnation. Un certain nombre d'entre nous, choisis d'après leurs existences ou leurs actions, changeront de forme après leur mort terrestre et continueront à vivre, et à se renouveler sans cesse, sous telle ou telle forme (en fonction de leurs mérites, de leur *karma*, car il faut tout de même une justice, même là-bas). Leur « âme », si elle le mérite, pourra continuer à « vivre » en se transportant d'un corps à l'autre.

Ainsi, le dalaï-lama raconte, non sans un sourire, qu'il est à la fois la réincarnation non pas, comme on le dit souvent, du Bouddha Sakyamuni (lequel, en théorie, ayant atteint le nirvana, ne peut plus être l'objet d'une réincarnation), mais de tous les dalaï-lamas qui l'ont précédé depuis le XVe siècle, ainsi que d'un petit garçon qui avait côtoyé le vrai Bouddha de son vivant.

La réincarnation, c'est en quelque sorte l'indépendance accordée à la vie. Celle-ci, qui ne saurait mourir, va de-ci, de-là, passant d'un organisme à l'autre selon des règles établies par les hommes. Elle est comme un insecte invisible qui choisit, à son gré, son support. Parfaitement invraisemblable, comme les autres, cette hypothèse laisse cependant quelque espoir fragile. S'y mêle aussi l'idée de la punition *post mortem* : je peux renaître sous les traits d'un animal affreux, repoussant.

Et je ne m'en rendrai pas compte, puisque j'aurai oublié qui j'étais.

La réincarnation, qui nie la mort d'une partie de l'être, est clairement inséparable d'une conception cyclique de l'histoire de l'Univers. Mais qui peut me garantir que, dans quelques milliers de siècles, je n'aurai pas oublié ce qui fait ma joie aujourd'hui ?

Que je resterai éternellement lié à moi-même ?

*

La quatrième solution, qui est moderne et même post-moderne, est l'immortalité technologique. Voilà peut-être la solution de demain – à force d'acharnement dans les laboratoires. Comme la deuxième et la troisième solution, elle est élitiste, ne s'adressant qu'aux fortunés. Aussi est-il à peu près certain qu'elle suscitera des mouvements sociaux, des débats sans fin, peut-être même quelques traquenards, barricades et révolutions. Imaginons des cortèges syndicaux brandissant des pancartes « Non à l'immortalité ! », ou bien encore « Tous mortels ! ».

En tout cas, cette quatrième solution est à l'ordre du jour. Entre ceux qu'on appelle déjà des « transhumains » et les simples humains que seront nos enfants, la partie sera serrée, et les algorithmes, comme les juges, auront fort à faire.

Nous avons vu rapidement, au passage, tout ce que cela suppose, et d'abord la disparition de la naissance, de la reproduction, de la famille. Imaginer tous les problèmes qui pourraient se soulever à cette occasion est tâche impossible. Et il est bien probable que la planète aura craqué de désespoir. Un « conflit de générations », un de plus, entre mortels et immortels ! Entre intelligents « naturels » et surdoués « artificiels » ! Que de bagarres, que de pièges, que d'épisodes en perspective !

Dernière venue des quatre solutions humaines (je laisse de côté les solutions sectaires, qui ont toujours proliféré, sans autre résultat que de déclencher des batailles et de disparaître assez vite, ainsi que les apparitions d'« esprits », ou les extases, qui se sont singulièrement raréfiées), l'immortalité technologique, en tout cas, fera parler d'elle.

Dans quelle direction ? Personne ne peut le dire.

Mais, si les robots s'en mêlent, gare à la casse. Surtout si les robots, eux aussi, sont sujets à croyances et à apparitions. Nous n'en sortirons pas.

*

Nous voici presque au terme de cette courte promenade entre la vie et la mort, direction néant.

Car nous y revenons toujours. Nous allons à droite, à gauche, nous nous asseyons un moment dans l'herbe de la vallée, nous bavardons, et nous revenons au néant – sans l'atteindre, aujourd'hui en tout cas.

Nous allons tous du rien au rien. Et toujours pas de secret révélé.

Tant et tant de racontars, de fantaisies et de suppositions, tant d'images carnavalesques à propos de ce néant dont nous sommes tous composés, et qui nous attend, sans la moindre impatience. C'est quoi, le rien ? Et comment, n'étant plus, puis-je encore parler de l'être ? (Question qui peut se retourner : comment, vivant, puis-je parler du non-étant ?)

Les questions demeurent multiples, et les réponses les plus assurées s'évanouissent aussitôt.

Conversation sans fin, probablement. Et sans doute un secret pour chacun.

Mais voilà : comme l'ont dit nombre de philosophes – et ils ne sont pas les seuls –, connaît-on seulement un autre sujet ?

*

Je pense une dernière fois au Japonais dans son torrent et je reste assis, vide d'esprit, là où je me trouve. Tout autour, le jour descend sur les collines, le crépuscule rôde, le vent s'apaise lentement, j'entends s'approcher les premiers oiseaux de la nuit. On pourrait croire qu'ils m'appellent. Je décide, au moins pour quelques minutes, de cesser de vieillir. Je ralentis ma vie, presque jusqu'à l'arrêt, je détends mes muscles, mes nerfs, je freine le mouvement de mon cœur, de mon sang. J'essaie de chasser toute pensée insistante, de maintenir mes yeux mi-clos, d'oublier toutes choses, et d'hier et d'aujourd'hui. Je respire en cachette.

Et le Temps passe.

FIN

TABLE

DU MÊME AUTEUR
CHEZ ODILE JACOB

Du nouveau dans l'invisible (avec Michel Cassé et Jean Audouze), 2017.
La Paix, 2016.
Croyance, 2015.
L'Argent. Sa vie, sa mort, 2014.
Le Réveil de Buñuel, 2011.
Tous en scène, 2007.
Fragilité, 2006.
Einstein, s'il vous plaît, 2005.
Entretiens sur la multitude du monde (avec Thibault Damour), 2002.

Composition et mise en pages
Nord Compo à Villeneuve-d'Ascq

Cet ouvrage
a été achevé d'imprimer
sur Roto-Page
par l'Imprimerie Floch à Mayenne
en août 2018

N° d'édition : 7381-4479-X – N° d'impression : 92993
Dépôt légal : septembre 2018

Imprimé en France